新 潮 文 庫

ボクには世界がこう見えていた

—統合失調症闘病記—

小 林 和 彦 著

この本の紹介

小林和彦という市井《しせい》の人間が、二十代で統合失調症を発症して、その発端から現在に至るまでを本人が克明に書き綴《つづ》った記録、それが本書だ。

二〇〇六年に、私の長年の友人である小林が、本書の前身『東郷室長賞』を自費出版した時、私はとても関心を持って読んだ。もちろん関心の一つには、自分や多数の知人が登場しているという点があったわけなのだが、それ以上に、彼が発症時に見たという幻覚や妄想が具体的にリアルに書かれていたところに惹《ひ》き込まれて読み進んだ。それまでの普段の付き合いの中では、病気についてこと細かに聞いたことはなかったし、その当時の出来事についての彼の正確な記憶力にも驚嘆したものだ。

しかし、統合失調症などのいわゆる「重篤《じゅうとく》な精神疾患」を患《わずら》った人が、自分の病状を正確に書き綴った例はほとんどないのだという。私は、このことを本書へ解説を寄せて下さった精神科医の岩波明氏の著書で知った。ところが、小林は、まさに妄想や幻覚、幻聴などに悩まされ翻弄《ほんろう》されていながら、一方でそれを冷静に記憶し描写していた。友人の身びいきを差し引いても、そういう意味で小林が書いたものは希少な記録のはずだと考えた。

そこで私は、自費出版などではなく、もっと多くの人に小林の記録が読まれるように出来ないものかと思い、岩波氏と氏の著書を刊行している新潮社へ相談の手紙を出した。幸いにも好感触の返事を貰《もら》ったのだが、これをすぐに小林本人に話すとあらぬ期待が高まる恐れがあるので、出版が最終的に決定するまでしばらく内緒で計画を進めた。

その結果が、本書『ボクには世界がこう見えていた』なのである。

小林は大学卒業後にアニメーション制作会社へ就職して、二年数ヶ月後に突然発症した。だから、彼の病状と並行してアニメ制作の現場の話やよく知られたアニメの作品名などもいろいろと出てくる。つまり、本書は決して堅苦しい記録ではなく、そこに描かれる80年代、90年代の文化現象や出来事は、読者の皆さんにも興味深い点が多いはずだ。この本は、闘病記としてだけでなく、青春記やエッセイとして読んでいただいても面白いものだと信じている。

「精神障害者を疎《うと》んじている人、自ら精神障害で苦しんでいる人には、特に是非とも読んでいただきたい」

と小林は述べている。

私も願っている。そしてもちろん、そうでない人たちにも。

平成二十三年九月

アニメーション監督・望月智充

目次

図版製作＝吉田富男

ボクには世界がこう見えていた——統合失調症闘病記——

序——僕は正しい発狂をした

東京へ飛び出してから一週間が経《た》った。
毎日図書館へ通って原稿を書いている。
駐車違反で二回捕まり、もう金がない。
友達に会って金を借りた。
その友達は、僕が「社会や人生を甘く考えすぎている」と指摘した。
一言もない。その通りなのだ。
だが僕にはどうしても、社会や人生の厳しさに打ち勝つことができない。
医者は僕が病気だからと言う。
親父《おやじ》は僕が怠け者だからと言う。
どちらの見方にも反発して僕は家を出た。

だが、現実の厳しさに僕はまたしても打ちのめされた。

僕は、より正確に言うならば、甘いのでも弱いのでもなく、低能なのだ。

僕は必ずしもつらい目に遭って発狂したわけではないが、僕よりつらい目に遭って、僕以上の頭脳の切り替えで正気を保っている人が何人もいる。

それが世間一般の人だろう。

「低能」という言葉の定義がはっきりしないが、〝低能＝発狂した人〟であるのなら、僕以上に低能な人はいないだろう。


しかし、あえて問いたい。

僕のどこが低能なのだ？

ただ社会に馴染《なじ》んで生きることが不得意なだけだ。

過激派や反社会的活動家や犯罪者を支持するつもりは毛頭ない。

ただ、今の社会システムに我慢がならない、無力なアウトサイダーなのだ。

僕が望んでいるのは〝社会の変革〟や〝真実の探究〟といった偉そうなお題目では

なく、ただ己一人の幸せだけだと人は思うかもしれない。

それが得られないのを、自分の低能を棚に上げて社会のせいにしていると。

確かにそうかもしれない。今のところそれに反論することはできない。

だが、世の人々に問いたい。

あなたはこの社会で本当に幸せなのですか？

〝この世のどこかに飢えて死んでいく子供がいる限り、私は幸せを感じることはできない〟と言ったカラマーゾフの兄弟や宮沢賢治はただの愚か者なのですか？

そして〝壊廃は救いへの序曲〟と言ったスウェーデンボルグはただの精神障害者ですか？


僕はかろうじて人を傷つけなかった。

自分の命もなんとか守った。

そういう意味で「正しい発狂」をしたと思っている。

そして発狂体験のおかげで「真実」をつかみかけた。

今の社会と「真実」がかけ離れていることも知った。

それを知ってしまった者の務めは、

よりよい社会システムをこの世に実現させることである。

それがどんなに難しいことかはよくわかっている。

僕一人では何もできないだろう。

しかし、そんなことを夢想している〝愚か者〟は僕一人ではないはずだ。

僕にできることは、僕の思いを綴《つづ》った本を出し、我々はこんな腐れきったシステムを早く捨て、ニュータイプの人間になって、楽しい新千年紀をみんなで迎えようと伝えることだ。

みんなが幸せで、みんなが生き生きと働く。一人一人が、社会にとっても自分にとっても望ましい夢や理想を持ち、それを実現させようと努力する。そして、それぞれが、社会にとって必要な自分の役割を持っている。今の社会には対応できない精神障害者も身体障害者も、それぞれ役割を持っている。その中では、誰もが喜んで組織の歯車になる。今のシステムの歯車になるくらいなら、僕はアウトサイダーでいたい。

生涯一つの仕事に打ち込むことも幸せだろう。色んなことを経験して色んな仕事につくことも幸せだろう。そして誰もが恋愛結婚をして、強くなり、より幸せになろうと努力する。幸せに限界はなく、人間はどんどんどんどん幸せになれる機能を有しているのだ。そういう人間が増えていけば、理想的な社会システムはおのずとできるかもしれない。

僕はそんなことを夢想している。しかし、僕ひとりの夢想ではなく、多くのみんなと共有したい。共有する幻想はいつしか現実となるのだ。少なくとも新千年紀の千年はもつ、新しい共同幻想をつくりたい。

それが僕の今の願いだ。

93・6・20
BGM〈Imagine〉
〈Watching the Wheels〉

第一章　兆　候（一九六二年～一九八四年）

幼年時代

僕は一九六二年二月二十七日、横浜市鶴見《つるみ》区に生まれた。父は有名企業の会社員だったが、裕福な家庭ではなく、僕は六歳まで会社のオンボロ寮の八畳一間で育った。幼少時はひどいぜんそく持ちで、母はよく僕をおぶって、近所の曹洞《そうとう》宗本山、総持寺へ静養がてら散歩に行ったらしい。

四歳の時、妹ができ、僕は天王院幼稚園という、住職が経営する幼稚園に入園した。五歳の時、はしかにかかり、まだ治りかけの時に遠足で海に行って、帰ってきたら高熱を出して寝込んだ。熱は四二度まで上がり、生死の境をさまよった。朦朧《もうろう》とした意識の中で、異空間の中にポッカリと立っているウルトラマンの夢を見た。当時、『ウルトラマン』のテレビ本放送中で、僕は恐怖と畏敬《いけい》の念でこれを見ており、夢に出てきたウルトラマンが死に神の使いなのか、僕を救ってくれた正義の使者なのか、よくわからない（このウルトラマンの夢は、大人になってからも高熱を出して寝込むたびに見た)。この時の高熱がきっかけになったかどうか定かではないが、僕は以後ずっと飛蚊症《ひぶんしょう》であり(幼少時からずっと同じ模様を見ている)、時々脳圧が亢進《こうしん》して聴覚が異常に鋭くなる発作に襲われる。

同じく幼稚園の頃、友達のヤッコちゃんと先生と三人で休日に向ヶ丘遊園に遊びに行った。お化け屋敷に入ったのだが、僕は怖くて泣きながら入口へ逃げ戻ってきてしまった。で、家へ帰り、黙っていればいいものを、「ヤッコちゃんが怖がって入れなかったんだよ」と、母にすぐバレるうそをついた。泣き虫でうそつきで見栄《みえ》っ張りのガキだったんである。

同じ頃、隣の裕福な家にしゅうちゃんという友達がいて、彼は亀《かめ》を飼っていた。僕も亀が欲しいことを話すと、彼は気軽に自分の貯金箱の中から三五〇円をかき集め、一緒にペットショップへ行ってミドリガメを僕のために買ってくれた。母はそれを知ると顔を真っ赤にして怒り、いくらしたのか僕に聞くと、しゅうちゃんの家にお金を返しに行った。そして、自分が裕福な家からあわれみを受けたと解釈したのか、初めて僕の前で涙を見せた。僕は自分の罪の意識のない行為で母を泣かせたことにひどく傷つき、この事件はトラウマとなってあとあとまで残るのである。そのミドリガメはすぐに姿をくらましたが、それ以降、母は僕が亀を飼おうとするたびに気分が悪くなり、せっかく捕まえた亀を逃がしてやらなければならないことが何回かあった。母にとって亀は屈辱感を象徴していたのであろう。

僕は四歳から十歳になるまでの六年間、正月は毎年父と二人で、あるいは父の会社の人達と一緒にスキーへ行っていて、その間、母と妹は母の実家に帰っていた。つまり幼少時の多感な時期に、正月の家族団欒《だんらん》というものを味わったことがなかった。といって、父と母の夫婦仲が悪かったというわけではなく、小五から中一にかけては家族四人でスキーに行ったし、幼少時から大学に上がるまで家族関係は良好だったと思う。

小学校時代

小学校は横浜市立豊岡小学校に入学したが、すぐに横浜市緑区の２ＤＫの団地に引っ越したため、二学期からは市立鴨居《かもい》小の生徒となる。マッちゃんという親友ができ、誕生日に来てくれるようなガールフレンドも三人いて、学校生活は楽しかった。僕は五、六年の時、議長や学級委員などを務め、学級新聞作りにも情熱を燃やした。あの頃が僕の生涯で最もエネルギッシュな時期だったと思っている。将来は航空会社に勤めたいと思っていた。

しかし活発な反面、空想癖があって、学校から帰ってくると、帰り道に歩きながらふけっていた空想の続きをベッドに座ってボーッと考えていることが多かった。母は後に、僕の頭が少しおかしいんじゃないかと心配していたと僕に語った。

小四の時に自慰を覚えた。知識は全くなく、なんでこんなに快感なのか訳もわからずにカキまくっていた。下着を汚したままにしていたのですぐ母にバレ、「何でこんなことするの！」と厳しく追及された。母親に「気持ちいいから」とは答えたくなかったが、それ以外に言いようがなかった。母は「当たり前じゃないの」と言って絶句し、うろたえた。僕も母も無知で、お互いに傷ついたのであった。

卒業間際《まぎわ》、先生はクラスの生徒全員に、自分以外の一人一人の長所と短所を無記名で小さな紙に書かせ、それをまとめたものを各人に配った。各人全く違うものを渡されるわけで、人が自分をどう評価しているのかわかり、有意義な企《たくら》みだったと思う。僕は長所の方が多く書かれてあったが、先生によると、あまりひどいことが書いてあるものは排除したらしい。僕のがどんな内容だったかというと、

長所

○ユーモアがある

○活発
○積極的
○友達づきあいがいい
○マンガや絵がうまい
短所
○時々人を傷つける
○内気
○給食の時に突然笑わせ、牛乳を飲めなくする
などであった。僕のことを活発と見ている人と内気と見ている人がいたのが面白い。確かに僕にはその両面があった。

僕の小中学校時代に最も影響を受けた作家は、今にして思えば井上ひさしであった。小一の春に見たアニメーション『長靴をはいた猫』、小六の時に見たミュージカル『11匹のネコ』に僕は感動し、テレビの『ムーミン』『お笑いオンステージ』など、彼が脚本を担当していた番組をいつも楽しみに見ていた。いわゆる文庫本を買って読むようになったのは中学に入ってからだが、おそらく最初に読んだ小説が井上ひさしの『ブンとフン』だったような気がする（北杜夫《もりお》の『船乗りクプクプの冒険』の方が先

だったかもしれない)。後年の彼の仕事はあまり好きではないので、井上ひさしの一番いい時期に小中学校時代を送れたことは幸運だったと思う。

『11匹のネコ』に関して言えば、僕は今でも優れたミュージカルだと思っているが、ただ一つ、最後ににゃん太郎が皆に袋だたきにされるシーンが当時理解できなかった。今では理解できるが、果たして子供にああいうシーンを見せることに意味があるのか、納得がいかない。作家的良心にかけてもハッピーエンドにしてほしかったとつくづく思う。

『長靴をはいた猫』は、これで一冊本が書けるくらい、深い思い入れのある作品で、アニメーション、実写を問わず、最も好きな映画と言ってしまっていいくらいだ。井上ひさしが脚本家としていい仕事をしたのは明白だが、業界では、後半のお城での追っかけシーンに宮崎駿《はやお》が手腕をふるったとか、前年の『太陽の王子 ホルスの大冒険』で鬱積《うっせき》していたスタッフがのびのびと仕事をしたとかで傑作になったと言われている。ピエールが前半気弱な少年だったのに、後半別人のようにたくましくなってルシファーと戦うのがどうも納得できないという向きもあるようだが、僕はそこにこそこの作品の価値があると思っている。つまりピエールをたくましい男に変えたのはローザ姫なのだ。ローザ姫に寄せるピエールの思いが弱い男を強くしたのだ。ローザ姫をルシファーに奪われたあと、ピエールが見せるまなじりを上げた表情は、この映画の中で最も重要なカットである。男は女に惚《ほ》れることによって強くなる。『長靴をはいた猫』は、子供にも理解できる優れた恋愛映画なのだ。

井上ひさしの仕事で忘れてはならないのが『ひょっこりひょうたん島』なのだが、僕は何しろ就学前で、見ていた記憶はあるのだが、内容をほとんど覚えていない。しかし、ある挿入歌が好きで、その歌ばかり歌っていた証拠テープが残っている（井上ひさしとコンビを組んでいた山元護久《もりひさ》という人は、僕が高校生の時に亡《な》くなってしまったが、僕にとっては謎《なぞ》の人物だ。『ひょっこりひょうたん島』や『長靴をはいた猫』で彼が果たした役割を僕は知らない。また、『長靴をはいた猫』でギャグ監修を務めている中原弓彦《ゆみひこ》がどんな仕事をしたのかも謎だ）。

中学校時代

一九七四年、市立城郷《しろさと》中学に入ると、僕は一転して地味な存在になる。入学式の時に新入生代表としてスピーチをやらされたこともあって、一年の時は学級委員を務めたが、二年、三年になると、別に勉強に明け暮れたわけではないが、小学校の時の明るさはどこへやら、暗く、目立たない人間になってしまった。よくいじめの対象にならなかったもんだ。

北杜夫、井上ひさしの小説に夢中になり、むさぼり読んだ。漫画では『ボクの初体験』に感動して弓月光《ゆづきひかる》のファンになった。テレビ番組では、『アルプスの少女ハイジ』『ガンバの冒険』などを楽しみに見ていたが、まだアニメファンと言えるほどには入れ込んでいなかった。

授業面では、井伏鱒二《いぶせますじ》の『山椒魚《さんしょううお》』を読書感想文で「労働者文学」であると論じてウケたこと、憲法の前文を暗記させられたことなどが印象に残っている。体育と技術科の先生が嫌いだった。

小学校時代は漫画をいくつか描いていたが、中学に入ると小説を書き始めた。内容は北杜夫や加納一郎の影響の濃い少年SF物で、主人公がタイムトラベルをして帰ってくると、錯乱状態になり、精神病院に入院するというシーンがある。当時「せーしんびょーいん」と題して風貌《ふうぼう》のおかしな人物を何人か描くという落書きも描いており、あの鉄格子《ごうし》の向こう側の世界に興味を持っていたことがわかる。まさか自分が将来その中に入る羽目になるなどとは、想像もしていなかったが……。

中二の夏休み、アメリカはミネソタ州の製材業を営む一家に一カ月間ホームステイした。一家は子供四人の六人家族で、僕はアメリカンライフスタイルを存分に楽しんだ。一番下の女の子はダイアナといって、僕と同年齢でそばかす顔のスマートな女の子だった。でも僕の好みではなかったので、お兄さんに「ダイアナとキスしてみないか」と言われた時、僕は「NO」と答えてしまった（帰ってきてから烈《はげ》しく後悔した）。もう一つ「NO」と答えて後悔したのは、「日本人は原爆のことでアメリカが嫌いなんじゃないか」と聞かれた時である。僕は「そんなことはない」と言おうとしたのだが、英文法では全く逆の意味になってしまうことに後から気づいた。「NO」と言われた彼らは、あからさまに落胆の声を上げたのである。でも今にして思えば、アメリカに迎合せずにNOと言ってしまって逆に良かった。原爆を落としたアメリカ人は良心を痛めるがよろしい。でも渡米する前は「アメリカでは戦争と宗教の話はタブーだ」なんて吹き込まれていたのに、向こうは「オキナワはアメリカのものだ」とか言ってくるし（この時は「ノー　ノー　オキナワ　イズ　ジャパン　ニクソン　セッド」と答えてウケてしまった）、何が「タブー」だ、と思った。僕は家族の一員のようにすっかり溶け込んだが、一つだけなじめなかったのが、日曜に行く教会の礼拝だった。三回行って三回とも途中で気分が悪くなり、帰ってからベッドに倒れた。どうもキリスト教というのは生理的に受けつけないようだ。僕はクリスチャンにはなれない。

中二の秋、8ミリ映画を作って翌年の文化祭で公開しようと思い立ち、仲間を集めて一年がかりで映画を作った。この時の仲間の一人が、二〇〇〇年に白血病で亡くなった親友ミックである。実際の撮影は三年の二学期になってからスタートし、十一月の文化祭までの短い期間に撮りまくった。途中、思い通りに事が運ばず、監督役の僕は何度もやめようかと思ったが、この頃NHKでやっていた少年ドラマシリーズ『巣立つ日まで』にも励まされ、一人ではできないこともみんなでやればできるんだ、ということを証明して、映画は文化祭の前日に完成し、大好評を博した。沸き上がる拍手の中で、僕はいまだかつて感じたことのなかった幸福感に包まれた。この体験が僕を映像関係の仕事に向かわせた一つのきっかけとなったと言えなくもない。

中三という受験の大事な時期に、バカなことをやったわけだが、一つのことを成し遂げたという充実感があって、僕は文化祭が終わってから目の色を変えて勉強し、成績が上がった。受験勉強で苦しい思いをした記憶は全くない。当時、脳血栓を患《わずら》って入院した父には申し訳ないが、中三の文化祭から高校に入るまでは薔薇色《ばらいろ》の日々だった。今でもオリビア・ニュートン＝ジョンの『たそがれの恋』を聞くと、あの頃の幸せな気分を思い出す。

高校時代

一九七七年四月、僕は県内でも有数の進学校である県立横浜翠嵐《すいらん》高校に入学した。高校に入ってすぐ綾瀬《あやせ》市の一戸建住宅に引っ越した。初めて自分一人だけの部屋が持てた。

高校の三年間はあっという間に過ぎた。僕は学校や体制に反発するわけでも迎合するわけでもなく、ひたすら自分のやりたいことに熱中した。サークルは天文同好会に入り、赤道儀やそれを動かすモータードライブ装置を自作し、星野《せいや》写真を撮りまくった。小説は筒井康隆《やすたか》に傾倒し、漫画は弓月光、大島弓子、清原なつの、音楽はビートルズ、太田裕美《ひろみ》のファンだった。スポーツは昔からあまり得意な方ではなかったが、高三の時、校内マラソン大会で三〇〇人中、九位に入賞した。得意科目は世界史と地理Aと美術で、地理Aは代ゼミの全国模試で一位をとったこともあった（その時の志望校は一橋大学の商学部であった。一橋に入っていたら、人生変わっていただろうなあ）。あまり外向的な方ではなかったが、ごくごく普通の高校生だったんじゃないかと思う。

一九七八年に『未知との遭遇』『スターウォーズ』の二本の大作SF映画の日本公開があり、また『2001年宇宙の旅』『惑星ソラリス』の再映もあって、僕はこれらのSF映画にすっかり魅せられた。『宇宙戦艦ヤマト』にはあまり興味はなかった。

高三の時、僕の人生を左右する重大な出来事が三つあった。一つは、同好会に新入会員として入ってきた美夜ちゃんとの出会いである。彼女はその後学習院大学に進み、一九八八年にあっさり結婚してしまったが、僕はそれまで十年間ずっと片想《かたおも》いをしていた。僕の最初の発病に関わってくる重要な女性である。もう一つは、成績が良かったので早稲田《わせだ》大学商学部の学校推薦に選ばれたこと。おかげで受験勉強というものをせずに済み、秋から冬にかけては好きなことをして過ごしていた。もう一つは、アニメーションとの邂逅《かいこう》である。テレビで見た『未来少年コナン』『機動戦士ガンダム』、劇場で見た『ルパン三世　カリオストロの城』などにすっかり魅せられ、特に宮崎駿という人物に興味を持った。『コナン』に至っては、一九七九年から一九八〇年にかけての再放送の時、全話をカセットテープに録音して、画面を写真撮影するという熱の入れようだった。高三になってからアニメにのめり込み、早稲田に入ったということが、どれほど僕の人生を決定づけたか、計り知れない。

大学時代

一九八〇年四月、僕は早稲田大学商学部に入学した。が、その直前に、出ばなをくじく衝撃的な事件が起こった。早大商学部入試問題漏洩《ろうえい》事件である。何で僕が選んだ学部で、僕が入った年にこんな事件が起こるんだ、と憤懣《ふんまん》やる方なかった。商学部自治会（革マル派）は事件の徹底究明を主張し、独自の調査で、新キャンパス建設用地の利権問題と日大シンジケートが絡《から》んでいることをつかんだが、それらはほとんど報道されず、職員ら四人が逮捕され、総長、学部長が辞任して、真相はウヤムヤのまま事件は終結してしまった。僕は入学後いきなりこの騒動で、学生運動の現状を知り、新聞、テレビ等の報道は、そのまま信じず、疑ってかからねばならないことを教わった。

サークルは迷わず「早稲田大学アニメーション同好会」（以下「早ア」と略す）に入会した。会員は変わった人ばかりで、ただのアニメファンではなく、皆独自の価値観、世界観を持っていた。特に「おたく」「ロリコン」の走りであったF氏、望月氏には、ずいぶん影響を受けたと思う（注・二人とも今では立派な社会人で、結婚して幸せに暮らしています）。

一九八〇年四月二十六日、今はなき上板《かみいた》東映で『わんわん忠臣蔵』『太陽の王子 ホルスの大冒険』『少年ジャックと魔法使い』『長靴をはいた猫』という東映動画黄金期の長編漫画映画のオールナイト上映会があり、十二年ぶりに見た『長猫』と初めて見た『ホルス』に感動する。特に『ホルス』は、本当に子供向けかと思うくらいに難解なところがあって、以後『ホルス』をやると知ってはあちこちの上映会に出没する〝ホルスジプシー〟となる。そんなわけで、ただのアニメファンだったのがマニアになり、サークルに入り浸って、会員達と作品に対する激論を交わすようになった。

会の活動は、上映会、同人誌制作、自主アニメの制作を三本柱にしていたが、普段はラウンジでノートを書いたり読んだり、バカ話に興じたり、トランプをしたり、喫茶店をハシゴしたりと、退廃的な雰囲気のサークルだった。でもやる時はやるもんで、何かを作る時の熱中度、集結度はもの凄《すご》かった。F氏が中心になって作った自主制作アニメは、プロにも劣らぬ出来で、宮崎駿を感嘆させた。僕も一人で二分の作品を作り、上映会では好評を博した。望月氏が中心になって作ったロリコン本『別冊アニコム』は、彼の文学的才能と遊び心を遺憾なく発揮し、僕もカメラ片手に都内の女子小学生を追いかけ回し、紙面作りに大いに貢献してしまった。自分がロリコンだとは思っていなかったが、『未来少年コナン』に登場するラナという少女が好きだったし、その手の文章を読んだり書いたりするのは好きだった。

　自分のやっていることが「大学生にもなって恥ずかしい」とは全然思っていなかった。海外の短編アニメーションに素晴らしい芸術作品がたくさんあることを発見していたし、アニメーションという想像的世界に触れ、自己の想像力を刺激することは、ひいては自己を高めることであり、「アニメで切磋琢磨《せっさたくま》じゃ」と思っていたのである。

　好きなアニメ作家は宮崎駿だったが、当時彼は大した仕事をしていなかった。一九八一年に『ど根性ガエル』の再放送と『新ど根性ガエル』の放送を見て、僕の興味は芝山努、小林治と、彼らがかつて所属していた「Aプロダクション」という制作集団に移っていった。加えて、この頃望月氏が芝山努の主宰する「亜細亜堂《あじあどう》」にアニメーターとして電撃入社し、彼をバックアップする意味も兼ねて、『新ど根性ガエル』をはじめとする亜細亜堂作品に傾倒していくことになる（『新ど根性ガエル』のテーマ曲は、とんねるずのデビュー曲でもある。僕は後年、とんねるずから多大なる影響を受けることになるので、何かしら因縁のようなものがあったのかもしれない）。

『新ど根性ガエル』の魅力は、何といっても〝下町〟の綿密に設計された舞台設定に尽きる。そこには僕の憧《あこが》れる生活空間があった。ストーリーは二の次で、僕は毎週、キャラクターと舞台との見事な〝関係〟にすっかり魅了されていた。デザインはデフォルメされていたが、これほど実在感（リアリティー）を出したアニメは他に類を見ないのではなかろうか。

　外部の同人誌では、一九八一年四月に創刊された『突然変異』を愛読していた。メンバーが早アの上を行く変態で、その過激な内容が椎名《しいな》誠にメチャクチャ攻撃されたいわくつきの雑誌だったが、少なくとも椎名誠の本よりは思索的で面白かった。狂気に理論武装を施したような内容で、僕が二度目の入院をした時の、精神的なよりどころとなった。スタッフは創刊時、慶應《けいおう》の学生だったらしいが、今はどこで何をやってるのかしらん。

　一九八二年に僕は早アの会長を務めた。前年入った新人が粒ぞろいでメンバーは充実していたので、新勧活動はあまり熱心にやらなかった。要するに無精をこいてしまったわけだが、おまけに六月に、早アとは別個の同人誌サークルを作るという企てに、早アの会長でありながら積極的に加わり、このサークルには今でも参加し続けている（一九九二年、十周年記念号が出た）。

　一九八二年の八月、日記にこんなことが書いてある。

「大学に入ってから二年と四カ月の月日が流れたが、その間自分は通俗文化の洪水に押し流されっぱなしであった。自分がこんなにも学業を疎《おろそ》かにして自堕落な生活を送れる人間だとは思ってもみなかったことだ。ここ数年、知力はむしろ劣ってきているということを痛切に感じ、こんなはずではなかったという惜念の思いにかられるあまり、つい刹那《せつな》的な享楽《きょうらく》を求めて通俗文化に身を浸してしまっている。最初のうちは、〝アニメは自己を高めるための手段〟などと思っていたが、今では、世間一般から取り残されてしまったことへの焦燥感を紛らわす執着の対象としてアニメに接している自分の姿にはっきり気がついてしまっている。僕からアニメを取り去ってしまったら何も残らないことを知っている以上（あるいは、あえて探そうとしていないだけだという希望も残ってはいるのだが）、この状態は当分続くのだろう。願わくば自分の執着の結果が少しでもアニメーションを取り巻く状況を好転させんことを」

アニメにのめり込んでいる自分を反省するとともに、この頃からアニメ業界への進出を模索していたことがわかる。

早アには共立とか大妻とか女子学生の入会希望者も来たが、美夜ちゃんのことしか眼中になかった僕は興味を示さず、それでなくても彼女らは会員諸氏の言動に恐れをなしてかすぐに姿を見せなくなった。一九八二年の四月、僕は学習院大学に進んだ美夜ちゃんに高校のサークルの集まりで再会した。当時『セロ弾きのゴーシュ』というアニメーションが、「アニドウ」という団体の主催する上映会で公開されていて、僕は美夜ちゃんと二人で見に行きたくて、彼女を手紙で誘ってみた。が、間もなく丁重な断りの返事をもらった。上映会の当日、僕は一人さびしく見に行ったのだが、会場には先輩のF氏が女の子と二人連れで現れ、親しげにしていた。結局その二人は翌年めでたく結婚したので、まあ、それはそれでいいのだけれども、僕は自分のふがいなさを笑われているようで激しく落ち込んでしまった。

それでもあきらめきれず、一九八二年の十二月、僕は学習院大学に単身乗り込み、クラブハウスの前で美夜ちゃんを待ち伏せた。やがて彼女が男と連れ立って歩いてくるのを見つけ、勇気を出して話しかけると、嬉《うれ》しそうに歓迎してくれた。春に出した手紙のことに水を向けると、「そんな昔のこと」と意に介していなかった。彼女と一緒にいた男はM氏という、これまたアニメファンで、後に早アの会員になり、僕は彼の主宰する「美夜ちゃんファンクラブ」の№2の会員になる。

当時僕は一風堂のファンだった。ジョン・レノンのベストアルバム、『ザ・ジョン・レノン・コレクション』が出たのもこの頃だ（これは美夜ちゃんに教えてもらった）。『すみれ September《セプテンバー》 Love《ラブ》』やジョン・レノンの曲を聞くと、この頃の幸せな気分を思い出す。結局僕の恋は成就《じょうじゅ》しなかったが、〝思い過ごしも恋のうち〟とはよく言ったものだ。

一九八三年の年明け、僕は美夜ちゃんとの縁をきっかけに、早アの会長としては軽率な行動をとる。新入会員M氏の知り合いからもたらされた、コンピューターを使った連続テレビアニメーションの制作に参加したのだ。F氏にキャラクターを作ってもらい、ハラちゃんにはメカデザインと舞台設定を頼み、ヘンタ氏にコンテを切ってもらって、僕は史上最年少のCD（チーフ・ディレクター）になるはずだった。だが、実際作業に入ってみると、コンピューターアニメとは違い、セルを使わないで色がつき、ビデオで色々と合成ができるだけのシステムで、動くところはすべて鉛筆で手描きしなければならず、とてもシロウトの集団（それも少人数）で太刀打ちできる代物《しろもの》ではなかった。僕らは間もなく撤退し、その後がまに『ドラえもん』のCDを降りたもとひら了氏がついたらしいが、結局この企画は実現しなかったようだ。

同じ頃、母は父がたまに帰ってきても（父は一九八〇年四月から新潟県柏崎《かしわざき》市に単身赴任していた）飲みに出てばかりで、ちっとも構ってくれないと言って泣いていた。自分のことで精一杯だった僕は、母をなぐさめることも父に意見することもできなかった。これが後に後悔の種となる。

最終学年を迎えた僕は、講義も週一〇コマしかなかったので、ほとんど早アに入り浸っていた。新会長のみかん氏が有能な人で、彼を中心に充実した同人誌が作られ、僕も別の同人誌を作っていた。小説家志望のP氏が入会し、以来彼と僕とは、早アを離れても今なお、アニメ同人誌を作り続けている。

何だか勉強そっちのけでサークルに入り浸っていた感を与えるが、四年間の講義では、経営組織論、政治学、広告論、産業社会学、経済学説史などに興味を持ち、勉強した。商学部に入ったくせに、会計、金融、証券などは全くお手上げだった。産業社会学の寿里《すさと》先生は、博識な人で、講義はいつも面白かった。最初に入院した時、この人に迷惑をかけることになるのだが……。僕に「社会の歯車になることの大切さ」を教えてくれた。政治学で「システム理論」を、産業社会学で「ポスト構造主義」を学んだことは、後の僕の思想のバックボーンとなる。

一九八三年夏からボチボチと就職活動を始めたが、僕はあまり熱心にはなれなかった。僕はどちらかというと理性や打算ではなく感情で動く人間だった。尊敬する芝山努・小林治両氏の下で仕事をやりたかったので、十月某日、思い切って亜細亜堂の動画試験を受けた。結果は合格。といっても契約社員で、条件は決してよくはなかったが、僕は迷わず亜細亜堂でのアニメーターの道を選んだ。

大学の就職部に就職先を提出しに行った時、「正社員でなくても出すんですか？」

と聞いたら、職員に「契約社員でもずっとその会社で働くつもりなら出してくださ い」と言われ、その言葉を聞いて僕は涙ぐんでしまった。事務的な口調だったが、なんだか「がんばれよ」と励まされたような気がして。僕は芝山さん、小林さんがいる限り、ずっと亜細亜堂で働くつもりだった。アニメーターや演出になりたいと言うよりは、芝山さん、小林さんの下で彼らと師匠と弟子、和尚《おしょう》と小僧のような関係を結びたいと思っていたのである。

一九八四年三月、僕は早稲田大学を卒業した。大学を卒業してしまう、卒業できてしまう自分に対して、何か不思議な感動があった。僕は今でも、早稲田大学と「早ア」に対して強い帰属意識を持っている。ゼミにも入らず、卒論も書かず、ほとんどサークルに入り浸りの四年間だったが、決して遊んでいたとは思っていない。情熱と想像力をもって、何かに熱中するという素晴らしい経験をしたと思っている。サークルの仲間達と良好な人間関係を築き得たことは、僕の一生の財産となるであろう。

四月から僕は埼玉でひとり暮らしを始め、本格的にアニメーターとして社会人の第一歩を踏み出した。不安はたくさんあったが、好きな仕事で飯を食っていけるんだと、僕は正しい生き方を選んだことを自分に言い聞かせた。

大学までの生い立ちで、病気の「兆候」と思えるようなものを拾い集めてみたが、本当に病気につながっていると思われるのは五歳の時の大病くらいで、あとはごく普通の少年時代を送ってきたような気がする。空想をしない少年がいるだろうか。アニメファンの大学生なんて、昔も今もいくらでもいる。アニメ業界に精神病患者が多いなんてデータはない。もっとも読者の中には「すべて兆候だ」と思う人もいるかもしれない。僕は反抗期というものを経験せず、常に親の言うことをよく聞く従順な子供だった。それがいけない、と言う人もいるだろう。僕は体を鍛えることをせず、頭を使うこと、とりわけ想像をめぐらすことばかりをしてきた。「健全な体に健全な精神が宿る」が真ならば、僕は不健全な精神を育ててきたことになる。しかし、だとしたら、ホーキング博士をはじめとする身体障害者は皆、不健全な精神の持ち主ということになる。そんなバカな。精神科医、心理学者の分析を乞《こ》いたい（僕は担当の精神科医に、自分の生い立ちのことはほとんど話していない。医者もそんなことは聞かないし、話しても無益なのである）。

第二章

現実との闘い（一九八四年～一九八六年）

デビュー

アニメーター（動画）になった僕には克服しなければならない問題がいくつかあった。一つは手のひらに汗をかくこと。どうも自律神経が失調気味らしく、小さい頃から冬でも手のひらにぐっしょり汗をかいてしまうのだ。これは紙に絵を描く仕事には非常にまずい。でも僕は写真用の薄手の手袋を買い、鉛筆が当たる所と指先を切って右手にはめ、この問題を解決した。もう一つは手が遅かったこと。「ふり向き」と「斜め走り」の動画が苦手で、さんざんチェックされ、毎日残業しても月に三〇〇枚くらいしか描けなかった。しかしこれもだんだん慣れてきて、七月には動画のノルマである月七〇〇枚をこなせるようになった。

動画で関わった作品は『カッくんカフェ』『魔法の天使クリィミーマミ』『うる星やつら』など。

一九八四年七月十八日、僕は芝山さん、小林さんの待つ事務室に呼び出され、演出助手をやるように言い渡された。これで晴れて亜細亜堂の正社員になることができ、もう毎日動画を描かなくても食っていけるんだ、と喜んだ。正直言って絵がそれほどうまくない僕には動画の仕事はつらく、早く演出になりたいと思っていたのだ。僕はなんて幸せ者なんだと、その日は一日地面に足が着かず、すぐに仕事に打ちのめされる日々が来ようとは想像だにしなかった。

演出助手の仕事は一カ月で終わり、八月の末に『魔法の妖精《ようせい》ペルシャ』の演出、絵コンテを任された。絵コンテというのは、脚本を元に、アニメーター、背景、仕上げ、撮影、録音の人達に、どういうカット割りでどういう内容にするか指示を与える、絵入りの設計図のようなもので、だいたい三〇分もの一話につき、二五〇〜三〇〇カットほど書かねばならない。更に商業アニメゆえセルの枚数があまり使えないので、いかに少ない枚数で動いているように見せるか（芝山さんと小林さんは、これが天才的にうまかった）工夫せねばならない。想像力と表現力と集中力を必要とする重要な仕事で、この絵コンテによって作品内容がほぼ決まってしまう。『ペルシャ』という作品で初めて絵コンテを切ったわけだが、CD（チーフ・ディレクター）の安濃《あんのう》さんに半分くらい直され、出来上がったフィルムは、僕が作ったものと言えるのかどうかよくわからない作品になっていた。それでも、アニメ雑誌にとりあげられたりして評判は良かったので、複雑な思いをしたのを覚えている。出来が良かったのは、安濃さんと作画監督のGさんのおかげだった。のっけから演出、絵コンテの才能を自ら問わなければならなかった。

二作目は『ドラえもん』の絵コンテのみ。三作目はNHKで放映された『おねがい！　サミアどん』の演出、絵コンテだった。これは各話一五分もので、僕は計一〇本担当した。最初の一本は自分でも満足のいく出来で、三本目までは調子は良かったが四本目からスランプに陥り、スケジュールを遅らせ、遅刻が続くという失態を招き、特に一九八五年の六月はひどかった。当時の日記を見ると、「この六月は生涯最もつらく重苦しい日々を送った」と書いてある。理由は仕事上のスランプの他に二つあった（この二つのせいでスランプになった、と言えなくもない）。一つは一九八三年八月に癌《がん》の摘出手術を受けた母の容態が悪化し、再入院したこと。もう一つは同僚のKさんというアニメーターが好きになったことであった。本命はあくまでも美夜ちゃんだったが、彼女とはしばらく会っておらず、身近にいたKさんに僕はいつしか心惹《ひ》かれるようになってしまっていた。Kさんは亜細亜堂の男性諸氏に人気があって、ドロドロの人間関係をもたらすことになるのだが、僕もそれに巻き込まれてしまったのである。

早アから一足先に亜細亜堂に入っていた望月氏はすでに演出家生活四年目に突入していて、当時は主にオリジナルビデオの演出をしていた。彼は彼で、前述したGさんに恋をしており、僕はよく望月氏の家へ行っては仕事や恋の悩みを打ち明けあっていた。学生時代、浮いた話の一つもなかった望月氏は、亜細亜堂に入ってGさんに一目惚《ぼ》れし、以来涙ぐましい片想《かたおも》いをしていた。これは社内の誰もが知るところで、僕とKさんは、望月氏とGさんを何とかしてやりたいと思っている点で一致していたのである。

一九八五年八月、カラオケ用アニメとCMのコンテを切ったが、どちらもうまくいかず、自分の才能の無さをつくづく感じた。それでも一九八五年の秋は、『ドラえもん』『ロボタン』『日本昔ばなし』『クリィミーマミ・カーテンコール』『魔法のスターマジカルエミ』と、いくつもの作品を手掛け、多忙な毎日を送る。そして運命の一九八五年十二月を迎えた。

初めての挫折《ざせつ》

一九八五年十二月十三日、二年半もの間癌と闘ってきた母が死んだ。享年《きょうねん》五十だった。僕は電話を引いていなかったので、その朝、一昔前のドラマのように「ハハキトク　スグカエレ」という電報を受け取った。まさかこんなに早く死なれるとは思ってもおらず、母の死に顔を見てもまだ信じられなかった。

喪主の挨拶《あいさつ》で、父は、五年間の単身赴任で母に「寂しい思いをさせた」と言って泣いた。生まれて初めて見る親父《おやじ》の涙だった。

葬儀の間、僕は涙をこらえていたが、通夜《つや》で母の友人に、僕の名前が出るアニメが放送される時は必ず母から連絡があった、と聞かされ、また、伯父から、僕がアニメーターになりたいと言い出し、弱っていると父からこぼされた時に、父を激励した言葉を聞かされ、初めて知った僕にまつわるそれらの話に、涙がとめどなくあふれ、嗚《お》咽《えつ》が止まらなくなった。

とにかく僕は、母の苦悩と苦痛を顧みず、ずっと自分のことしか考えていなかった。僕がもっとしっかりしていれば、もしかしたら母は癌なんかにならなかったのではないかと、そう思えてならないことが過去に何回となくあった。つまり、何かしたり言ったりすべきだった時に、何もしなかったのだ。何もしないということは、時に悪行を成すことよりも罪深いと思う。しかし、悔やんでももう遅かった。これからはしっかりした頼りがいのある人間になろう。積極的に生きていこう。そうでなければ母が浮かばれないではないか、と、葬儀を終えた僕は自分に誓った。

僕はそれまで「現実」というものを疑ったことは一度もなかった。母のいない世界というのは受け入れ難いものだったが、それでもそんな厳しい現実を僕は受け入れた。しかし、年が明け、執拗《しつよう》に襲ってくる厳しい現実に打ちのめされ、「現実」に対する僕の見方は少しずつ変わっていったのである。

会社に戻ると、先輩、同僚のみんなから香典をもらった。でも、お決まりの悔やみの言葉でなく、僕を優しく慰めてくれたのはKさんだけだった。年賀状欠礼の手紙をおもだった知り合いに出したが、母の冥福《めいふく》を祈るとの返事をくれたのは美夜ちゃんだけだった。僕の恋心はこの二人の間を揺れ動くが、年が明け、仕事上の大スランプに襲われ、それどころではなくなってくる。

当時僕は『タッチ』の演出、絵コンテを任されていた。視聴率が三〇パーセント台に達する超人気作で、Kさんが原画に入っていることもあって気が抜けず、毎回必死に絵コンテを切っていた。最初の三本はほぼスケジュール通りにこなせたが、四本目になって突然手が進まなくなり、スケジュールを大幅に遅らせ、泥沼の日々を送ることになる。一九八六年四月のことであった。コンテをUPさせなければならない日の前日、あと一日ではどうしてもできないどころかまだ何日かかるかわからない状態で、このまま夜逃げしようかと本気で悩んだこともあった。

遅々としてコンテが進まない四月の中頃、突然Kさんから手紙を受け取った。内容は、今つきあっている人がいるので、僕とはつきあえない、というものだった。僕はKさんに好きだとかつきあってくれとかいう意思表示はしていなかったつもりだが、Kさんは僕の気持ちを見抜き、険悪な関係になる前に手を打ったのである。告白する前にフラれてしまった僕は、頭の中がカラッポになり、筆の進まぬコンテ用紙をただ眺めているだけの日々が更に続いた。結局コンテは、恥を忍んで芝山さんに手伝ってもらい、スケジュールを約一カ月遅らせて、周囲の人達に多大な迷惑をかけた。クビにならなかったのが不思議である。

僕はKさんに、「思いを寄せていたのは、芝山さんの言う『演出は原画を愛せよ』に従ったまでであり、Kさんとは、浦山桐郎《きりお》と吉永《よしなが》小百合《さゆり》のような関係になりたいと思っている」などと言い訳をした。彼女はホッとして「それでいいじゃないですか」と言ったが、僕の本心はもちろんそうではなかった。ムンクの「愛とは女性に挑む負け戦である」という言葉に共感を覚えたが、優柔不断でまどろっこしい性格がそうさせるんだ、と、激しい自己嫌悪《けんお》に陥った。そして、自分がいかに「現実」に立ち向かえない臆病者《おくびょう》であるかを、Kさんとの関わりの中で思い知った。

情報とイマジネーション

アニメ業界に入ってから、少しでも仕事に役立てようと、努めて色んな映画を見た。中でも面白かったのは、『ガープの世界』『プレイス・イン・ザ・ハート』『光年のかなた』『未来世紀ブラジル』『ストーカー』『ノスタルジア』『ミツバチのささやき』『フットルース』『ストリート・オブ・ファイヤー』『トワイライトゾーン（の第三話）』『薔薇《ばら》の名前』『死霊《しりょう》のはらわた』『台風クラブ』などである。僕にとっての永遠の名作は『長靴をはいた猫』と『イエロー・サブマリン』の二本のアニメーションだが、『ガープの世界』と『プレイス・イン・ザ・ハート』は、脚本、演出、キャスティングのどれもが優れていて、〝生きる歓《よろこ》び〟がビシビシ伝わってくる、生理的に最も好きな実写映画だ。

映画から得られるものはたくさんあって、気に入った手法は真似《まね》たりもしたが、あまり武器にはならなかった。当時、僕のイマジネーションを刺激したのは、映画よりむしろ、本やテレビ番組であった。

一九八六年の春頃、僕を最も驚愕《きょうがく》させ、勇気づけてくれたのは、『パラダイム・ブック』（C+Fコミュニケーションズ編著　日本実業出版社）という一冊の本だった。ニューサイエンスの概要をわかりやすく広範囲にわたって紹介した本で、新しい時代、新しい世界の展望が目の前に開け、これからの生き方に示唆《しさ》を与えられ、僕にとっての聖書となった。ハイゼンベルク、シュレディンガーという物理学者を知り、アインシュタインよりも彼らに共感し、不確定性原理を知って、自分なりの解釈をした。量子の世界では、時間を確定すると空間が確定できず、空間を確定すると時間が確定できない。物質が存在するのは、観察者と観察物との間に「関係」があるからで、「モノ」は「関係」によって成り立っている、という考え方は、僕にキルケゴールの「自己」に関する哲学や、大学で学んだ「ポスト構造主義」「システム理論」を想起させた。「関係」という概念は、僕の重要なキーワードとなり、後にパワーアップして「関係妄想」を引き起こすに至るのである。

『パラダイム・ブック』で想像力を刺激されたかどうかわからないが、この頃から、テレビ、ラジオ、本からの情報に過敏に反応して、色んなメッセージを受け取るようになった。例えば、この時期一番好きなタレントはとんねるずだったが、『オールナイトフジ』で石橋貴明《たかあき》が野坂昭如《あきゆき》に殴打《おうだ》された場面を見て、その野坂のあまりの醜態ぶりに、「彼は自分を犠牲にしてとんねるずを応援しようとしているのではないか」と想像してしまった。野坂が衆院選で新潟3区から立候補した時も、「彼は本当は田中角栄が好きで、角栄とその陣営を鼓舞するために、自分を捨て駒《ごま》にしたのではないか」と思っている。僕は田中角栄も野坂昭如も好きなので、これが一番都合のいい解釈だった。

とんねるずに話を戻すと、一九八六年五月の所得番付発表のあと、『オールナイトニッポン』で、石橋が、「来年たとえ所得がなくても、銀行から金借りてでも国に一六億納め、全国一位を目指す」と発言したことがあった。あとで「冗談だよ」とか「信じるなよ」とか言うのかなあと思って聞いていたら、木梨憲武《きなしのりたけ》がCMに入る直前に「みんなで考えろ。ホントかウソかを」と言った。これは、情報を受け取る立場の人間にとって、最も適切で普遍的な態度ではないだろうか。氾濫《はんらん》する情報の中で生きる我々は、一人一人がその情報の真偽を判断しなければならないのだ。たとえ事実を伝えるニュースや新聞であろうとも、それは送り手の判断、意図によって取捨選択された情報であり、その裏には報道されなかった事実が必ずあるはずだ。石橋発言をマジに受け取った人はまずいないだろうが、もしかしたら彼は本気だったのかもしれない。真意は我々にはわかり得ず、各人が自分なりの判断を下すしかないのだ。教科書にしてもマスコミにしても、その本分は「キーワードを与えること」であり、受け手はその言葉をヒントに真相を想像力でもって構築する。これがあるべき姿だと思う。木梨は「ホントかウソか考えろ」という平易な言葉で、情報をめぐる本来のあり方を提示して見せたのだった。

情報と言えば、一九八六年四月のアメリカによるリビア爆撃の報道も引っ掛かるものがあった。CNNの報道の仕方は、リビアのやり方は間違っている、と伝えたい意図がありありとうかがえた。僕が知りたいのは爆撃の実態とアメリカ、リビアの思惑であって、善悪ではない。善悪は僕が個人的に下すものであって、CNNに下してもらいたくはない。もっとも、これでCNNの見方というものがわかって、それはそれで意義のあることだったが。

一九八六年の上半期は、他にも大きな事件・事故が相次いで起こり、僕はそれをハレーすい星の影響と考えていた。ハレーすい星が地球に接近したのは一九八五年の十二月と一九八六年四月だったから、もしかしたら母の死もその影響かもしれない。一九八六年四月に岡田有希子《おかだゆきこ》が自殺したが、彼女は実は「コメットさん」で、地球の子供達に夢を与えるという使命を果たし、ハレーすい星に乗って故郷の星に帰ったのだ、と今でも思っている。

一九八六年一月にスペースシャトルチャレンジャー号が打ち上げに失敗、爆発するという事故があった。ハレーすい星を観測・調査する目的もあったという話だから、もしかしたらそれが神の怒りを買ったのかもしれない。いや、神からの使者としてのすい星の正体を暴《あば》かれると困るキリスト教系の組織があって、彼らはすでに根深くＮＡＳＡに潜入していて、計画を阻止したに違いない。

四月二十六日のチェルノブイリ原発事故は、いよいよこれでこの世も終わりかと覚悟したほど、恐ろしい事故だった。何しろ放射能雨は降るわ、そこいらじゅう放射能だらけになってしまったのだから。『ニュースステーション』は、多摩川べりの雑草についた異常に高い放射能の測定値を克明に報道したが、しばらくするとこの報道はパッタリと止《や》んでしまった。国民をいたずらに不安に陥《おとしい》れるだけだという、上からの圧力がかかったのかもしれない。この事故で反原発運動が盛り上がるかと思ったが、僕が見たところそうはならず、広瀬隆《たかし》ただ一人が名を上げただけだった。

今の原発反対運動は二つの点で誤っている。一つは、原発とは原子力の平和利用と称して戦略兵器の生産維持を民間に託している側面が強いのだから、核兵器をも含めた包括的な原子力反対運動でなければならないということ。逆説的に言えば、例えば反原発側は代替策として太陽エネルギーの活用などを挙げているが、そうするのではなく、核兵器よりもっと強力な太陽エネルギー兵器を開発させればいいのだ。一発使えば世界は終わりだが、少なくとも平和利用すれば放射能は出ない。

もう一つは、原子力とはニュートンに始まりアインシュタインで成熟する還元主義の最大の成果であり、この還元主義そのものを捨てて、これに代わる新しいパラダイムを提示しなければ、原子力をなくすことはできないということだ。二十世紀初頭にすでに不確定性原理が発見されているのに、いまだにこれを活用できないでいるのは、物理学者の怠慢である。巨大な加速炉を建設して、究極の物質探しに血眼になって、今よりももっと強力な核兵器を作るつもりでいるのだろうか。もっとも脱原発は夢のまた夢なんてことは百も承知で、事故を知った当時は、半ばあきらめの境地にあった。人口が増えれば電力も増える。そうなれば原発も増え、事故はどこかで必ず起こる。起こらなくても放射性廃棄物が着実に増える。放射能が地球上にあふれ、人口は減る。そういう生態系のシステムが出来上がり、早死に社会になる。太く短く生きよと悪魔が言っている。ならば短い人生、精一杯悔いのないように生きよう、となぜか前向きに考えてしまった。

第三章　意識革命（一九八六年七月）

戦略

仕事は相変わらず『タッチ』をやっていたが、五本目、六本目とやっていくうちにだんだん飽きてきたというか、「この作品って、すごく退廃的なんじゃないだろうか」と思うようになってしまった。ほとんど原作をそのままなぞるだけの作業で、演出技法的には、例えば小津安二郎っぽい絵にしようとか、工夫する面もあってそれなりに勉強にはなったのだが、僕にはあまりクリエイティブな仕事には思えなかった。あだち充《みつる》の『タッチ』は優れているが、それをアニメ化することにどれだけ意味があるか、疑問だった。

僕が本当にやりたい仕事というのは、まだ漠然としていたが、今までやってきたような作品ではなく、もっと他にあるはずだった。例えば『ど根性ガエル』のようなものが。『おねがい！　サミアどん』は、芝山さん、小林さんの個性が、かつての『ど根性ガエル』ほどではないにせよ色濃く出たもので、僕は苦しみながらも（足を引っ張りながらも）やりがいを感じていたし、亜細亜堂に入ってよかったと思っていた。僕はシロウトに毛のはえた、若手演出家の一人に過ぎず、亜細亜堂のカラーを出すなんて偉そうなことは言えなかったが、『タッチ』は亜細亜堂向きの作品ではなかった。『サミアどん』は、やっと調子をつかみかけてきた頃に終わってしまい、もう一年くらいは続いてほしかったと残念に思っていた。

その『おねがい！　サミアどん』が文化庁こども向けテレビ用優秀映画に選ばれ、受賞記念パーティーが新宿で催された。日付は忘れたが、七月の頭頃だったと思う。すでに『タッチ』で二度ほどこの手のパーティーを経験していた僕は、白いサマージャケットでおしゃれして、すっかりメインスタッフ面《づら》してパーティーに臨んだ。酒が入るとやたら陽気になり、誰かれなくつかまえて喋《しゃべ》りまくった。Kさんは、フィリピン出身の仕上げの女の子と、片言の英語で喋っていたが、その間に割って入り、「アナク」（僕が知っている唯一《ゆいいつ》のタガログ語）とか「ドント　ユー　シンク　シー　ルックス　ライク　コラソン　アキノ？」などと言ったりしてふざけた。小林さんにもテレコムの仕上げの近藤さんを紹介され、僕は旦那《だんな》さんの近藤喜文《よしふみ》さんを尊敬しています、とか色々喋り、彼女に「黙っていればいい男なのにね」などと言われてしまった。普段無口な僕には思ってもみなかったセリフであった。

有意義だったのは、声優の青木和代さんと話ができたことであった。実際に演技する舞台やドラマの仕事と違って、声優はやりがいがないんじゃないかと聞いたら、その役が重要な役ならそんなことはない、声優もやりがいがある、みたいなことを言ってくれた。僕は演出がヘタなので、ラッシュ（音の入っていないフィルム）を見るたびに落ち込んでいたが、青木さんや声優の方達が皆うまいので助けられた、と感謝の意を述べた。

パーティーが終わって、加藤プロデューサーが女性原画陣を連れて二次会に繰り出すのに、僕は原画のH君を連れてノコノコとついていった。カラオケスナックで、プロデューサーに「小林君の演出はいい」とかほめられて、僕はすっかり気を良くしていた。席にはなぜか、にっかつのお偉いさんがいて、僕にしきりに話しかけ、「何か作ろうとするのなら、戦略を立てなさい」と、やたら「戦略」という言葉を使って、頼んでもいないアドバイスをしてくれた。この時まだ僕は具体的なオリジナルアニメの企画は持っていなかったと思うが、お偉いさんは、僕が何か大きな仕事をやろうとしていると直感したのであろうか。その直感は当たっていた。

一九八六年七月六日（日）、衆参同日選挙の投票日。僕は、よく覚えていないがおそらく社会党かどこかに入れたと思う。同時に行われた最高裁裁判官の国民審査は、全員に×をつけた。彼らの仕事ぶりを全然知らなかったので、○をつけるよりは反体制でよろしいのではないかと思って。僕は反体制というよりはむしろ非体制という人間で、この時点では自民党はもとより、政治に対して何の期待も持っていなかった。

衆議院が自民党の大勝利に終わった翌日の月曜、Gさんが憤懣《ふんまん》やるかたないという様子で、昨日の投票所であった出来事を話していた。聞けばGさんは、裁判官の国民審査の投票用紙を、「わからないから」と言って選管の人に突き返したそうだ。選管の人は狼狽《ろうばい》し、「本当にいいんですか」と念を押して、Gさんに名前と住所を書けと言ったという。

多くの人達は、裁判官の国民審査なんて、ろくに考えもせずに全員に○をつけるだろう。僕みたいに全員に×をつけたのは、翌日の開票結果によると一割程度だった（といっても全員が全員に×をつけたかどうかはわからない。一人一人に○や×をつけ、誠実に審査した人もいただろう）。しかし、「わからないから審査しない」というのは、最も真摯《しんし》で誠実な態度と言えるだろう。「わかりもしないのに審査する」方がむしろ無責任だ。その態度を通して投票用紙を突き返したGさんの行動は立派なのに、まるで悪いことをしたかのような扱いをされてしまったわけだ。

結局しぶしぶと名前と住所を書いて帰ってきたそうだが、そうせずに「不投票も投票同様、無記名、秘密にするべきだ」と選管に食い下がったらどうなっていただろう。僕はそんな「戦略」があるなんて気がつかなかったので、Gさんみたいに投票用紙をつき返してやれば面白かったのに、と後悔した。

この頃僕は『パラダイム・ブック』を精読し、ある社会学者が物理学者にあてた「私達の仕事はつながっている」という内容の手紙を読み、「そうか、経営学で習ったインターディシプリナリーとはこのことか。この世のすべては密接に関連し合っているんだな」という認識を得た。アニメーションの制作システムも旧態依然としたピラミッド型の分業体制でなく、もっと関連性を重視したシステムでできないかと考え始めていた。

同時期、栗本《くりもと》慎一郎、長谷川《はせがわ》和彦《かずひこ》、小室直樹《なおき》らによって書かれた『罵論《ばろん》・ザ・犯罪』（アス出版）という本も読み、小室直樹の考え方に共感した。カッパブックスから出ている彼の著書をむさぼり読んだ。

七月十二日（土）、僕は二週間後に入院することになるのだが、この日が入院前にミックと会った最後になった。彼は十二指腸かいようを患《わずら》い、薬を飲んでいる、と言った。今の医学は、少し前なら手術しなければならない病気も薬（化学療法）で治せるのだな、と感心した。その晩望月氏の家へ行き、泊めてもらった。先日のパーティーの後、にっかつのお偉いさんにしきりに「戦略を持ちなさい」と言われたが、何のことかわからなかったと話したら、彼は何か重要なことを言ってくれたのだが、忘れてしまった。彼ももう覚えていないだろう。

七月十三日（日）、朝早く望月氏宅を出て、母の墓参りに行く。小田急線海老名《えびな》駅で妹と待ち合わせ、本厚木のマクドナルドで朝食をとるが、この時、妹は大切にしていたコロンを落として壊してしまった（何でこんなささいなことをよく覚えているんだ？）。いとこ達と一緒にバスに乗り、母の眠るメモリアルパークへ向かう。車中、僕は小室直樹の『韓国の悲劇』（光文社）を読んでいた。この墓参りではそれ以外の記憶はない。僕は何か別のことをずっと考えていたようだが、それも思い出せない。

この頃仕事は『タッチ』84話Aパートのコンテをやっていたが、仕事はスムーズにはかどり、徹夜などしなくても、ほぼスケジュール通りにこなしていた。おニャン子クラブの曲が気に入り、自他共に認めるおニャン子ファンのA君にダビングしてもらったベストシングル集を聞きながら仕事をやっていた（とんねるずとおニャン子クラブが好きだったということは、まんまとフジテレビと秋元康《やすし》の戦略にはまっていたということだが）。精神の状態は全く安定していて、怖いくらい調子が良かった。ただ、これは何かの兆《きざ》しかな、と思えるものがあった。前にやった75話の作画枚数を記入していたメモ用紙に、

「社会に対して逃げる」（本当は何から逃げているのか）
「社会の歯車」
逃走論　浅田彰《あきら》
虚数　数学の教科書（社会科はなるべく避けよう）

などと書いた走り書きがある。何か、学校を舞台にしたアニメーションの企画が膨らみつつあって、そのイメージを書きつけていたものと思われる。

今まで学んだこと、今まで経験したことの一つ一つが寄り集まって、互いに見事に関係し合って、一つの大きな構造物が出来上がろうとしている。そんな予感を感じていた。それが具体的なものとして眼前にはっきりとその姿を見せたきっかけとなった出来事が、七月十九日の横浜スタジアムでのおニャン子クラブコンサートであった。

夢と現実

一九八六年七月十九日(土)、『タッチ』84話Aパートの作画打ち合わせを滞りなく終えると、別の会社に出向していたA君から電話があった。おニャン子クラブコンサートのチケットを土・日二日分予約したら、手違いで今日の分が二枚来てしまったので、一緒に行きませんか、とのこと。僕はコンサートまで見に行きたいと思うほどのファンではなかったが、せっかく誘われたので承諾し、会場の横浜スタジアムに近い関内駅で彼と待ち合わせることにした。

関内駅に着くと、コンサートへ行くファン達でごった返していたが、A君とばったりホームで会い、そのままスタジアムへ向かった。途中ダフ屋が何人もいて「はい、ない人あるよー」という言い方で商売をしていた。スタジアムに入ると、客席は二万五〇〇〇人の中高生達で埋め尽くされていた。僕は自分がおそらく最年長者ではないかと思った。

コンサートが始まり、会場は異様な熱気に包まれた。新田恵利は歌は下手だけどステージ度胸はあるなあ、と思った以外には、コンサートそのものはあまり印象に残らず、僕はおニャン子の各会員の名を絶叫する中高生達にひたすら圧倒されていた。ラスト曲の『およしになってねTEACHER』を周りにつられて立ち上がって歌いながらも、僕は場違いな所へ来てしまったと思った。でもコンサートが終わると、何か凄《すご》い経験をしたと興奮していた。

A君と一緒に帰途につき、横浜駅の地下街で晩飯を食べた。僕はA君におニャン子の会員一人一人のことを聞きながら、この異様に人気のあるタレント集団とファンとの関係のことを考えていた。そして、おニャン子クラブのキャラクターを使ったアニメーションを作ろう、と話が盛り上がっていった。A君は才能のあるアニメーターで、おニャン子の各会員の四頭身の可愛《かわい》いキャラクターをすでに作っていた。そのキャラクターを使って、時にはシリアスに、時にはユーモラスに、ファンの中高生達が共感して夢中になって見てくれる連続テレビアニメーションを作りたい。ストーリーは一話完結で、企画段階から各話のあらすじを決めてしまおう。舞台は横浜をモデルにして、大林宣彦《のぶひこ》の「尾道」のように、『新ど根性ガエル』のように、起伏ある舞台を綿密に設定しよう。おニャン子クラブは常時二十数人だから、ちょうど一クラスの女子全員を彼女らで構成し、男子生徒を新たに作り、『中学生日記』とも『3年B組金八先生』とも『ハイスクール！奇面組』とも一味違う、一人一人を主人公にした全く新しいタイプの学園ものを作ろう。前から考えていたアニメーションの企画とおニャン子クラブが合体し、その構想がみるみる具体的なものとして膨らんでいった。

帰りの電車の中でも、僕とA君は「おニャン子アニメ」の構想を熱く語り合い、色んなアイデアを出し合った。僕は饒舌《じょうぜつ》になり、一人で興奮していたが、A君もすっかり乗り気になっていたようだった。僕は『タッチ』、A君はアメリカとの合作アニメに入っていて、すぐには取りかかれないが、おニャン子の人気がさめぬうちに何とか実現させようと意気を上げてA君と別れ、アパートに帰った。その晩は興奮して眠れず、いつの間にか〝新しいタイプのアニメーション〟に関して頭の中から次々とあふれ出てくるアイデアを、動画用紙に書きつけていた。

翌七月二十日から、僕は何かにとりつかれたように、おニャン子アニメの企画書を書き始めた。書いても書いても頭からとめどなく言葉があふれ出し、書き尽くせなかった。こんな精神昂揚《こうよう》状態を経験したのは初めてのことだった。直接のきっかけは前日のコンサートでの体験だったが、他にも『パラダイム・ブック』から受けた啓示、Kさんをあきらめることによって再燃した美夜ちゃんへの思い（この仕事で成功したらプロポーズしようと思っていた）、亡《な》き母への手向けという気持ち、そして今やっている『タッチ』への不満などがあったように思われる。

二十一日に出勤してからも、僕はこの企画で頭がいっぱいで、『タッチ』のコンテをほったらかしにして、メモ用紙や動画用紙に思いつく言葉を次々と書きつけていた。企画書を作るというよりも、思い浮かぶことを脈絡なく書いていた。そうしないと頭がどうにかなりそうだった。この時点で、自分は少し精神状態が危ないのではないかと気づくべきだったかもしれないが、別に幻覚も幻聴もなかったし、創作者としてかつてない創作意欲に満ちている、幸福な状態だと思っていた。

どんなことを書いていたかというと、次に紹介するようなものである。

ジェイムズ・P・ホーガンの『未来の二つの顔』(東京創元社)にたとえるなら、我々がやろうとしているのは「現代の二つの顔」(ヤヌスを作ること)です。顔の一つは我々の日常世界であり、もう一つの顔であるところの世界(ヤヌス)をこの作品で描きます。あり得るかもしれないもう一つの世界です。我々の世界がかなり悲観的な状況にある以上、我々の描くもう一つの世界とは悲観的であってはなりません。それでは現実世界の歪《ゆが》みにあえいでいる中高生達は全く救われません。彼らは、自分で解決しなければ、と思ってもその術《すべ》が見つからない。我々制作者が成すべきよりよい作品作りとは、機械論的、物質主義的、還元論的な体制の下での教育では決して成し得ないやり方でこの問題を解決していく、そんなキャラクターを作り、そんなキャラクターが幸せに暮らせる世界を作り、それを悩める中高生が見たら、僕もこっちの方がいい、とブラウン管の中に入りたくて仕方がなくなってしまう、そんな作品を作ることです。そして、その中高生が一歩進んで、こういうことなら僕にもできるんじゃないかな、できそうだな、いやきっとできる、という思いに胸を熱くしてほしい。あらゆる芸術活動、創作活動とはそうあるべきです。ところが今の作品群は、機械論的世界の歪みを直すのに機械論的方法を用いたり（やられたらやり返せ、みたいな）、あるいはアナーキーになったり退行したりして自己を守ろうとする、体制的な、退廃的な作品ばかりです。そういう作品しか作れなくなっている時代なのでしょうか。いや、そんなことはないはずです。

映画の中の映画、小説の中の小説という言い方をされるものがあります。多重構造を起こしている内容のものです。『うる星やつら2　ビューティフル・ドリーマー』もそうだし、J・P・ホーガンの小説もそうです。『のび太の魔界大冒険』もそう。こうはしない。我々が目指すのは、我々の世界とは全く別なところにあるパラレルワールドです。この世界に出てくる横浜という都市は、現実の横浜とは似て非なるものです。

以上が大まかな概要、方針のようなもので、以下、具体的に箇条書きで書かれている。

○日常生活のささいな問題を取り上げる
うまくいけば、受け手側が「こういうことがあった」と問題提起してくるかも。それに対し、ある一つの解答をモデルとして示す。受け手はそれを見て考える。考えやすいような親切な（見て面白い）形にする。そのために美しい背景やはつらつとしたキャラ作り、わかりやすくそれでいて斬新《ざんしん》なストーリー運びが不可欠。
戦略的にラジオの深夜番組や『夕やけニャンニャン』を目指す。内容はあくまでも楽しいアニメーション。

○集団劇として描く（『対馬丸《つしままる》』みたく）
主役は特に作らない。見てる人が「あのキャラは自分だ」とそれぞれ思えるように。だからこそ、彼、彼女らの期待を裏切らないようにキャラクター（性格）

は重要視する。こんな場面でこのキャラがこんなことをする（言う）のか、という不満が出ないように。

○各話完結（三〇分）とする

毎回問題が持ち上がり、それとわからないように、教条主義的にならないように、それを解決していく過程で（テクニックも使って）盛り上げる。

○「話が脇道《わきみち》にそれる」という言葉がある。脇道とはよくないものらしい。本筋に対してこぼれた部分のことだ。社会に対する落ちこぼれを象徴しているのかも。でも整然とした広い道より、曲がりくねった脇道の方が、歩いてみると面白い。こういうことを、舞台設定を作るにあたって重視するとともに、作劇にも応用したい。主役は一人ではないということ。つまり本道も脇道もない。あるのはその人その人の選ぶ道ということ。

○少し教訓的な内容で堅苦しいと思われてしまうかもしれないが、そうならないように描く。あえて言うならば、教訓的な内容になろうはずがない。『金八先生』や『中学生日記』によく出てくるような、学級会で問題を話し合うとか、先生と生徒がしかめっ面《つら》して話し合うとか、そういう場面は（たまにあってもいいが）必要ない。生徒達はあることで不快（愉快）に思い、それを日常（学園）生活の中で誰かにぶつける。両者の間に新しい関係（恋愛を含む）が生まれ、少し周囲が変わっていくのを何となく感じる、という、あくまでも日常生活をベースとする。先生は黙って見ているか、時々何か言うだけ（昔の青春ドラマみたいなウソっぽさはなくしたい）。人と人との関係の問題は、本来、国会から学級会に至るまで、特定の場所と時間を取り決めて、その閉鎖された空間の中で考えるべきものではないと思う。あくまでも日常生活の中で問題をぶつけ合うべきだ。最初は嫌な奴《やつ》とか思われるだろうが（この場合もどうして嫌な奴と思うのか、実に肝心な点だと思う）、生徒はそんなこと意識せず、自分の思ったこと、言いたいこと、やりたいことをやっていく。初めはつまずくが、だんだん状況が変わっていく（これは生徒にわからなくてもいい。見ている側が何となく感じ取るのがいい。教えられたとは思わない）。

○僕から見れば『ポリアンナ物語』の「よかった」というセリフは非常に退廃的だ。それに較《くら》べて『ホルス』の「わかりかけたぞ。出口だ！」という言葉は好きです。でも『ホルス』を一歩進めたい。団結とかじゃなく、関わり方それ自体をテーマにするアニメを作りたい。

○アニメーションとしては、まず先にテクニックありき、という考えを捨てる。更に進んで、まず先にドラマありき、という考えをも捨てたい（本当は全部密接にからんでいて、どれが優先という問題ではないのだが）。方針としては、まず先にキャラクターありき、としたい。厳密に言えば、キャラクターとキャラクターとの間にある関係、あるいはシステム、これを中心に描く（キャラクターとは人物であり舞台であり大道具・小道具である）。
○生徒達は一対一あるいは一対多、多対一、多対多と様々な形で他者と交流する。例えばある者は浮浪者、ある者は朝鮮学校の生徒、ある者は駅の清掃員、ある者は立ち食いそば屋など、生徒間交流を超えた地域住民との交流を持つ。そうすることで人間関係の輪を拡《ひろ》げ、舞台を拡げていく。
○監修、総監督、ＣＤといったたぐいの名称の役職を置かない。旧態依然とした分業体制に終止符を打つ（亜細亜堂が最初にやる）。例えば動画は一日中机にかじりついて絵を描くのではなく、たまには外に出て、アイデアを思いついたら脚本家なり演出家なりにそのアイデアを持ち込む。場合によっては、彼がその絵コンテを切っても構わない。僕はちょっと経験を積んだ動画マンなら（原画ももちろん）十分コンテを切れる資格があると思う。
○各スタッフ間の連携を密にするために、「システムマネージャー」（組織管理者）

という役職を作り、僕にそれをやらせてほしい。「管理」とは体制的ではないかと問われるかもしれないが、そうではないと論破できる。

企画に直接関連して書かれたものは以上のようなものである。重複、矛盾も見受けられるが、当時の状態をありのままに再現するため、一切書き直しをしていない。それでも頭の中を駆け巡っているイメージの一〇分の一も表現できていなかったようだ。

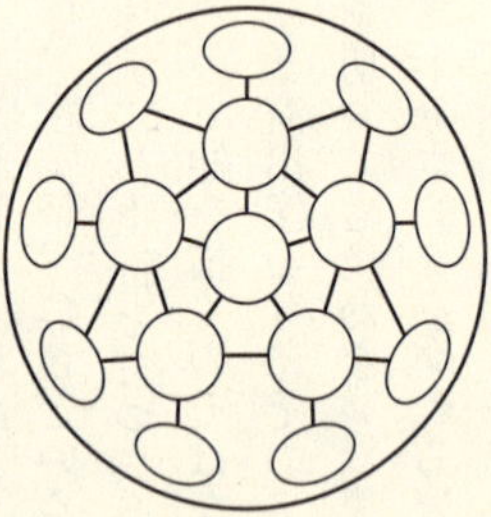

図①

僕は前にも述べたように、従来からのピラミッド型分業体制に反発していて、それに取って代わるマトリックス式組織というのも経営学で学んでいたが、それを更に進めて、サッカーボール状組織というものを考えていた（図①）。原画は原画、動画は動画、仕上げは仕上げと、自分の担当するパートのみに専念して、他のパートのことは知らなくてもやっていける今のシステムでは、本当に面白いアニメーションは作れないのではないか。宮崎駿や出崎統《でざきおさむ》のように優れた「天皇」がいて、いいも悪いもその人に従っていくという作り方でもいいものはできるだろうが、少なくとも僕には「天皇」になれる素質はない。僕が言い出しっぺでアニメーションを作っていくのなら、膨張する宇宙では、どの地点から見ても自分が中心に見えるように、図のような球形状の組織がいい。

これは完全に平等で、経営者も労働者もない、理想的な組織である。今の体制下で実現できるとは到底思えなかった。僕はアニメーションで理想的な世界を描きたかったが、それは現体制を理想的なものへ変えてからでないとできない、というとんでもない思考展開を見せることになる。

組織のことを考えているうちに、僕は小学校一年の時からずっと大切に持っている「プラパズル№5」というパズルのことを思い出した。組織とこのおもちゃはつながっている、というひらめきを感じたのである。このパズルは、五個の正方形でできているピースが一二片あり、それを組み合わせて一〇対六の長方形のケースに収めると、その組み合わせが全部で二三三九通りある、というもので、僕は十八年間で四〇〇通り以上の組み合わせを完成させていた。最初のうちは「新しい組み合わせを作る」という意味がわからず、ただバラバラにして元通りに戻すおもちゃだと思っていたのだが、小四の時、偶然新しい組み合わせを完成させ、何か世界観が変わったような感動を覚え、「これは凄いおもちゃだ」と思った。それ以後は新しい組み合わせがどんどんできたものをノートに記録していたが、一番熱中していたのは小学校の高学年の頃で、それ以降はたまにしかやっていなかった。

そのパズルを引き出しの奥から引っ張り出し、会社に持って行き、同僚のしみ氏にやらせてみた。「最初は難しくてなかなかできないだろうけど、しつこくやってれば必ずできるよ」とアドバイスすると、彼は苦心惨憺《さんたん》の末四十分ほどで新しい組み合わせを完成させた。僕はそれをメモ用紙に書き写し、彼に、やった感想を書いてもらった。僕はその紙を見て、今までこのパズルは一人でやっていたが、色んな人にやらせてこれをたくさん集めたら面白いな、と思った。いいコミュニケーションになるし、それ以後、僕はこのパズルを持ち歩き、色んな人にやらせている。

なぜこのパズルが組織（システム）に関係しているかというと、今のシステム社会は、民主主義にせよ資本主義にせよ共産主義にせよ、完成できないプラパズルのようなもので不完全であり、組み合わせを最初からやり直さなければならないのではないかと思えてならないからだ。このパズルは漫然とやっていたのでは初めのうちはうまくはまるピースがいくらでもあるが、大抵最後の一個か二個がはまらず、挫折《ざせつ》してしまう。その余った一個か二個のピースを正方形に分解して無理やりケースに収めてしまおうというのが、今の個性を無視した詰め込み教育であり、精神的な意味でも物質的な意味でも存在する貧富の差であり、様々な法律である、と思うのだ。それぞれ形の違うこのパズルの各ピースは、個人にも国にも象徴される。人も国もそれぞれ様々で、どれ一つ同じ形のものはないのだ。しかし、一〇対六という長方形の世界に、一二の全く違ったピースをぴったりはめ込む組み合わせは二三三九通りもあるのだ。人類は、何万年か知らないがその歴史の中で、まだ一度もパズルを完成させてはいないのではないだろうか。完成されたパズルが象徴しているのは、「安定」「平和」「幸福」である。それも一通りではない。五〇億の全く違った人間がいる世界なら、幸福な安定状態は何兆通りもあるのではないだろうか。人類の歴史はまだ短い。最初の一通りを完成させる時期がそろそろ来ているのではないか。それは西暦二〇〇〇年かもしれない。などと、僕はプラパズルの中に、色んなものを見出《みいだ》してしまうのであった。

このプラパズルには「同類」という概念があって、ある組み合わせの中に「対称型」や「置換型」があると、それをひっくり返したり置き換えたりするだけで組み合わせが増える。例えば次頁の図②はこのパズルの基本型だが、この中に対称型が一つ、

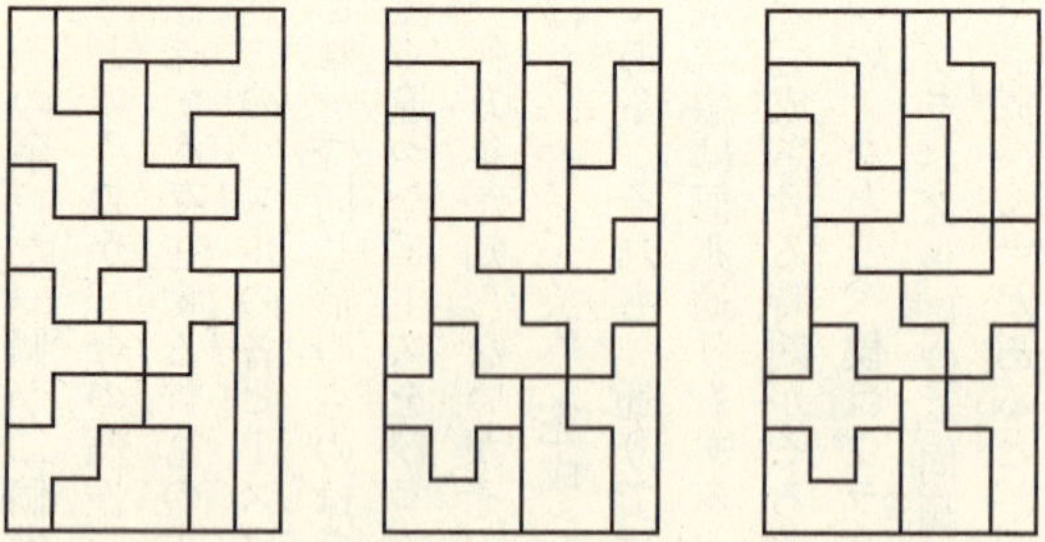

図④　図③　図②

置換型が一つ含まれているので、2×2で四通りの同類がある。ところが図③のように右上方の三つのピースが置き換えられることに気づくと、また新しい対称型、置換型が発生して、同類は更に五増える。僕が今まで完成させた組み合わせの中で、最も同類が多く、エキセントリックな組み合わせは図④である。これは対称型、置換型が様々に交錯し合い、すべてのピースが移動可能で、同類は全部で三四ある。

もし世の中がプラパズルのようなものだとすると、まずは組み合わせを完成させることが先決である。しかし、完成できたらそれで人類の進歩は終わりかというと決してそうではない。組み合わせは何通りもあるのだ。僕が最初に見つけた組み合わせは同類が二つしかなかった。人類が最初に完成させる組み合わせもそんなものかもしれない。しかし、最初に図④のような組み合わせを完成させられたらどんなに面白いだろう。各ピースがそれぞれ己の個性を発揮して、ケースにぴったり収まるだけで幸福なのに、三四通りもの幸福をいとも簡単に味わうことができるのだ。僕はそんな世界を夢想していた。現実でできないのならアニメーションの世界で「幸福な状態」を表現しようと思っていた(これが後に、できないことがわかる)。プラパズル№5は、僕にとっては「賢者の石」であった(これを作った「天洋」という会社は、一九七〇年頃に「テンヨー」に社名変更したようで、最近おもちゃ屋で同じ物が売られているのを見た。今の子供達にも是非やってほしい)。

会社では、本来やらなければならない『タッチ』のコンテをほったらかして、企画書作りにうつつを抜かしていたわけだが、その一方、主にしみ氏を相手に色んな議論をふっかけた。僕は日頃しみ氏と相性が悪かったので、彼を説得することができれば僕の論術は無敵だ、と思っていた。同じ部屋にいる多くの人達にも聞いてもらおうと、僕はことさら大声で話した。話の内容はほとんど忘れてしまったが、何かにとりつかれたような饒舌《じょうぜつ》ぶりで、おそらくこの段階で皆は僕が少しおかしいと思い始めていたことだろう。唯一《ゆいいつ》覚えているのは、ジョン・レノンの話をしたことで、彼は『イマジン』という歌で、「想像力」を強調するとともに、第一段階で天国を否定し、第二段階で国を否定し、第三段階で財産を否定するという具合に、幸福へ至る道を三つの段階に分けて考えていたとか、彼が日米開戦日に殺されたのは偶然ではなく、日本がアメリカに宣戦布告した日に、日本とアメリカの最良な結びつきであるジョンとヨーコの関係をひきはがすことによって、あの殺人者は「良き関係」の危機を世界に示したかったのだ(ジョンの死の直前のインタビューで、彼は「君達の関係はうまくいっているかい」と言ったのが実に象徴的だ)、とかである。

当時、親友の望月氏は他の会社に出向していて、僕はしみ氏以外では、望月氏の片《かた》想《おも》いの相手だったGさんにも話を聞いてもらっていた。Gさんは、本多勝一の本を読んでいたし、国民審査の一件もあったしで、僕が社内で最も尊敬する女性だったのだ。Gさんは、「みんな仕事中だから」と言って、わざわざ僕を別室に連れ出して話を聞いてくれた。この時何を話したのかも忘れてしまったが、とにかく僕は特別な思考回路をプログラムしてしまっていて、Gさんが諭すように言った常識的な言葉に全く聞く耳を持っていなかった。

もうこの時から「世界は僕を中心に回っている」と思っていたのかもしれない。しかし、誤解のないように言っておくが、サッカーボール状組織のところで述べたように「誰にとっても世界は彼を中心に回っている」という認識があった。気づいた者の勝ちなのだ。恋人達が「世界は二人のためにある」と思うように。ビートルズの『ノーウェア・マン』が「世界は君の指令を待っている」ように。僕はそのことに初めて気づき、「僕には僕の世界を救う使命がある」と思った。もっとも手っ取り早くその使命を果たすには、僕が幸福になることだった。人は他人を幸せにして初めて幸せになれる、とはよく言われるが、果たして自分を幸せにできない人間が他人を幸せにできるだろうか。僕の幸福とは、この時点では、おニャン子アニメを作って成功して美夜ちゃんと結婚することだったのである。

アパートに帰ってからも、僕は寝食を忘れ、動画用紙に次々と思い浮かぶ言葉やつけっぱなしのテレビから受け取ったメッセージを書きつけることに没頭した。だんだんその内容は本来の企画書から離れ、色々な言葉を再吟味する作業になっていった。ある言葉、文章を思いついて紙に書く。そしてその言葉の意味するものが、あくまでも自分との関係において、適切であれば（美しければ）○、適切でなければ（美しくなければ）×、どちらとも言えなければ△をつけた。以下、列挙してみる。

○畑にはえた雑草をつみとる。◯
○グラウンドの隅にはえた雑草をつみとる。△（必要ない。あるとすれば、そこから蚊がわき、人間に危害を加える場合のみ）
○あらゆることに疑問を持つ。◯
○あらゆることを批判する。△（本多勝一は世の中を怒らせているだけ）
○「関係ない人は出て行ってください」×（関係ない人なんていません）
○「部外者は出て行ってください」これなら◯
○女を幸せにする。△
○女と幸せになる。◯（幸せは与えたり奪ったりするものではないはず）
○「当たり前だろー」◯（一所懸命考えて出た結論は往々にして当たり前なものである）
○相手を傷つけるということ＝相手が自分を傷つけたと思うこと。◯（『タッチ』のテーマ曲『愛がひとりぼっち』の二番の歌詞は傑作だ）
○「お前らは好きなことやってられるからいい。こっちは組織の歯車なんだ」というサラリーマンの嘆き。×（こういうことを言う人に限って歯車にもなれていない。歯車になれる人は幸せ者である）

○「がんばってください」という日本語。△
○「トライ　ユアー　ベスト　アンド　ザ　ベスト　オブ　ラック」という英語。◯（「運がいいといいですね」とつけ加える英語の方が◯）

他に、言葉遊びのようなものとして、「幹線道路」をしばしば「巨大動脈」と言い換えることから、それならば「渋滞」は「動脈硬化」に当たるのではないか、と、か、比喩《ひゆ》の意味するものを考えたりしていた。

言葉遊びは「駄ジャレ」としか言えないものにも発展していった。僕は駄ジャレが好きで、望月氏らとの会話の中でもしばしば使っていたから、いつ思いついたのか定かではないが、次のような感慨深い駄ジャレが記してある。

○荒唐無稽《こうとうむけい》文化財（僕を人間国宝ではなく、高等無形文化財にしてほしいと思っていた）
○かりそめのカリスマ
○言いだしっぺのリーダーシップ
○頭狂大学（東京大学）
○低能未熟大学（慶應義塾大学）
○馬鹿《ばか》田大学利口学部（早稲《わせだ》田大学理工学部）

○早稲田大学笑学部・SHOW学部
その他にどんなことを書いていたかというと、映画『鉄の男』を見た感想（テレビに椅子《いす》を投げつけて精神病院に入れられた主人公の気持ちが痛いほどよくわかった）、藤尾正行文部大臣のインタビューの感想（この時点では感じのいい人だと思っていた。後に彼は問題発言を繰り返し、すぐに文相を罷免《ひめん》されるが、僕は今でも彼は間違ったことを言ってはいないと思っている）、一九八二年のワールドカップサッカーはフランスの華麗なボール回しが素晴らしかったが、今年はこれが見られなかった、とか、都バスの色を変えるアンケートで「今まで通りでよい」という選択肢が用意されていなかったらしいが、こういう場合は回答欄に「φ」（空集合）を書けばいいのだ、とか、そういった内容である。

おニャン子アニメの具体的なシノプシスも書いていたが、今読み返してみると、『うる星やつら』や『トライアングル・ブルー』（とんねるずが出演していた連続ドラマ）の面白かったエピソードや、自分の高校時代の出来事を下地にしていたようだ。脚本家としても大いに腕をふるうつもりでいたが、その才能はなかったようだ。しかし当時の自分は、やる気というか気概というかエネルギーに満ちていて、こういう状態なら何でもできるし、やれば必ず成功する、と固く信じていた。

対決

七月二十四日（木）、出勤すると、Gさんが朝日新聞を持ってきていたので見せてもらった。一面には、第三次中曽根《なかそね》内閣を組閣したばかりの中曽根首相が、国民の支持を強調して本格続投に意欲を見せる発言が載っており、僕はその内容に激しく鼓舞された。特に、懸案となっている「国家機密法」の国会再提出に熱意を持っている、という記事は、僕を国家機密扱いにし、国が僕を守ろうとしてくれている、と本気で思った。客観的に見て、これが僕の妄想が病的な誇大妄想になった最初の時点と言えるだろう。僕はこの新聞をGさんに所望したが断られたので、駅まで自転車を飛ばし、その日の朝刊を買いあさった。三〇〇円にもならなかったので、新聞とは何と安く情報が買えるのだろうと思う反面、こんな安いもので真実がわかるわけがないとも思った。僕は新聞から圧倒されるほどのメッセージを受け取り、これは普段なら見過ごしてしまうが、今の僕の直感と洞察に満ちた精神状態だからこそ成し得ることだと思った。特に、竹下登幹事長、橋本龍太郎《りゅうたろう》運輸相、宮沢喜一蔵相などは、我々に会いに来い、と僕に呼びかけているように感じた。

僕はこの時、アニメーションを手段にして体制を変えようとしていた。しかし、僕の作ろうとしているアニメーションは、体制を変えてからでないと作れない、というジレンマに陥ってもいた。自民党の幹部に今すぐ会いに行きたい。会って、僕が思っていることをすべて彼らにぶちまけたい。いや、その前に早稲田の教授に会いに行って、彼らの助言を乞《こ》おう。僕は居ても立ってもいられなくなった。

昼休み、僕はアニメーター達と一緒にいつものように埼玉大学の学食へ昼食を食べに行った。Gさんは芝山さんと二人でデニーズに入り、何やら最近の僕の言動を芝山さんに報告している様子だった。僕はアニメーター達を前にして、食堂のテーブルで大演説をぶった。

「これからはアニメーターも演出や脚本にどんどん口出ししていく時代だ。とにかく室内にこもってひたすら鉛筆を走らせるのではなく、もっと外に出て、外へ視線を広げなければ」などと熱っぽく語ると、ひとりのアニメーターは、目に涙を浮かべ、「玉ねぎが目にしみる」などと言い訳した。僕は知らない間に演説上手になっていた。

僕の頭がおかしくなったと思っている人もいたかもしれないが、大きな夢を語ることのどこがおかしいのか。僕をなだめる者は一人もいなかった。

しかし、僕のなだめ役を買って出ないわけにはいかない人が二人いた。社長の芝山さんと小林さんである。二十四日の晩七時頃、芝山さんと小林さんが僕の話を聞いてくれることになり、和室で三者会談が始まった。僕にとっては芝山さんと小林さんを説得するための大きな試練だった。これを乗り越えなければ、おニャン子アニメの企画が――いや、もうこの段階では体制を作り直す計画に変わっていたが――実行できないのだ。

和室ではテーブルをはさんで僕の向かい側に芝山さん、左側に小林さんが座った。最初僕は『ツァラトゥストラはかく語りき』を口ずさみながらもったいぶって、プラパズルNo.5の入ったきんちゃく袋を芝山さんの前に差し出し、

「これは僕の宝物です」

と言った。芝山さんは、

「この中に入ってるの？　……じゃ、見ない」

と、予想外のことを言うので、僕はあわてて、

「いや、見てほしいんです。これは僕が小さい頃から使っているおもちゃなんですが」

と、袋から取り出したプラパズルNo.5の使い方を説明した。80ページ図④の組み合わせを作り、これをちょっと入れ替えるだけで更に何通りもの組み合わせができるこ

とを教えた。

「やってみませんか」

と勧めると、芝山さんはちょっと触って、

「いや、できない」

と言った。小林さんは興味を示し、

「これをやると小林君みたいに頭が良くなるの？　息子にやらせたいから貸してくんない？」

と言い出した。

「いや、僕の宝物なので、人に貸したりしたくないんです」

と断り、いくつか別の組み合わせも披露した。

「朝鮮人が作ったものかもしれないねえ」

と、芝山さんが唐突にそんなことを言った。僕はすかさず、

「実は朝鮮人が出てくるアニメを作りたいんです」

と、企画を説明するとっかかりをつかんだ。僕としては、プラパズルを見せたのは、やらせてみて、簡単にできないことを知ってもらい、これは今の不完全なシステムを象徴しているんだ、完全にすべてのピースがはまり込んでいる理想的なシステムの世

界をアニメーションで描きたいんだ、と話を持っていきたかったのだが、朝鮮人という言葉が芝山さんから出てきたので、話をそこから始めることにした。

　僕は高校時代、朝鮮学校が近くにありながら、その生徒と接触した経験がなかった。だからこういうことがあったら面白かったろうという一つのエピソードを考えていた。

　それは朝鮮学校に通う一人の可愛《かわい》い女の子に一目惚《ぼ》れする男子高校生の話だ。彼は無邪気に彼女の気を引こうとするが、初めのうちは相手にされない。やっと話せるような仲になると、在日朝鮮人が日本でどんな目に遭ってきたかを彼女に淡々と聞かされ、カルチャーショックを受ける。それでも彼は、民族の違いを乗り越えて彼女にアタックし、彼女も日本人に対して抱いていた（教え込まれてきた）偏見を取り去り、二人は仲の良い友達になる、という話。

　僕は朝鮮人のこと、在日朝鮮人が、学校で特に日本のことをどう教えられているかということなど、ほとんど何も知らなかった。が、シンエイ動画にパクさんという朝鮮人の女性演出家がいて、面識もあったので、彼女にこのエピソードの脚本、コンテを頼もうと思っていた。

　朝鮮人と日本人の関わりを描いた昭和五十一年のＮＨＫ少年ドラマシリーズ『巣立つ日まで』に僕は感銘を受けていた。三人の男子と女子が関わるドラマで『ふぞろいの林檎《りんご》たち』の中学生版とも言えるものだった。僕が目指しているのはああいうドラマだが、主役は三人、あるいは三組の男女に絞らず、毎回新しい主役が登場し、新しい人間関係が展開していくという方針を考えていた。だから朝鮮学校の女学生との関わりの話もあくまでもエピソードの一つであり、そう重要視はしていなかった。でも小林さんは、自分が子供の頃に体験した朝鮮人との関わりを話してくれ、このエピソードに乗り気のようだった。

僕は調子に乗ってもう一つのエピソードのことを話した。ポール・マッカートニーをモデルに、彼に類する大スターが来日するが、ある事情で（麻薬はちょっとまずいかもしれないがそれに類するもの）コンサートができなくなり、警察から逃れ、放浪する。そこへひょんなことからチャラチャラしたものに全く無関心なある変わった女の子と知り合い、彼女に助けられる。彼は学校の放課後、校庭の片隅で生ギターひとつの小さな演奏会を開く。それをかぎつけたファンや警察に追いかけられるが、クラスみんなの力と浮浪者（クラスメートとすでに友達になっている）のネットワークで、彼を港に誘導し、『大脱走』のように逃がす。彼はすっかり興奮して「昔、女の子に追いかけ回される映画を撮ったが、現実は映画よりエキサイティングだ」とか言い残し、去っていく、という話。

僕はとにかく気が大きくなっていたので、役名もキャラクターも本物のポール・マッカートニーを使い、単身イギリスに渡って、彼のセリフと生ギター一本で『イエスタデイ』か何かを歌ってもらったのを録音して持ち帰り、プレスコで作画しようと考えていた。法外なギャラを要求されるだろうが、当時彼がアニメーションに関心があったという情報もあったし、企画意図を誠意をもって話して、少ないギャラでやってもらおうと思っていた。

また、別の話で、文化祭の後夜祭で、誰かが壇上でジョン・レノンの扮装《ふんそう》をして『スタンドバイミー』を歌い、いつの間にかジョン・レノン本人が歌っている姿が皆の目に映る、というのも考えていた。これもオノ・ヨーコに会いに行くか手紙を出して、大いなる目的を持ってこのアニメを作っていることを説明し、彼の歌を使う許可を得ようと思っていた。

更には、精神病の父を持ち、母が死んでもけなげに生きる少女の話、ある浮浪者と知り合いになり、彼が中学生の集団に蹴《け》り殺されるまで交流を持った気弱な少年の話など、僕はどちらかというとテレビでドラマとしては取り上げるのがヤバイと一般的に思われている題材を積極的に取り上げようとしていた。人々が隠そう、触れまいとするものの中に真実があると思っていたからだ。

僕には現体制の下では、テレビ局側が「こういう問題には触れないでくれ」と言ってくるのは目に見えていたので、何とかこの企画に権力者を引き込みたかった。早稲田の教授を監修として迎える手も考えていたが、それだけではまだ甘い。何とか現職の権力者（自民党の実力者またはフィクサー）をこの企画に引きずり込みたい。だが待てよ。それは企画を実現させるための手段だが、僕がこのアニメーションを世に送る最大の目的は現体制の変革だ。自民党を仲間に引き入れた（彼らに理解してもらう）時点で、この目的は半ば達成されたも同然ではないか。そして体制を変えてからじっくりと、新しい体制の中で生きる生き生きとしたキャラクター達を作り上げるのだ。ここへ来て「アニメーションで体制を変える」から「体制を変えてからアニメーションを作る」に一八〇度変わってしまった。

僕はこの日の新聞で見た、自民党の新しい体制に期待していた。僕は共産主義者ではなかったので、自民党でも体制の変革は可能だと思っていた。「自由」と「民主」という理念は大事なものであり、それを実現させるためには、自民党にはまだまだやらねばならないことがたくさんある。僕はそのための貴重な助言をすることができるのではないか。つまり自民党に僕の考えを理解してもらえばよいのだ。

今にして思えば短絡的で楽観的すぎる考えだったかもしれない。しかし当時の僕は凄《すご》いエネルギーを持っていて、それが可能だと信じ込んでいた。後に読んだ『サイエンティスト』というジョン・C・リリーの自伝の中でも、彼が大統領に電話をかけようとしたくだりがある。彼が病気でなければ、僕も病気だったとは思わない。

僕はこの辺で、喋《しゃべ》り疲れたのと、興奮を静めるために外へ出て、ポカリスエットを買った。外ではなぜか同僚達が花火をして遊んでいた。ポカリスエットを芝山さんに見せて、

「糸井重里《しげさと》がコマーシャルやってるから大丈夫です」

「いや、わからんよ」

という意味不明のやりとりがあって、僕は話題を、新しい体制、すなわち「ポスト還元主義」に持っていった。

「ポスト還元主義」という概念は、この春に読んだ『パラダイム・ブック』から得たものだったが、僕は自己流に解釈し、芝山さん、小林さんにわかってもらうために「世界はイメージでできている」と説明した。そのためにハイゼンベルクやシュレディンガーではなく、ジョン・レノンとエジソンを引き合いに出した。

ジョン・レノンについては、以前に同僚達に聞いてもらったように『イマジン』という曲は幸福へ至る道を段階的に説き、想像力によって体制を変えようとする真正な

歌だとか何とか話した。しかし、それだけなら彼はただの夢追い人だったにすぎなかったのかもしれないし、キリストやブッダの方が偉かったかもしれない。重要なのはエジソンだ。僕はエジソンについては、今まで思い至らず、この時初めてその存在の重大さに気づいたのだった。

エジソンは小学校に上がった時、1＋1＝2であることが理解できなかった。つまり＋の意味がわからなかったのだ。1は個であり、＋は個と個の関係、つまりシステムを表している。彼はシステムに対する疑問から、数々の素晴らしい発明をしてのけたのだ。

1＋1＝2というのは疑ってはならないことだが、エジソンはこれを疑った。僕も疑っている。一本の人差し指と一本の中指を足したら二本の何なのだ。一個のリンゴと一個のみかんを足したら二個の何なのだ。いや、一個のリンゴと一個のリンゴでもいい。それを足したら二個のリンゴになるのか。リンゴは一つ一つみんな違うのだから、一個のリンゴと一個のリンゴを並べても一個のリンゴと一個のリンゴでしかないのではないか。太郎君と次郎君を合わせても、一人一人人格があるのだから一人の太郎君と一人の次郎君と言うべきではないのか。＋とは何を意味するのか。考え出すとよくわからなくなり、1＋1＝1＋1というトートロジーに陥ってしまう。しかし、こんなことで頭を悩ませていたのでは混乱する一方なので、1＋1＝2というのは真理である、と思い込まなければ、思い込ませなければならないのだ。これは学問の原点であり、教育の原点であり、人間としてシステム社会に生きていくための最も大切な土台だ。それを疑ったエジソンがあれだけのことを成し遂げたということは何を意味しているのか。

意味しているものは当時の僕には明白だった。つまり1＋1＝2ではないのである。人々が、1＋1＝2が真理であるというパラダイムに基づいた世界を作り、その中で生きているから1＋1＝2なのである。エジソンは量子物理学者に先立って、そのパラダイムを否定してみせたのだ。原子力は還元主義というパラダイムの成果だが、エジソンの発明した電灯や蓄音機や映画はそうではないのだ。

「今のフィルムによるアニメーションも事実上エジソンが発明したものだ」

と言うと、小林さんが、

「そのエジソンが発明したアニメーションでこれからも仕事を続けないか」

と、僕をたしなめた。しかし、僕は、

「いや、体制を変えることの方が先です」

と言い張った。小林さんは半分あきれて、

「体制を変えるなんてできっこないよ」

と言った。僕は、

「同じ商学部出身の竹下登に会えば理解してもらえる」

と、楽観的な見通しを述べた（今、思い返せば冷や汗ものである）。

「竹下なんて小物だ」

と、小林さん。

「じゃ、誰が日本を動かしているんですか」

と聞くと、小林さんはニヤニヤしながら、

「知っているけど言わない」

と言った。

以後、言い合いがしばらく続いたが、何を話したのかよく覚えていない。かなり不穏当なことも喋ったのではないかと思う。芝山さんは押し黙ってしまって、成り行きを見守っていた。

時計は十二時を回り、会談はお開きになった。芝山さんは最後に、

「そのアニメーションの企画、やろうよ」

と言ってくれたが、今にして思えば本気でそう言ったのではなく、僕をなだめるた

めに言ったのかもしれない。僕はすでにおニャン子クラブやアニメーションのことなどどうでもよくなっていたので、

「体制を変えてからでないと作れない」

と、なおも言い張った。

芝山さんと小林さんは帰り、僕はその晩会社に泊まった。どうせ帰っても興奮して眠れないだろうし、芝山さん、小林さんに話したいことはみんな話したから、明日から行動に移す計画をここで練ろうと思っていた。誰もいない深夜の会社の中を、僕はグルグルと歩き回りながら考えを巡らせていた。

そして少し冷静になった僕は、やはりいきなり体制を変えようというのは無謀だと気づいた。新しいアニメーションをとにかく作ることに力を注ぎ、その作っていく過程の中で徐々に体制を変えていこう。そのためにまず何をすべきか。企画書やシノプシスなんかはいつでも作れるし、書くより直接話した方が手っとり早い。前ににっかつのお偉いさんが言っていたように「戦略」を立てなければ。〝体制変革アニメ〟を放映するための戦略を。

とりあえず明日の二十五日、早稲田大学へ行くことにした。僕にとっての最大のシンクタンク、早稲田に行って、産業社会学、広告論、政治学の教授に会うのだ。僕は

早稲田大学というのは「世界に対してアンチテーゼをなげかけられる大学」と考えていた。「今の世界で本当に満足しているのか」という体制変革を呼びかけるアニメを作るのなら、早稲田の協力が是非とも必要だった。

壮大な（絶大な、完全に近い）プロジェクトになればなるほど、色んな人との信頼関係が必要である。そして、基本的に自分の経験に基づいて行動することが大切だと考えていた。そのためには他者との間に良好なコミュニケーションができていなければならない。物質主義へのアンチテーゼをみんなが何となく感じていれば大丈夫だ。物質にとらわれない世界がひらけるはずだ。

おニャン子クラブを使うからには、フジテレビで作らざるを得ない。フジテレビはどちらかというと体制的だ。体制的なものを使って非体制的なものが作れるだろうか。

それには、くだらないと思わせる戦術をとればよい。おニャン子クラブもとんねずもくだらないと一般的には思われている。しかし僕は彼らの中に真実を見た。くだらないものの中に真実をちりばめればいいのだ。アニメーションと聞いただけでくだらないと反応する人は多いだろうが、だからこそこれは逆に武器になる。目的は似たようなものかもしれないが、過激派の手段とは全く逆の高等戦術だ。

キーワードを示すのがマスコミの本分だ。そのキーワードをみんなで真剣に考える。

ホントかウソかも含めて。考えることをやめてしまったら人類は進歩しない。みんなが真剣にみんなの幸せを考えなければならないのだ。何が出てくるか、みんなで考えよう。浮浪者にも考えてもらおう。精神病患者にも考えてもらおう（本当に当時のメモにそう書いてある）。

〝ひとりの幸せ＝みんなの幸せ〟かどうかというのが、一つの人類にとっての大命題だと思う。これを科学的な方法で証明してほしい。誰にもできないなら僕がやるしかない。僕の体験、僕の集めた知識を元にして実証するのだ。

僕は色々と思いを巡らせた末、アニメーションを作るという自分の仕事に、二つ信条を持つに至った。一つは「想像的世界で現実世界のパロディーをやること」。パロディーといっても二年前に作った『カックんカフェ』のようなものではない（僕が作ろうとしているのは）。「現実」を徹底的に茶化すのだ。賛美しているのか非難しているのか、それは受け手次第だ（『カックんカフェ』は角栄を賛美していると非難した人がいたが）。

もう一つは「現実世界でできないことはアニメーションでもできない」ということ。アニメーションは空想の産物であり、絵空事だが、それでもどう考えても現実にできないことはアニメーションでもできないのだ。どんな奇想天外ファンタジーアニメでも、それは我々の共有する「現実」に基づいている、ということだ。コナンがラナを抱えて高い所から飛び降りても死なないのは、アニメだからではなく、現実でも、少年は好きな少女のためにならどんなことでもできるのではないか。

この発想は「アニメーションでできることは現実でもできる」という考えにすぐに発展し、つまり「想像は現実になる」ということになってしまった。後に、コリン・ウィルソンや吉本隆明《よしもとたかあき》の著作を読んで、この発想は間違っていないことを確信するのだが、思いついたのはこのとき——一九八六年七月二十四日の深夜——だった。仮想と現実をつなぐパイプラインには様々なものがあるだろうが、僕が持っている武器の中ではアニメーションが最高のものだった。今でもそう思っている。

僕は部屋の中を行ったり来たりしては考え、何かひらめいては机に戻ってメモをする、という行為を一晩中繰り返していた。そして空が白み始め、七月二十五日（金）の朝を迎えた。一九八六年七月二十五日。人は幻覚だ妄想だというが、僕にとっては〝誕生の瞬間の恐怖〟をもう一度味わった、忘れることのできない日である。

第四章　幻覚妄想（一九八六年七月二十五日〜七月二十七日）

早稲田へ

七月二十五日の明け方の五時頃、電話が鳴った。出ると同僚のアニメーターのT君からで、「あにまる屋の電話番号を教えてください」とのこと。あにまる屋というのはアニメ制作会社で、亜細亜堂とシンエイ動画と三社で「BOX」という野球チームを作っていて、T君はそのメンバーなのだ。今日、光が丘公園で試合があるのだが、天気があまりよくないので、あるかどうか、あにまる屋に電話して聞きたいとのことだった。僕は社内を捜したが、電話番号は見つからなかったので、電話を切り、芝山さんか小林さんに聞こうと思って電話をかけた。が、二人とも奥さんが出て、「出かけています」と言った。こんな朝早くからどこへ出かけたのだろうと思いつつ、「わからなかった」とT君に電話すると、彼は了解し、とりあえず光が丘公園へ行くと言った。僕は突然「そこへ行けばシンエイのプロデューサーに会えるかもしれない」とひらめいて、T君に野球場の場所を教えてもらって電話を切った。

僕は早速机の上に書き置きを残して会社を出た。実は明日の土曜日と二十八日の月曜日はすでに休暇届けを出してあって、明日の朝、父の赴任先である釧路《くしろ》へ妹と遊びに行く予定になっており、早稲田に行ったあとそのまま実家に帰るつもりで、一度アパートに戻り、旅支度を整えた。旅行用バッグの中に、いつも大事なものを入れて持ち歩いているカバンと着替えとウォークマンとカセットテープ（ジョン・レノン、おニャン子クラブなど）と、何を思ったか『突然変異』の創刊号、三号、四号を入れ、アパートを出た。

ぐずぐずしていたらT君達の野球が終わってしまう。まず光が丘公園に向かうべく、埼京線に乗って池袋で降り、東武東上線に乗り換えて成増《なります》に向かった。空は曇っていたが、雨の心配はなさそうだった。暑くもなく寒くもなく、ちょうどよい気候だ。僕は車中で、早稲田へ行ったら早稲田大学のエンブレムのついたブレザーを買って、ピシッとした身なりで北海道へ行こう、などと考えていた。

成増で降り、どっちが光が丘公園なのかわからぬまま駅を出た。振り向くと、駅舎に「なります」とひらがなで書いてある。僕はそれを見て、ここが石橋貴明の故郷なんだと思うとともに、僕が「何かになります」という意味、暗合を受け取った。

近くのマクドナルドに入って道を聞いた。親切に教えてくれた店員の女の子は、びっくりするような可愛《かわい》い子で、僕はしばし見とれてしまった。教えられた通りに道を歩いて行ったが、また途中でわからなくなり、通りがかった女の子に道を聞いた。彼女も丁寧に教えてくれたが、この子も可愛い顔をしていた。

通り過ぎていく車が妙に僕に接近して来るような気がして、「何かいつもとちょっと違うな」という感じを抱きつつ、光が丘公園に着いた。野球場は四面あって、どこでやっているのかわからずグルッと一回りすると、T君に呼び止められた。

「もうすぐ終わりますから」

T君はそう言って打席に立ち、あえなく三振した。BOXは相手ピッチャーに完封され、本当に試合はすぐに終わってしまった。

思っていた通りシンエイ動画の田村プロデューサーがいたので、つかまえて、今考えているアニメの新企画、BOXが勝つ戦略など、色々話した。田村さんは逆に僕に、

「今度『エスパー魔美《まみ》』をやることになったので、小林君やらないか」

と話しかけ、来週の火曜日（北海道から帰って来る翌日）に会う約束をして別れた。

T君に成増まで車で送ってもらった。僕は話したいことがたくさんあったので、T君にゆっくり走ることを要求した。

「制限速度ってのは、これ以上の速度で走るなってことだから、どんなにゆっくり走

っても構わないんだ。順法闘争だ」

とか何とか言って。アニメの新企画とそれにまつわる話を喋《しゃべ》りに喋りまくった。

「僕は亜細亜堂をやめる気はありませんよ」

とT君は言った。僕は、

「ベアコム（僕とT君共通の友人。絵の才能がありながらコンピューター会社に就職していた）にも早く来てほしい」

と言った。

成増でT君と別れ、彼は会社に向かった。僕はマクドナルドに入って朝食をとった。隣の席に二人の小学生くらいの男の子がいたので、話しかけ、プラパズルを見せる。二人は「見たことない」と言った。彼らにスクラッチゲームのカードをあげて、マクドナルドを出た。

成増から早稲田まで、どうやって行ったか、その間何を考えていたか、全く覚えていない。忘れたのではなく、記憶がないのだ。入院した後、僕は睡眠薬を打たれて眠らされ、この間の体験はすべて、ベッドに横たわった状態で見ていた幻覚だったんじゃないか、と妄想してしまったほどだ。とにかく気がついたら早稲田にいた。

僕はまず、ブレザーを買おうと思って、早稲田大学生協に入った。洋服のコーナーにたどり着く前に、考え事（何を考えていたかは覚えていない）をしてしまい、同じ所を何べんもグルグルと歩き回った。電話をしていた店員の女の人が、プッと吹き出し、それを見て我に返った。僕は、彼女が僕の行動を見て笑ったんだろうと思い、仕事の電話の最中に、目の前でおかしな光景が展開するのを見せつけられ、笑いたくなるのを必死でこらえていたという彼女の心境を想像して、店の隅で一人クスクスと笑ってしまった。僕は昔から、自分が人を笑わせることを、喜びこそすれ、気にしないタチだった。

早稲田のエンブレムのついたブレザーはなかったので（あれは特別注文しないとできないのだろう）、生協を出て、大学周辺をうろつき、早稲田大学のペナントとコミック雑誌を同じものを二冊買った。そのあと構内に入り、学生食堂で一〇〇円のビン入りジュースを買う。それがすごくうまかった。たった一〇〇円でこんなうまいものが味わえていいのかと、すっかり幸福な気分になったのを覚えている。ジュース片手に学生会館へ行き、「卓球同好会」という看板がぶら下がっている所に三人の男女（男二人、女一人）がたむろっているのを見つけ、話しかけた。プラパズルを見せると、男の一人が「見たことある」と言った。僕は「商学部のOBです」と言って亜細亜堂の名刺を三人に渡した。「好きなアニメは？」と聞くと、一人が「『巨人の星』」とか」と答えた。男は二人とも男前で、女の子はこれまた僕好みの大変可愛らしい顔をしており、三人とも真面目《まじめ》そうで、好感が持てた。僕はなぜか、女の子はわからなかったが、男二人は田中角栄と竹下登の分身ではないかと思ってしまった。男が『巨人の星』と言った時に、誰かが笑う声がしたのだ。最初の幻聴だったのかもしれない。

もう一人の男が「自分も商学部だ」と言うので、僕は彼に、

「産業社会学、マーケティング論、広告論をとりなさい」

とかアドバイスした。他にも何か喋ったが、その間、女の子は僕の方を見て目にいっぱい涙をためていた。僕はそれを見て世の中にこんな可愛い女性がいるのかと息を呑《の》んだ。

学生会館を出て、「早ア」の溜《たま》り場であった一四号館ラウンジへ行く。女の子が四人ほどいて、何やら勉強中だった。話しかけると、今日、大学構内で保母試験があり、今それに備えている、と答えた。四人のうち一人は、これまた可愛らしい女の子で、彼女は保母試験で来ているのではなく、「人を待っている」と答えた。

一二号館へ足を向けると、建物の出入り口に、なぜか『風雲！ たけし城』のTシャツを着た二人の外国人男性が立っていた。思い切って英語で話しかけた。「時間はある」と言うので、一四号館へ連れて行った。二人はアメリカ人だとばかり思ってい

たが、聞けば何とイスラエル人だった。僕はイスラエル人と交流を持ったのは初めてで、何かウキウキしてしまった。二人にプラパズルを見せ、やらせてみた。一人はものの二〜三分で全く新しい組み合わせを完成させた。僕は驚き、「アー ユー ジーニャス⁉」と思わず言った。紙に記録して、名前と感想を書いてもらおうと思い、先ほど話しかけた〝人を待っている〟女の子に筆記具を借りに行った。彼女は「どうぞ」と言って筆箱ごと貸してくれた（本当は色えんぴつが欲しかったのだがなかった）。組み合わせを書き写し、イスラエル人の男に、名前と感想を書いてもらった。彼は名前をヘブライ語と英語で書き、感想ではなく（意味が通じなかったか）ヘブライ語のアルファベットを書いてくれた。僕は、

「これは僕の宝物にする」

と言った。もう一人にやらせてみたが、彼は苦戦した。その間色んな話を（英語で）した。時々彼ら二人はヘブライ語で何か会話を交し、それは僕には何を喋っているのかさっぱりわからなかった。僕は自分の夢を語った。

「いつか、ポール・マッカートニーを使って、『イエロー・サブマリン』のようなミュージカル・アニメーションを作りたい」と話すと、一人が「ヒュー」とか言って感嘆した。

プラパズルと格闘していた男は、とうとう組み合わせを完成させることを断念した。

僕は、

「これができないからと言って、あなたが愚かだとは思っていない」

と言うと、彼は笑って、

「サンキュー」

と言った。僕はうまく言えなかったが、このパズルは何かを意味していて、僕にはそれを分析（アナライズ）することができない、と言うと、二人は納得したような素振りを見せた。

「楽しかった。ありがとう」

と、お互いに挨拶《あいさつ》を交して、僕は二人と別れた。

一四号館を出て、早稲田へ来た一番の目的である、産業社会学の寿里先生に会いに行くべく、研究室の方へ足を向けた。すると偶然、寿里先生が、誰か若い男を伴って歩いてくるのに出くわした。僕は先生に向かって歩み寄り、

「一九八四年卒業の小林と言います。先生のゼミはとりませんでしたが、社会学、産業社会学で先生の講義を受けまして……」

と、自己紹介しようとしたが、先生は、「わかったわかった」とでも言いたげに僕

の言葉をさえぎった。

「どうしても話したいことがあるんです」

と言うと、先生は、

「今、大事な会議の前だから駄目だ」

と言った。それなら来週の火曜日はどうかと聞くと、

「来週の火曜日ならいい」

と言ってくれた。僕は、会議に興味を持ち、

「その会議に僕も参加させてくれませんか」

と言うと、二人は笑って、「駄目だ」と言った。僕は、その会議というのは、目覚めようとしている僕に対する処遇を話し合うんじゃないか、いやそうに違いない、と確信してしまった。

その後、演劇博物館へ行き、大隈《おおくま》庭園へ行った。大隈庭園を徘徊《はいかい》し、庭の作りが天王院幼稚園に似ていると思った。いつの間にか雲は晴れ、夏の陽射《ひざ》しが照りつけていた。僕はまるでワーズワースの詩の世界のような幸福感に包まれ、木陰に腰を下ろした。大隈講堂の方から、誰かが大勢で『燃えろいい女』を聞こえよがしに歌っていた。蚊が腕にとまり、僕の血を吸っていた。僕はそれを払いのけようともせず、蚊をじっ

と眺め、僕の血を求めているその蚊に対して、何か愛《いと》しさのようなものを感じてしまった。とにかく幸せな気分に満ちていたのである。

グランド坂の方へ行こうと、再び大学構内へ入っていった。一五号館前にワンゲルか何かのサークル員がたむろっていて、ラジウスという懐《なつ》かしい言葉を耳にした。

ふと、クズかごに目がとまり、近づいてみるとビックリした。その中に捨てられてあったのは、カロリーメイトの空き箱、カップスープの空き箱、ポカリスエットの空き缶など、僕愛用の品々ばかりで、しかも真新しくてゴミという感じがしなかった。僕がここへ来るのを察知して、何者かがあわてて集めたような、不自然さを感じた。こんなきれいなゴミが、世の中にあるものなのだろうか。

どうも何かがおかしい、と僕はそろそろ気づき始めた。目に見えるもの、耳に聴こえるもの、周りのすべてのものが、どこかよそよそしく、不自然なのだ。何者かが、「この世界は僕のためにある」というシグナルを絶えず送り続けている感じなのだ。「世界は僕のためにある」とは、二〜三日前から考えていたことだが、それがこんなにも違和感を与えるものだとは思っていなかった。僕の直面した世界は、いつも見知っている世界とはちょっと違うのだ。特にこの早稲田大学は。会う女の子すべてが僕好みの可愛い女の子なのも、イスラエル人に会うのも、外でばったり寿里先生に会うのも、ゴミ箱の中身が僕と関係のある品々ばかりなのも、すべて偶然なのだろうか。何者の仕業かはわからなかったが、僕をどこかしらへ導こうと壮大な芝居を演じているのではないか、そんな気がし始めた。

この時僕は、自分がおかしくなったとは思わなかった。普段経験したことのない多幸感に包まれてはいたが、幻視も幻聴もなかった。もっとも幻覚があっても、肉体的な苦痛を伴わなければ、病気だという自覚はなかっただろう。芝居を続けるなら続けるがいい。僕は決して狂気には陥らないぞ、と思った。だが、その決意は、数分後、もろくも崩れ去るのである。

発　狂

大学構内を出て、グランド坂を少し下り、学生時代よく行っていた「キャプテン」という喫茶店をのぞいてみようと思ったが、シャッターが閉まっていた。開けてみると、石油ストーブとか段ボール箱とかガラクタが置いてあり、「つぶれたんだな。いつ行ってもヒマそうな店だったからな」と思った。

時計は四時を回っていた。もう大学には用はないし、帰るには早いし、さてこれからどうしようと思い、突然、桜木町駅へ行ってガード下の絵を見に行こうと思いついた。が、今から行ったのでは夜になってしまうな、と断念した。

考え事をしながらフラフラ歩いていくと、薬屋の隣に空き地があった。『ど根性ガエル』に出てくるような空き地だと思ってその中に入った。材木が横積みになっており、その上に白いプラスチック板が二枚、立てかけてあった。「何だろう」と思ってそれをひっくり返した。なんとそれは小田急線の時刻表だった。

実家から大学へ通っていた頃毎日使っていた、そしてこれから帰るのに使おうとしている小田急線の時刻表がここにある。もう僕にはこれが偶然だとは思えなかった。僕がこの世界を作っている。もう少し穏当な表現をすれば、僕が見知っているこの世界は、僕のイメージの産物だ、ということに気がついてしまった。空想的な遊びではなく、実感してしまったのだ。普段使わない思考回路が次々とつながり始め、それまでの幸せな気分は吹き飛び、急転直下、地獄へ落とされた。

僕は気づいてはいけないことに気づいてしまったんだ。世界が僕のイメージでできているなら、ちょっとでも不吉なことを考えれば、世界は、あるいは僕は消え去ってしまうではないか。

誰かが「やった！」と嬉《うれ》しそうに叫ぶ声がした。ミックの声に聞こえた。誰かが僕の様子を遠くからカメラで撮影しているような気もした。僕が真実を知ることを、他のみんなは待ち望んでいたのではないか、と思った。そして僕も真実を知りたいと思っていた。しかし、僕が直面した真実は、とてつもなく恐ろしく、僕は正気を保ち続ける自信を失った。

胸がどきどきして、とてもカバンを持って歩く体力はないことを悟り、カバンの中身を時刻表の上にぶちまけた。現金や通帳や、大事なものはたくさんあったが、僕はそういったものには目もくれず、プラパズルと〝美夜ちゃんファンクラブ〟の会員証の入った名刺入れの二つをデニーズの巾着袋《きんちゃく》に入れ、立ち上がった。

立ち上がると、世界が変わってしまった。空はオレンジ色になり、建物や地面はあやふやで、手や足がそれらを通り抜けてしまうのではないかと感じ、すべてのものが自分への脅威となった。

こんな恐ろしい思いをしたことは今までなかった。あったとしたらそれは誕生の瞬間だろう。覚えてはいないが。羊水の中で何不自由なく幸せだったのに、突然訳のわからない外界に放り出されて、怖くて怖くてただ泣き叫ぶしかなかったあの時だ。人は生まれる時に、生涯最も恐ろしい体験をしているので、「死」も含めて大抵の恐怖には耐えられるのかもしれない。僕は誕生の瞬間の恐怖をもう一度味わったのだ。

とにかく一つ所にはとどまっていられない心境になり、巾着袋を握りしめて、平穏な場所を求めてさまよい歩き出した。ゲームセンターには、当時ハマっていた「HANG-ON」があったが、これはワナだと思って見向きもせず、さかんに呼びたてる焼きとうもろこし屋――美夜ちゃんに似た可愛《かわい》い子だったが――もワナで、毒が塗ってあると思い込んだ。当然薬屋は毒薬だらけでとても入る気はしない。通りがかった男女が「あっちへ行けば楽なのにね」とささやき、それは大学構内を意味していたようだったが、誰の言葉も信じられず、僕はどんどん細い路地へ、なるべく人のいない所へ入っていった。ところがその路地は工事中で、大きな石ころが今にも崩れかかってくるように積まれていたので、僕はそこを避け、しかたなく人通りの多いグランド坂下へ向かって行った。すれ違う人が皆、僕に殺意を持っているような気がして、「殺さないでください。殺さないでください」と会う人会う人に頼みながら歩いて行った。相手は僕に会釈《えしゃく》するような態度をとったが、今にして思えば、僕を「アブナイ人」と判断し、目をそむけていたのだろう。

何を思ったか、近くに止まったそば屋のバイクのおかもちを開け、中から数本の割り箸《ばし》を取り出し、その意味するものを必死で考えた。これも何かの暗合のはずだった。しかし、意味はわからなかった。今、手に持っているプラパズルの全組み合わせを完成させれば、この地獄から逃れられるかもしれないと思ったが、それは不可能で、絶望感を高めるだけだった。

僕は心底疲れ、往来の真ん中で大声で叫んだ。

「おかあさーん」

と叫べばよかったのかもしれない。しかし僕は、僕に課せられたこの試練は、CIAか内閣調査部の仕業だと思い、

「田中（角栄）さーん、竹下（登）さーん、勘弁してくださいよー」

と叫んでしまったのだ。そう叫んだら世界はますます地獄の様相を呈してしまった。

あまり遠くまでは歩きたくなかったが、一つ所にとどまっていられないので、新目白通りを渡った。たいして広い道路でもないのに、渡り終えるまで青信号でいてくれるかどうか、無事に向こう側へたどり着けるかどうか、不安だった。ちょうど後に読んだ『ライ麦畑でつかまえて』でホールデンがおかしくなった時の状況とそっくりだった。道を渡ること、歩道を歩くこと、そして何より赤信号を待つことが不安で、この不安から逃れる術《すべ》は何もなかった。道を渡ったことを後悔し、大学方面へ戻ろうと思ったが、今度はどこから渡ろうとしても赤信号にはばまれ、歩道を行ったり来たりしているうちに、歩道がどんどん縮んでいき、しまいには僕の居場所がなくなるとい

う恐怖を感じた。誰か自転車に乗った少年がトラックにはねられるのを目撃した。ああ、僕には彼を助けることができなかったと、自分のイメージが作った世界にいながら僕は全く無力なのを思い知った。

もう外にはいられなくなり、殺されるのを覚悟で、ある喫茶店に入った。アイスコーヒーを頼み、毒殺されるかもしれないと思いつつ飲んだ。が、何ともなかったので少し生きる希望が湧《わ》いてきた。しかしその喫茶店はなぜか長居ができず、僕は外へ出なければならなくなった。せっかく小さな安堵感《あんどかん》をもたらしてくれた場所を離れたくなくて、僕は、「何でもしますからここにおいてください」と頼み、自分のグラスを持って洗い場へ侵入した。時計を見ると、五時に今なろうとするところだった。秒針が五時ちょうどを指せば、この苦しみから解放されるかもしれない、と思ったが、五時を過ぎても何も変わらなかった。

この時僕は一分でも一秒でも長生きしたいと思っていた。だがなぜか、

「六十四歳まで生きさせてください」

と神に祈った。なぜ六十四という数字がとっさに出て来たかというと、ビートルズの『ホエン・アイム・シックスティ・フォー』が好きだったからだろう。今にして思えば、年金をもらえるようになる前の年に死ぬというのは、誰にも迷惑がかからず、

潔《いさぎよ》い死に方だと思う。だからこの時の神との約束が生きているなら、僕は六十四歳で死ぬことになっている。

店の人は僕が勝手に厨房《ちゅうぼう》に入ったので狼狽《ろうばい》し、警察を呼んだ。僕は二人の警官に、店から二軒隣の交番に連れていかれた。ここでどんな会話を交したか覚えていない。僕は警官からも見放され（なぜ救急車を呼ばなかったのだろう？）、再び彷徨《ほうこう》し始めた。

意を決して道を渡った。世界は幾分か安定し始めたように思えてきた。少なくとも誰かにグサリと刺される不安はなくなった。朝食を食べてからまだ何も腹におさめていないことに気づき、

「何か食べれば元に戻るかもしれない」

と思って、店を探した。正門通りの裏に、『タッチ』に出てくる〝南風〟という喫茶店に作りが似ている店を見つけ、中に入った。毒が入っていようがとにかく食べようと思い、定食を頼んだ。味噌汁《みそしる》は全部飲んだが、ご飯が食べられず、おかずの目玉焼きをつっつくのが精一杯だった。

店のラジオから流れるニュースに耳を傾けた。最初は何を喋《しゃべ》っているのか訳がわからなかったが、やがて日本語になり、社会党の石橋委員長が辞めるとか、戸塚ヨット

スクールの校長が保釈されたとかいうニュースだったのを覚えている。音楽は『宇宙戦艦ヤマト』と『野性の証明』のテーマ曲が流れた。『ヤマト』は、僕がアニメファンだから流したのだろうか。『野性の証明』の〝男は誰も皆無口な兵士〟という歌詞が心にしみた。声優の島津冴子《さえこ》らしき女の人が入って来て、トーストを注文して食べずにすぐ出て行った。店のピンク電話が二回鳴り、二回とも店の人が出て「違います」と言って切った。僕はそれを、間違い電話だと思わず、何者かが「(僕が) まだそこにいるなら『違います』と言ってください」と言っているんだと解釈した。

その店には一時間半ほどいたが、大分落ち着き、そろそろ帰れるだろうと思って、実家に電話をかけた。妹が出たので、

「これから帰る」

とカエルコールをする。店を出て、先ほどカバンをおっぴろげたまま置いてきてしまった空き地をのぞいて見たが、車が駐車してあって、荷物は無かった。僕は命びろいをしただけで十分報われていたので、

「ま、仕方ないや」

と、荷物をあきらめ、デニーズの巾着袋だけを持って、帰途についた。

東西線の早稲田駅へ行き、怖そうな人を避けてオドオドしながら地下鉄に乗り、高

田馬場で山手線に乗り換え、新宿で小田急線に乗る。車内は込んでいて座れなかったが、もう不安の発作はなく、海老名に着くまでの五十分間はむしろ安堵感に包まれて立っていた。ただし、人の視線を感じてしょうがなかった。あるおばさんは、嬉しそうに僕に手を伸ばして僕の体を触ったほどだ。これは自意識過剰ではない。僕が〝現実の究極の姿を知る〟という発狂をして、そこから立ち直ったことを祝福してくれているんだと思った。

海老名に着き、バスに乗って、実家の近くのバス停で降りた。歩いて家に帰る途中、まるで祝砲のように、打ち上げ花火が上がった。今日は恐ろしい経験をしたが、こうして無事に帰って来たんだ。僕は発狂する直前の至福感を取り戻し、ドアのカギを開けた。家に入ると妹はおらず、すぐさま電話が鳴った。出ると、僕のカバンの拾得者で、あの空き地（駐車場）の持ち主である薬屋のおばさんからだった。

「火曜日に取りに行くから、それまで誰にも渡さないでください」

と頼んで電話を切った。すると続けざまに電話が鳴った。出ると会社の制作のOさんからで、

「北海道行き、長引いても構わない。少し休んでいなさい」

とのことだった。僕と芝山さんと小林さんの会談を聞いて、僕が少しおかしいと判

断したのだろうか。それとも今日の早稲田での体験のことを何らかの方法で知ったのだろうか。よくわからない。電話を切ると、またまた続けざまにベルが鳴った。今度は長野の伯父からで、これが不思議な内容だった。伯父は、僕がおニャン子クラブを使ってアニメーションを作ろうとしていることをなぜか知っており、その仕事をがんばって完遂させ、お金が入ったら、金策に困っているある親戚《しんせき》に回してやれ、とのことだった。僕は仕事で成功すればお金が入ると漠然と思っていたが、しがない演出の立場ではそう簡単に金持ちにはなれまい。伯父は僕の将来を予見しているのだろうかと思ってしまった。

テレビをつけると、『ニュースセンター9時』をやっていた。途中からだったので何のニュースかわからなかったが、自民党の宮沢さんがニコニコ顔でインタビューに応じて「こんなに嬉しいことはありません」と言っていた。当時そんなに明るいニュースがあったとは思えず、僕が現実の本当の姿に気づいたことがこの人はそんなに嬉しいのかと思った。宮崎緑キャスターが、「アミノ酸製剤を四人に投与したところ、一人が発狂しました」という意味不明のニュースを報じたが、「発狂」という言葉を聞いて、これも僕に関わるニュースだな、と直感した。

やがて妹が帰って来た。妹に勧められてシャワーを浴びるが、シャワーのホースが切れかかっており、僕はシャワーの中にカメラが仕掛けられていると思って、ホースを引きちぎってしまった。

風呂《ふろ》から上がると、テレビでは宮崎駿の『風の谷のナウシカ』をやっていた。僕はこのアニメーションの大ファンだったが、今日放映されることを全く知らなかった。まるで僕の発狂＝覚醒《かくせい》（もう、そういう考え方をしていた）に合わせたかのように放映されている気がした。偶然というよりは暗合と受けとめた。

妹は志望する会社に出す履歴書を書いていた。僕はその履歴書は、会社に入るためではなく、もっと崇高な目的のために使われる予感がして、

「丁寧に書けよ。大事なものなんだから」

と言った。そして、

「親父《おやじ》やお前とも今まで通りの関係でいたいと思っているからこうするんだよ」

と、エアコンのスイッチを切り、盗聴器が仕掛けられていると思えるものをしらみつぶしに探した。妹はそんな僕の様子を見て、頬に大粒の涙をひとしずく流した（僕は後に妹に、あの時の涙は『未知との遭遇』でリチャード・ドレイファスがおかしなことをするのを見た子供達が流した涙と同じか、と尋ねたら、「違う」と言われた）。

『ナウシカ』はちょうど、巨神兵が登場するシーンをやっていて、妹が、

「あれは何？」

と尋ねた。僕は、

「現代の物質文明のなれの果てだよ」

と答えた。これは誰でも思いつく平凡な解釈だったが、僕は『ナウシカ』を見るのは三回目で、宮崎駿が主張したいことが手に取るようにわかっていた。一番最大のメッセージは、僕に「ナウシカになれ」と言っていることだ。いや僕に限らずすべての少年少女達に言っているのかもしれないが。これは決して簡単なことではないが、それでも、

「宮崎さん、かんべんしてくださいよー」

とは思わなかった。むしろ「なってやろうじゃないか」と鼓舞された。

翌日は六時起きなので早めにベッドに入った。もう不安感は全くなく、ぐっすり眠れると思っていた。ところがこのベッドの中で、昼間に勝るとも劣らない異常な体験をする破目になるのである。

さすがに今日一日の体験で疲れたか、最近になく早く眠りについた。どんな夢を見たかも夢を見たかどうかも覚えていない。

真夏の夜の狂宴

突然午前三時頃、目が覚めた。これ以降、朝になって妹が起こしに来るまで、僕は全く眠っておらず、その間にあったことは断じて夢ではなく、現実に起こったことだ。人は「夢でも見ていたんだろう」と言うが、それだけは否定する。

目が覚めたとたん、誰かがあわててドアの向こうの階段を駆け降りていく音がした。僕はこの家の中に妹以外の人間がいて、彼は眠っている間の僕の脳波を、どういう方法でかは知らないが調べていたのだろうと思った。そして、僕が目覚めてしまったため、正体がばれることを恐れ、あわてて撤収したのだろう。起きてドアを開けて一階へ行けば確かめられるが、なぜかそれをしてはいけないという自制心が働き、僕はベッドから出なかった。別に金縛り状態ではなかったと思う。

また寝ようとしたが、すっかり頭が冴《さ》えてしまって、夜の気に影響されてか、僕はまた様々なことを考え始めた。詳しいことは覚えていないが、僕の考えを皆に伝える最もいい方法を模索していたようだ。

突然テレパシーのようなもので誰かと交信がつながった。昼間も聞こえたミックの声のようだった。声は耳からではなく、頭の中に直接入ってきた。これがテレパシーというものかと思い、幻聴だとは全く思わなかった。後にミックは、この日は午前四時ごろまで起きていたが、僕とテレパシーで会話した覚えはないと言った。僕はそれならミックの守護霊と会話していたんだろうと解釈し、幻聴を認めなかった。

どんな内容だったか残念ながら忘れてしまったが、テレパシーで会話できるのはミックだけでなく、あらゆる人間と交信できることがわかった。交信を司《つかさど》る器官は頭の中だけでなく、手とか足とか背中とか各内臓とか、すべての器官でできるのだ。中枢《ちゅうすう》神経は頭の中にあるのだろうが、体中の各器官が色々な感覚を引き起こす形で行われたのである。個人との交信も団体との交信もできた。

僕は体制を変革してよりよい世界を作ろうと思っているが、僕一人の力ではできない。みんな協力してくれないかと伝えると、皆、拍手や歓声で受け入れてくれた。受信は、手や足が震えたり、背中がぞくぞくしたりするかたちで行われた。

多数の人と交信するに伴って、頭の中にある種のイメージ（映像）が現れた。幻視、幻覚かもしれない。断っておくが僕は覚醒剤、シンナーの類《たぐい》を一切やったことはない。

だから穏当な表現をすれば、普段夢に見るイメージを覚醒していた時に見たのだ。映像には段階があって、少数者と交信している時は単純な光景、相手の数が増えていくごとに光景が変わり、僕が交信可能な最大多数と交信すると圧倒的な至福感に包まれた光景が展開し、それ以上の段階へは進まなかった。僕がどんなメッセージを発していたか、悔しいが思い出せない。が、それらはまず少数者が支持し、だんだん相手の数が増えていくという段階をいちいち踏まねばならず、映像イメージもそれに伴って何度も繰り返された。映像はリアリティーがあったが未知のもので、それぞれ数字を伴っていた（交信する相手が増えると数字も大きくなる）。最終段階の映像に伴う数字は途方もなく大きかった。

これは大変刺激的な体験で、僕はこれによって様々な懸案事項を解決していったが、やがて映像イメージの繰り返しは沈静化していった。手や足があまりにも激しく動くので肉体的に疲れてしまったし、もう残された問題は何もないと思ったのだ。おとなしく寝ようかとも思ったが、突然『エルム街の悪夢』という映画を思い出し、

「僕は寝たら死ぬ」

という暗示をかけてしまった。何かまた別のことに頭を使うしかない。

今度は人間が理解できる概念はどこまでか、そのキーワード探しに取り組んだ。こ

ういうことに詳しい先輩のF氏（の守護霊）が相手になってくれた。最初どんな言葉から始まったか覚えていないが、「宇宙」という言葉に到達した時、「もうこれ以上はないだろう」と内心思っていた。ところがその先もどんどん形而上学的《けいじじょう》な言葉が出てくるのだ。僕はだんだん胸が圧迫されて苦しくなっていった。キーワードは「輪廻《りんね》」などを経て、最終的に「無」まで行って、それ以上はなかった。つまり人間が理解することができる最終的な概念は「無」ということになる。しかし、それがどういうことかはわからなかった。弥勒菩薩《みろくぼさつ》なら知っているかもしれない。

僕はこのゲームの途中で苦しくて仕方がなかったので、まるで念仏を唱えるように、「ホメオスタシス。ホメオスタシス」

と唱えていた。上がり過ぎず、下がり過ぎず、心身の恒常を保とうという意味で。

一時は息がつけないほどだったが、キーワードが「無」から先に行けなくなったところで胸の圧迫はおさまり、

「もう死ぬことはないんだ」

と至福の状態になった。

あまりに多くの情報を得、また伝えられたので、ミック（の守護霊）が、

「なんで今まで気がつかなかったんだ」

と、嬉《うれ》し泣きするような声で感激していた。僕も嬉しかった。

突然、とんねるずの木梨憲武《きなしのりたけ》が交信してきた。

「木梨？」

と聞くと、彼は、

「あしたのジョー」

と答えた。これはとんねるずが『お坊っチャマにはわかるまい！』の最終回で使ったギャグで、「ジョー」という音を僕の声帯ではなく、お腹《なか》のあたりを使って鳴らしたのがいかにも木梨らしくて笑えた。

フィル・コリンズが自分も交信できることを主張し、僕の心臓の鼓動を支えるようにドラムを叩《たた》いてくれた。色んな人に守ってもらえて嬉しかった。

そうこうしているうちに空が白んできた。郵便屋らしきバイクの音が四、五回して家の前に停まって、何か郵便物をポストに入れては去っていった。妹に、僕の扱いに関する指令を届けているんだと思った。すずめが鳴き始めた。最初は訳のわからないすずめの声だったが、だんだんそれが日本語に聞こえ始めた。

「木梨か？」

と聞くと、

「チュン（はい）」

と答えた。木梨憲武はこれ以降、すずめの声で僕と交信を取り始めたのだ。

これらはすべて僕の幻覚か幻聴、あるいは思い込みと大方の人は判断するだろう。しかし交信相手は不特定多数を除けば皆僕の好きな人ばかりで、不穏当な指令のようなものは一切なく、双方向のコミュニケーションだった。僕はこの夜のことは、肉体的苦痛もあったが、人間の心は皆つながっており、ある種の精神状態に入れば誰とでも交信できるという認識を新たにした幸福な体験をしたと思っている。宇宙の真理にまでは触れられていなかったが、それは永遠の謎《なぞ》としてとっておこう。ぼくはこの晩を境に新しい人間に生まれ変わったことを確信した。

釧路へ

七月二十五日に自分と外界との関係がいったん壊れ、その夜に新しい関係のための自分の変革（ニュータイプ化）が行われ、そして二十六日に関係の再構築が始まったと思われる。僕は何者かによって徹底的に試されるが、彼らの思惑を上回る方法で、その試みをことごとく打ち破っていった。それを彼らが望んでいたのか、それとも僕が素直に屈するべきだったのか、今となってはわからない。人は僕が「欲張りだ」と後に語った。

七月二十六日（土）の朝六時頃、妹が起こしに来た。僕は異常にのどが渇いていたのでコップ一杯の水を所望した。起きて着替えて下へ行く。テレビでは天気予報等をやっていたが、特に有益な情報は得られなかった。このあと北海道でテレビやラジオから様々なメッセージを受け取ることになるのだが……。テーブルの上に母方の叔父さんから妹あての封書が置いてあり、中を見たいと思ったが、中身は僕の扱いに関する指令であり、見てはいけないのだと思いとどまった。朝食を食べた。普通に食べられたので嬉しかった。トイレに入る。大便が出るかどうか心配だったが、すんなりとまずまずの量が出て安心する。これで心配事は何もなくなったと、晴れ晴れとした気分になった。芝山さんがかつて言った、「うんこは大事だよ」という言葉が一つの重要なキーワードになっていたのだ。

「木梨、こんなもんで十分だろ」

と話しかけると、すずめの声で、

「チュン、チュンチューチュンチュチュチュ（ええ、もう十分ですよ）」

と答えてくれた。

七時頃家を出た。僕は実家に置いてあった茶色の肩かけカバンに、大事なデニーズの巾着《きんちゃく》袋と着替えを少々入れた軽装で（なにしろ旅行に持っていく荷物を早稲田に置いてきてしまったので）、妹は大きなカバンの重装備だった。何で二泊三日の旅行にこんな重装備なんだと、中を見ようとすると、激しく拒絶された。僕は、

「こいつは、僕がきのう忘れてきた荷物を今持っているんじゃないか」

と勘繰った。持ってやろうとしても「いいよ」と言って触れさせようともしないのである。それでも妹の重いカバンを支えるようにしてバス停へ向かって歩いて行った。きのう光が丘公園へ行く途中に経験したように、通りかかる車が妙にこちらへ接近してくるので、「危ない」と言って、神経質に脇《わき》へよけた。妹は迷惑そうに「大丈夫だよ」と言った。

バスに乗り、一番後ろの席に座る。前の席にお隣さんの親子が、あたかも僕の隣人ですと言わんばかりに座っていた。

「話しかけてみようか」

と妹に言ったら、

「いいよ」

と制された。海老名に着くまでの間、いつの間にか外の景色を見て一所懸命キーワ

ードを探していた。バス停の名前、会社の看板、表札など、手当たり次第にメッセージを読み取り、その意味するものを考えた。そのうち、目についたものを手当たり次第に口走るようになり、海老名に着く頃には、「かなわない」と誰かにあきれられるほどのスピードになった。

相鉄線に乗る。妹に言われるまま、前の方の車両に座る。みんなが僕の近くに来たがっていると思っていたので、人が入り切れないほどになったらどうしようと思ったが、ほどほどの混み具合になり、出発。電車のスピードは僕の精神的な指令がないと制御できないと思い、「だんだん速く」とか「このスピードを維持せよ」とか指令を出していたが、特に念じなくても電車は動くことに気づき、やめた。それでも僕の呼びかけに応じて電車がブレーキの音や汽笛で答えてくれるので、遊びたくなり、電車とジャンケンをした。初めのうちはうまくいったが、そのうち電車が疲れてきていることに気づき、中断した。

電車は無事横浜に着き、京浜東北線に乗り換えた。車内ではおとなしくしていて、車窓から色んな看板を見てメッセージを受け取った。浜松町に着き、モノレールに乗り換えるのに通路を歩く。その間、目立つ青色のワンピースを着た女性三人に会った。最後の一人は顔はよく見なかったが美夜ちゃんだと思った。モノレールに乗り込み、僕は運よくその女性の隣に座ることができたが、話しかけようとはしなかった。僕はモノレールが動き出すや否《いな》や、みんなで『気まぐれ天使』のオープニング（アニメを芝山さんが作っていて、僕はこの歌が好きだった）を歌おうと思っていたが、賛同してくれる人は一人もいなかった。「そうか、北海道で歌う場が用意されているんだな」とあきらめた。窓から景色を見ると、芝山さんの好きそうな朽ち果てた工場などが過ぎ去っていった。例によって猛烈なスピードでメッセージを読み取りながら、モノレールは地下に入って行って、終点の羽田に着いた。

やたらノドが渇いていたので、冷水機を見つけ、ありがたく水を飲んだ。そのあまりのうまさに、

「俺はマフ・ポッターだ」

とつぶやいた。マフ・ポッターというのは、『トム・ソーヤーの冒険』に出てくる飲んだくれの親父《おやじ》で、「俺が酒を飲むのは、翌朝に飲む水がうまいからだ」とかいうセリフがある。小さい声でつぶやいたのに誰かに聞きとがめられ、その人は僕の背中に向かって、

「ワンワンワン」

と嬉しそうに犬の鳴き真似《まね》をした。僕はなぜか振り向いてはいけないと思い、

「わ、びっくりした」

と、おどけて見せた。声の主は先日パーティーで会った青木和代に間違いなかった。彼女は『トム・ソーヤーの冒険』に、ハックの声として出演しており、僕が「俺はマフ・ポッターだ」と言った言葉の意味を、すぐさま理解したのであろう。それにしてもなぜ、彼女がこんな所にいて、僕はそれを知らずに彼女の前で彼女にしかわからないセリフを吐いたのか、謎だ。これも暗合——もしかしたらユングの言うシンクロニシティーってやつか——としか思えない。

東亜国内航空の釧路行き飛行機に乗り込んだ。席に座るとなぜか突然、天王院幼稚園のことを思い出し、

「生方《うぶかた》チューチュードブねずみー」

と叫んだ。すると二列前の座席に座っていた初老の男の人が立ち上がり、ビックリした表情であたりを見回していた。その人はまさしく天王院幼稚園の生方先生だった。何でこの飛行機に乗っているのだろう？　僕は、自分が幼稚園時代からずっと追跡調査されているのだと思った。人は「追跡妄想だ」と言うかもしれないが、思っても仕方ないではないか。

後から、聞いた妹の話によると、僕は後ろの席に座っていた女の子に、

「美夜ちゃんでしょ」

としきりに尋ねていたらしいが、全然記憶にない。他にも僕と縁やゆかりがある人達が、この飛行機にいっぱい乗っていると思っていた。

飛行機が何事もなく釧路へ向かって飛んでいる途中、突然この飛行機は落ちるのではないか、いや実はこれはシミュレーションで、墜落するようにプログラムされているのではないかと思い、死の恐怖を味わうのはイヤだと不安の発作に襲われ、パニックになった。実際、前の方で突然酸素吸入器がダランと垂れ下がったりするのを目撃した。降ろしてくれと言うわけにもいかず、妹に何とかしてもらおうととりすがると(この壮大なプロジェクトの指揮権は妹が持っていると思っていた)、妹はスチュワーデスを呼んで、そのスチュワーデスは僕の隣に座ってくれた。妹は、僕が初めて飛行機に乗ったんで興奮しているんですとか何とか説明し、僕は何とか不安から逃れようと、スチュワーデスに色々と話しかけた。結局そのスチュワーデスは、飛行機が着陸し、止まるまでずっと僕の隣についていてくれた。

無事に着いたのでホッとし、スチュワーデスに礼を言って、立ち上がり後ろの席を見ると、美夜ちゃんそっくりの女の子と、見たことのない若い男がいて、二人とも出来立ての人間のように顔がテカテカしていた。席を立つ時、サイフを落としてないか

どうか尻《しり》ポケットを触ると、後ろの男が、
「さすがだね」
と感心した。他の乗客も皆、なぜか顔がテカテカしており、顔にひどい傷を負ってホウタイをしている人もいた。

一時はどうなることかと思ったが、とにかく北海道にたどり着いた。北海道では母が元気な姿で待っている。そして美夜ちゃんも僕に会いに来ている。その巡り会いに関しては、大いなる脚本家か演出家がそのプランを持っており、周りのみんなが彼らにあやつられて動いているんだと思っていた（青木和代が犬の鳴き真似をやったのや、生方先生が立ち上がったりしたのは、本当は禁止されていたのに思わずやってしまったのだ）。しかし、その通りに動くのは僕の自尊心を傷つけるので、なるたけ彼らの思惑通りには、すなわち常識的には動くまいと決心していた。最終的にはその脚本家なり演出家なりが、僕の前に現れて、負けを認め、みんなでどこかの海岸で歌を歌う光景を思い描いていた。

釧路空港のレストラン「たんちょう」で父と落ち合い、三人で昼飯を食う。近くにいた中年女性二人が、しきりに僕らの方を見て噂《うわさ》しているような気がした。僕はこの空港のどこかに母が待っていると思い込み、席を立って捜そうとしたが、父に制された。

父の車に乗り、空港を後にする。妹が助手席、僕は後部座席に座る。父と妹はまるで台本を暗記しているかのようなよそよそしい口調で会話をしていた。最初外は霧がかかっていたが、だんだん晴れてきた。この、霧が晴れて景色が色鮮やかになっていく過程も、脚本家か演出家が仕組んだ舞台装置だと思っていた。

僕が初めて逸脱行為をした場所、アイヌの村へ行く。最初はおとなしく店先にある木彫りの人形とかの民芸品を見ていたが、やがてこんな妄想に襲われる。この村のどこかの店先に、美夜ちゃんがアイヌの民族衣装を着て、僕を待っているのではないか。

そして僕は彼女の手を取って、

「これがいい。この娘を下さい」

と店の人に言う。そこでいっせいに拍手がわき、この壮大な芝居の幕が降りる。

……そんなのはイヤだ。誰かの書いた脚本通りに事を運んで、僕の一番大切なことを無理強いさせられるのはゴメンだ。よーし、こっちから芝居をぶち壊してやる、と、一軒の店の奥へドカドカと土足で上がり、戸棚を開けたりして証拠物件を探した。父が驚いて僕を連れ戻したが、僕は多分何かをわめいていたと思う。やがて僕らは村にいられなくなり、追い出されるように出て行った。僕は大いなる脚本家の思惑を上回る破格な行動に出たことで、この勝負に勝ったと思った。美夜ちゃんには、北海道から帰って、新企画の仕事が軌道に乗ったところで、正式にプロポーズする気でいたのだ。

父は僕のことが心配になり、釧路市内に戻って赤十字病院へ行った。中に入ると、病院特有の何とも懐《なつ》かしい匂《にお》いがして、これは僕が生まれた時の病院と同じ匂いだと思った。土曜の午後ということで人はあまりおらず、父はしきりに何かを探していた。僕は、母がこの病院にいるのかもしれないと思いつつ、トイレに入った。便器に「TOTO」と書いてあった。僕の学生時代のあだ名の別名がTOTOだったので、これもまた僕へのメッセージか、ならペダルを押さなくてもウンコは流れるだろう、と、何度も床を踏みつけたが、やはりトイレはペダルを押さなきゃ流れなかった。診察してくれないことがわかったので、外へ出た。父は、僕の能力を使って、自分の祖父母や死別した兄弟とも会いたがっているサインを送ってきたが、僕がそこまではできないと念ずると、舌打ちをした。僕が望んでいるのは、死んだとされる僕の母親との再会と、東京での美夜ちゃんとの幸福な再会だった。

近くの薬局へ寄った。父が薬を求めている間、僕は目の前にかかっていた「いわない」という看板と押し問答をしていた。僕が何を聞いてもこの看板は「いわない」と拒絶するメッセージを送ってくるので、しまいには笑ってしまった。父は、おそらく精神安定剤と思われる薬を買ってきて、僕に飲ませた。

　再び車で出発。今度はカーステレオの「演歌のカラオケ」からメッセージを受け取り、それに答え、父と妹の反応を見るというゲームをやった。『横浜たそがれ』を全曲歌ったところで、

「よし、俺は横浜の本牧《ほんもく》に家を建てる」

　と思ったが、父と妹の反応を見て、

「しまった。これは歌ってはいけなかったんだ。もう本牧には住めないのか」

と断念し、よし、次の曲も歌わないぞと思ったが、途中から歌いだして挫折《ざせつ》した。

歌うべきか歌わざるべきかの判断が難しく、僕の住むべき場所は、横浜の中心部をどんどん離れ、周りの風景がどんどん田舎になっていくのに比例して、田舎の方へ移って行った。僕の住むべき場所が一度決まると、車に搭載してある電波探知機が反応してメロディーを奏《かな》でてくれるのだが、そのあと黙っていればいいものをまた歌い出してしまい、父と妹が話し出す。それでせっかく決まった場所がおじゃんになってしまうのだ。しかし黙っていると息苦しくなるのでこれは地獄だった。僕はこのゲームに

心底疲れ、

「わからないよー、かんべんしてよー」

と、涙をボロボロ流して鼻水もダラダラ状態のだらしない顔になってしまった。何度やっても新しい組み合わせのできないプラパズルに取り組んで（しかもできないと幸せになれない）いる心境だった。父は仕方なく車を停め、外に降りた。僕は座席で泣きはらしたまま目を閉じていたが、父の、

「男前に撮ってくれよ」

という声が聞こえた。どうやら僕を写真かビデオに撮っている人がいたようだったが、目を開けてはいけないと思い込み、目を閉じていたのでわからない。

落ち着いたので車を走らせ、阿寒湖《あかん》へ行く。遊覧船にでも乗るのかなと思っていたが、父が外に出て行ったきりなかなか戻ってこない（何をしていたのだろう？）。結局、ここでは降りず、車を走らせ、だんだん行き交う車のない山道に入って行く。父はこの山道で二回、車を停めて、誰もいそうのない小屋に立ち寄るという謎《なぞ》の行動をとった。

車内ではカーステレオをやめ、ラジオをかけていた。今度はそのラジオ番組が僕の

思考に反応し始めた。男一人と女一人のトーク番組で、様々な問題について、僕の基準から考えて合っていることはそのまま訂正せずに喋《しゃべ》り、間違ったことを言うと、あわてて前言を翻《ひるがえ》して訂正するのだ。そのうち、このやりとりは、僕が判断しなくても目の前に続々と現れては消える↱と↰の交通標識が、僕の役割をしていることに気づいた。合っていることを言うと標識は右曲がりになり、間違ったことを言うと左曲がりになるのだ。人工衛星でこの車を追尾しているのだろうか。僕はこのやりとりがおかしくて——特に間違ったことを言った時の前言の翻し方が——後ろの席で一人でゲラゲラ笑いころげていた。どんな内容だったか忘れてしまったので、テープレコーダーで録音しなかったことを後悔している。

大いなる脚本家か演出家は、アイヌの村で失敗したので、阿寒湖でのたくらみもあきらめ、ラジオと交通標識による遠隔操作に切り換えたようだった。これは非常に知的なやり方で、僕はこのゲームを心底楽しみ、彼らも僕の精神構造を理解したようだった。

妹が突然ラジオのチャンネルを変えた。そのチャンネルでは、偶然（とは思っていなかったが）さだまさしの曲の中では僕が一番気に入っている『主人公』が流れ、笑い過ぎの僕にはちょうどよい休憩になり、聞きほれてしまった。これ以降、北海道でラジオをつけると、必ず僕の好きな曲を流してくれたので有り難かった。

山道では一台の車ともすれ違わなかったが、市街地へ向かって行くと、二台、三台とすれ違うようになっていった。当たり前のことだが、僕はそう思わず、僕が現実的な考え方ができるようになると、社会生活への招待のように車がすれ違うようになると感じた。僕はこの勝負、勝ったと思った。勝利の喜びを味わっていると、後ろから来た二、三台の車が、嬉《うれ》しそうに手を振り上げている一団を乗せて追い越して行った。しかし、すぐ、僕はこれではまだ不十分で、真の勝利は得ていないと悟ると、その一団の元気が萎《な》えた（その車には僕の親戚《しんせき》達が乗っているように思えた）。

車は無事釧路の市街地に入り、父の泊っている旅館に車を置いて、タクシーで料理屋へ行った。僕はタクシーの中にあった〝ご自由にお持ちください〟とあったカードの一枚をもらって車を降りたが、父に取り上げられ、握りつぶされてしまった。なぜかはわからない。

料理屋ではカニがうまかった。カニなんて今まで何度も食ってきたが、こんなにうまいものが世の中にあるのかと、夢中になってむさぼり食った。奥の座敷に座っている人々の話が、またも僕らの噂話に聞こえてしょうがなかった。トイレへ行こうとすると、通路で二人の女の子に会い、彼女らは僕の顔を見てキャーキャー騒いだ。この時点で、僕はもうアイドル並みの有名人になっているのかと思った。トイレに入ったが、別にここでは異常な行動はとらなかったと思う。

タクシーで旅館に帰った。父の部屋は六畳一間で、テレビでは『大草原の小さな家』をやっていた。テレビの上には大量の十円玉が、ノギスの形に積み上げられていた。

寝たのは別の部屋だった。僕と父は同室、妹は別室だった。少し寝たがすぐ目が覚めた。僕が何か正しいことを思うと父は「グ――」と長いいびきで答え、間違ったことを思うと、「グッ」と短いいびきで答えた。のどが渇いたので父を起こし、水を所望した。父は台所へ行くと思いきや、何と押入れを開けて、「見るなよ」と僕に釘《くぎ》をさして、ポットから水を汲《く》んでくれた。

「押入れの中に誰かいるな」

と、とっさに思い、事実、押入れの中から話し声が聞こえ始めた。お母さんと美夜ちゃんだと思った。僕はまたも妄想に襲われ、ここでは寝られないと父に訴えた。父は別室に二人分の布団《ふとん》と枕《まくら》を用意していて、そこに僕は移った。隣の布団には美夜ちゃんが来るものと思っていたが、彼女はいなかったのか嫌がったのか来なかった。

結局寝られず、昨晩のように色んな人とテレパシーで交信する異常な体験をした。

しかし昨晩と違って苦痛はなく、心のバイブレーションで大勢でジョン・レノンの『イマジン』を歌ったり『きまぐれ天使』のオープニングを歌ったりした。夢ではなく、覚醒《かくせい》していた。外が明るくなり、朝になるまで続いた。おかげで睡眠不足になったが、疲れはなく、すっかり幸せな気分になっていた。

七月二十七日（日）、起きて支度をして、どこへ行くのか知らないがタクシーを待っていた（これは僕の思い違いで、本当は親父《おやじ》が呼んだ救急車を待っていたらしい）。僕は、明らかに僕のことを追跡調査しているグループが近くにいるのに、彼らが姿を現さないことに、だんだんイライラしてきた。そして、二度目の逸脱行為をすることになる。不安が頂点に達した僕は、いきなりダーッと道の向こう側へ駆け出した。そこには人の住んでいそうのない小屋が数軒並んでいたが、その中に僕のことを盗聴、盗撮しているグループがいると思い込み、

「誰だ！　出てこい！」

と、小屋の窓ガラスを素手で叩《たた》き割ってしまった。情動の高まりは抑えられなかった。

父はそれを見て「こりゃダメだ」と判断し、救急車を呼んだ。僕は父に取り押さえられながらも、自分のしていた腕時計に発信器が取り付けられていると思い、

「何だ、こんなもの！」

と、腕時計を道路に投げ捨ててしまった。

やがて救急車が来たが、後から聞いた父の話によると、

「こんな暴れる人は乗せられない」

と断られたらしい。その後パトカーが来て、僕は二人の屈強な警官に両腕をガッチリと押さえられ、パトカーに乗せられた。右側の男は警官の格好をした阪神《はんしん》の岡田彰《あき》布《のぶ》選手だった。岡田が早稲田出身なので、何とか手を緩めてくれるように、「早稲田の使命」だとか、僕は危険ではないこととか、色々ささやくと、彼は手を緩めてくれた。左側の東大出身だと称する男はガンコで、時々ギュウーと僕の腕をひねり上げたりするのでかなわなかった。警官として失格じゃないのかとか、あれやこれや頭の中から湧《わ》いて出てくる言葉をなげつけると、彼は、

「俺は、もうクビだ」

と音を上げた。もう何を喋ったのか覚えてないが、この時の僕の言葉は、どんな相手でも言い負かしてしまう力を持っていたのである。

パトカーは市立釧路総合病院に着き、病院の前で長時間待たされたが、やがて一人の警官がやって来て、僕らに降りることを命じた。その警官は、何と姿形も声も、大

学時代同輩だった花氏だった。ここでよっぽど「花氏」と呼ぼうかと思ったが、それを言ってはいけないという自制心が働き、何も言わなかった。

診察室に連れて行かれるまで、僕は目をつむっていた。見てはいけないものがたくさんあると思って。椅子《いす》に座り、目を開けると、そこには白衣を着て、メガネをかけた小太りな若い男が座っていた。僕は開口一番、

「あだち充さんですか」

と尋ねてしまった。が、よく見ると、雰囲気は似ていたがあだち充ではないことにすぐ気づいた。彼は森田先生という精神科の医者だった。精神科の医者という人種に初めて会った。あだち充のことを連想してしまった僕は、彼に『タッチ』という作品がいかに退廃的であるかを説明した。達也《たつや》や南は、死んだ和也《かずや》のことをほとんどいつも忘れていて、たまにしか思い出さない。本当に彼を愛していたなら四六時中彼のことを考えるべきだ。少なくとも僕は四六時中死んだお袋のことを考えている。とか言って。そして、パラダイムという言葉を使って、今のシステムが間違っていることを早口でペラペラと説明した。医者は僕が入院する必要があると診断し、父も承諾した。

僕は入院するほどの状態ではないと思っていたが、精神科に入院してみるのも、これからアニメ演出家として経験を重ねる上で悪くないと思い、同意書にサインして入院

の手続きをとった。二〜三週間の入院で済むだろうと高を括《くく》っていたのだ。しかし、それは甘かった。

第五章　入　院（一九八六年七月〜十一月）

妄想狂躁曲《きょうそうきょく》

というわけで、一九八六年七月二十七日、僕は市立釧路総合病院の精神神経科に入院した。入院しても僕はまだ、自分に課せられたゲームをクリアしておらず、これでゲームオーバーだとは思っていなかった。

最初、開放病棟に入れられたか、閉鎖病棟へ入れられたかは定かではない。入院当初の記憶がないのだ。僕は何やら問題を引き起こし（その問題は僕の自尊心に基づくものだったが、あとから聞いた患者の話では「とにかく暴れていた」と言っている）、強い薬を注射され、長い眠りから覚めると、今は「保護観察室」と呼ばれているが当時は「監禁室」と呼ばれていた頑丈な作りの八畳くらいの部屋に閉じ込められていた。薬のせいか精神は朦朧《もうろう》としていたが、それでも何とかして外部とコンタクトを取りたくて、施錠《せじょう》されている鉄の扉をガンガン叩いた。誰も来てくれないので、色んな方法を試した。『2001年宇宙の旅』のオープニングの『ツァラトゥストラはかく語りき』もくちずさんでみたが、それでも開かなかったので、この歌は僕の最終兵器ではなかったのだなと思い知り、ガッカリした。僕はこれで「すべてが自分中心に動いているのではない」と思い知ったかと言うと、そんなことはなく、「これも試練だ」と考えた。

何日か経《た》って、僕がおとなしくなったのを見てとった森田先生は、僕を閉鎖病棟の中に出してくれた。それでも僕のベッドはしばらくは監禁室だったが。初めて色んなタイプの精神病患者がいることをこの目で見た。廊下の端から端まで、ただ黙々と歩いて回っているだけの人。宇宙人からのメッセージをひたすら待っている人。自分はアマテラスオオミカミだと信じて毎朝お祈りをする人。訳のわからない文字をノートにびっしり書き込んでいる人。色んな患者、色んな行為が百花繚乱《りょうらん》で、まさに精神病院の中でしか見られない光景だった。

ナースステーションの横の椅子に腰掛けると、どこからともなく、こんな歌が聞こえてきた。頭の中で鳴っている幻聴ではなく、明らかに外部からの、ラジカセか何かの音だ。スティービー・ワンダーの『ハッピー・バースデイ』に似ているがちょっと違う。メロディーは今でも口ずさめる。歌詞はこんなだ。

♪ハッピーバースデイ　ハッピーバースデイ　ハッピーバースデイ　エブリバデ

イ　ハッピーニューイヤー　ハッピーニューイヤー　ハッピーニューイヤー　エブリバディ

以下、〝ハッピーマンデイ〟から〝ハッピーサンデイ〟まで続く。大勢が歌っているような曲で、〝みんなで楽しい誕生日、みんなで楽しい新年、みんなで楽しい毎日〟と歌っており、何か新しい時代が明けたその歓《よろこ》びを歌っているように聞こえた。新しい時代の幕開けとは、僕の入院に至る過程と連動しているのではないかという思いが頭をよぎった。

監禁室には一カ月くらい閉じ込められた（時々ロビーに出してはくれたけれど）。幻覚はなかったが、幻聴とどめどない妄想が凄《すご》かった。幻聴の声の主は、その頃は木梨でもミックでもなく、誰か知らないおばさんだった。他人が見たら、変な独り言にしか見えなかっただろうが、例えば「アニドウの主催で、ユーリ・ノルシティンとゴルバチョフを迎えて、ソ連アニメーション上映会をやりたい」とか、「木梨憲武や明《あか》石家《しや》さんまを交えてサッカーチームを作り、フランスナショナルチームと試合させたい」などと僕が話すと、おばさんの声は「あら、そんなことでいいの」と、あっけらかんと答えた。僕がやりたいのは壮大な世界改革だが、サッカーやアニメ上映会はその第一歩なのだ。ノルシティンのアニメーションは、人間の想像力の素晴らしさを人々にアピールするであろうし、サッカーは、木梨やさんまが健闘して、フランス相手に一点でももぎ取れば、日本中が熱狂するであろう。視覚に訴える方法で、見た人の世界観が変わる有効なイベントだと思っていた。

監禁室でぐったりしている時は、外から聞こえる老人医療センターの新築工事の音がうるさくてかなわなかった。それはまるで世界を作り変えているような音だった。監禁室から出られる時があっても、僕は何か問題を引き起こし（僕が起こすと言うより、僕の存在そのものが病院にとって問題であったらしい）、

「どうしてわかってくれないんだー！」

と看護士の足を蹴《け》っ飛ばしながら監禁室に力ずくで押し込まれ、あまつさえベッドに手枷《てかせ》、足枷をされてしまうのだった。そういう最悪の状態の時は、外の工事の音がいっそう激しく感じられ、その音の中に「シューン、シューン」とミサイルを発射するような音が交じっていた。僕はその音を聞いて、手足をしばられたベッドの中で、

「世界中の核ミサイルを打ち上げてしまえ。ただし核ミサイルの弾頭は、日本の花火職人が作った打ち上げ花火だ。最終戦争を花火で飾って、新しい時代を迎えるんだ！」

などと叫んでいた。

ホールへ出ることが許されると、僕は考え事をしながら廊下の端から端まで行ったり来たりした。そうしながら、いつの間にか水前寺清子の『三百六十五歩のマーチ』を口ずさんでいた。

♪しあわせは歩いてこない　だから歩いてゆくんだね

三番まで知っていたので歌ったが、この歌は僕を勇気づけてくれた。真理の歌だと思った。ビートルズの『NOWHERE MAN』も歌った。一番と二番をゴチャまぜにした歌詞だったが。

♪彼はどこにもいない人
　どこにもない場所に座って
　誰のためでもない計画を立てている

心にしみて、涙を浮かべながら歌っていた。歌っているうちに、このNOWHERE MANは僕のことだと気づいた。ジョン・レノンが僕（のような人間）のために作ってくれた歌だ。

「Nowhere manは、Now here manだ」と、かつてジョン・レノンはお得意の言葉遊びを披露したが、これはただの言葉遊びではない。僕は〝どこにもいない〟が、〝今、ここにいる〟！　急ぐな。時間はある。世界は僕の指令を待っているのだ。

僕はまた、誰もいない窓の外に向かって、姿のない人に指令を与えた。ニューテレスというカメラマンの集団が好きで、彼らが僕を取材に、近くまで来ていると直感（妄想）していたのだ。

「今は来ないでください。来るならカメラを持たずに来てください」

と言うと、水たまりに落ちる雨粒の波紋の中に、

「了解した」

という答えを見てとった。

『夕やけニャンニャン』を、入院してから初めて見た。生放送で見るとんねるずは、どこか疲れているように感じられた。七月二十五日の晩から夜明けにかけて、木梨は何をしていたのであろう。

監禁室に閉じ込められている時、廊下の方から、僕の叔母が美夜ちゃんを連れてきている声がした。「いやー！　いやー！」といやがる彼女を、叔母が「大丈夫よ」と説得していた。僕がここで美夜ちゃんと再会する場面を想像すると、心臓がドキンと高鳴り、それに合わせて「キャー！」という美夜ちゃんの悲鳴と物が壊れる音がした。あれは幻聴だったのだろうか。

ある日、入院時の検査として脳波をとりに行った。心電図やレントゲンもとったのだろうが、脳波のことしか覚えていない。最初、「脳波をとる」と聞いて、それはロボトミーを意味するのではないかと恐怖した。映画『カッコーの巣の上で』は見ていなかったが、井上ひさしの『道元の冒険』を読んでいたので、ロボトミーのことは知っており、僕は手の施しようのない患者と判断され、脳の一部を切られて廃人にされてしまうのではないかと恐れた。結局は、ただ脳波をとられただけだったが、僕は電極を頭につけて横になっている間中、平静にはしておられず、努めて色んなことを考えた。もの凄いスピードで、様々な言葉、イメージを呼び起こし、グラフを描く針が激しく揺れる音、担当者が忙しくペンを走らせている音、河合看護婦の「すごーい」という声が聞こえたのを覚えている。結果は教えてくれなかったが、おそらくかなり不穏当な波形が出ていたんじゃなかろうか。

森田先生は、僕を「幻覚妄想状態」と診断したが、この病名を知ったのは退院した後、国庫金が下りるからと会社の人に勧められて、それに必要な診断書を送ってもらった時だ。しかし、これは本当に病名なのか。「分裂病」や「躁鬱《そううつ》病」ならわかるが、僕は四回入院して、こんな病名の人にはあったことはない。

僕は入院してしばらく、投薬を拒否していたので（入院体験のある人にはわかると思う。要するに病識がなく、薬で心をいじられるのが怖かったのだ）、ずっと強い薬を注射され、ろくな診察も受けなかった。八月のある日、僕がある程度落ちついたのを見て森田先生が監禁室に現れ、

「何があったのか話を聞かせてほしい」

と言った。僕は普通の人にはできないし、わからないであろう体験をしていたのと、僕に課せられた使命をまだ果たしておらず、これは人に話してはいけないと思い込んでいたので、

「言わないよー」

と意地悪く言った。せっかく先生が話を聞いてくれると言っているのに、僕はそれを拒否してしまったのだ。その結果は自分にふりかかり、僕は間違った薬を処方され、水の飲み方がわからなくなり気管に入ってしまうというひどい思いをした。

僕は徹底して医者や看護婦、看護士達に従順であることを嫌い、事あるごとに彼らに反発した。しかし彼らは、特に看護士達は、僕の言うことを「キチガイのたわごと」と思っていたのか、聞く耳を持たず、興奮状態だと判断して、力ずくで僕を監禁室のベッドにしばりつけた。入院当初はこの繰り返しで、僕はいつも耐えがたい屈辱

感でいっぱいだった。

　僕がどんなことを口走っていたのか、残念ながらほとんど覚えていない。ただ看護士を蹴っ飛ばしたりしたのだけは覚えているが、少しでも理解あるところを見せてくれれば、暴力などふるわなかったのだ。「思い通りにいかないと暴力をふるう」なんて書くと、幼児か犯罪者のように見られてしまうが、これは本当に仕方がなかった。僕はよっぽどのことがない限り暴力などふるわない人間だったから、よっぽどのことがあったのだろう。今、当時の僕のカルテを見せてほしい気持ちでいっぱいである。

　父は僕の入院直後からちょくちょく僕に会いに来てくれた。まず何も持たずに入院したので、下着とか洗面の道具とか日用品を用意してくれたのは父だったし、その後もプラパズルとかメモ帳とかラジオとかを持って来てくれた。

　僕の状態がまだ不穏だった頃、父が面会に来て、

「お前が騒ぐから世の中メチャメチャだよ」

と、意味深というか意味不明なことを口走った。退院した後に、父に、

「あれはどういう意味だったのか」

と聞いたら、

「覚えていない」

ととぼけられた。

状態が落ち着き、僕はもう世の中も落ち着いただろうと自分で判断して、そろそろ退院したいと父に申し出た。父は、

「まだゆっくり休んでいろ」

と言ったが、僕はやりかけの仕事があるし、ゆっくりしていられる気分ではなかった。先生と父に頼み、三人で面談した。僕はその席で、とりわけ釧路に来てから体験した不思議な出来事を初めて話した。父は承知しているものとばかり思っていたが、

「わからん」

と言って困ったような笑みを浮かべた。僕は、この時初めて、「僕が体験したことは僕にしかわからない」のだと知り、

「どうしてわかってくれないんだー。どうしてわかってくれないんだー」と発作的に叫び、また監禁室に閉じ込められてしまった。

八月の中頃、父は僕を一泊二日の北海道観光旅行に連れ出してくれた。大雪山へ行き、岩尾内湖で泊まり、宗谷《そうや》岬へ行って知床を回ってノサップ岬を通って帰って来た。

僕はずっと薬のせいでボーッとしていたが、釧路に近づいてきた頃、父とまともな会

話を交した。それを見てもう大丈夫だと判断した父は森田先生に、

「退院させたいと思うがどうか」

と申し出たが、

「まだ早い」

と却下された。僕はそれを聞いて、二週間くらいで退院できると思っていたのに、これは長引きそうだぞと悟った。僕はすでにまともになっていた。まともな人間が精神病院に閉じ込められて、果たして正気が保てるか、それが心配だった。

僕は仕事のことが気になっていた。芝山さんは温情のあるひとだったが、果たして復帰できるかどうか不安だった。ところが、父以外の人に電話をかけることがなかなか許されず、初めて会社に電話をかけたのは、だいぶ後になってからだった気がする。電話代がかかってしょうがないのであまり長くは話せなかったが、僕は〝おニャン子アニメ〟のことをまだあきらめていなかったので、

「亜細亜堂を株式会社にしてください」

とか、色々偉そうな口を利《き》いてしまった。

まだ部屋は監禁室だったが、状態が落ち着いたため施錠《せじょう》はされないようになった頃、

何とか自己主張しようと、部屋の白壁に落書きをした。すぐに消しゴムで消せるように鉛筆で。頭のかたい看護士達に見てもらおうと、僕の名前を中心に、早稲田大学とか早アとか亜細亜堂とか〝ポスト還元主義〟だとか、僕と関わり合いになったモノを線でつないで、相関図のようなものを書いた。看護士に、

「ちょっと見てくれ」

と言って連れてくると、彼は舌打ちをして、

「あーあ、こんな落書き書いちゃって」

と言い、その落書きが何を意味しているのか考えようともせず、消しにかかった。僕は抵抗し、

「お前に見てもらってもわからん。主任を呼べ」

と言うと、タイミングよく主任看護婦が現れ、僕の落書きをひとしきり眺めると、一カ所誤字があるのを指摘した。とりあえずは読んでくれたので、僕は主任に対しては満足したが、看護士に対しては相変わらず不信感を抱き続けた。

それにしても、ここの白壁はきれい過ぎる。何か言いたくて仕方ない患者もいただろうに、落書きすることは許されなかったのだろうか（後に新潟の病院に入院した時、そこの監禁室の怨念《おんねん》のこもった落書きに仰天するのだが）。

失われた情報

僕は入院してすぐ、看護婦に金を渡して、

「これで買える分だけ朝日新聞を毎日とってくれ」

と頼んでいた。とにかく情報が欲しかったのである。八月の、まだ監禁室に閉じ込められていたある日、朝日新聞の一面にデカデカと「精神保健法制定（制定案だったかもしれない）」の記事がでていた。僕はそれを読んで、僕が意想外に入院することになったので、政府があわてて制定したんだと思い、喜んだ。看護婦の河合さんが僕の様子を見に来た時、彼女にその記事を見せ、

「これからの精神医療は変わるよ」

と話した。もしかしたら、政府が僕のためにしてくれたんだと話したかもしれないが、よく覚えていない。


八月の終わり頃、僕は病棟のベッド部屋（六人部屋）に移された。くだんの新聞記事は大事に持っていたのだが、それがすぐに紛失し、どこを捜しても見つからなかった。僕は河合さんが隠したんだと思って彼女を責めた。彼女は、

「知らないよ」

と懸命に否定したが、僕はそれでも彼女を疑い、

「河合さんとはうまくやっていけると思っていたのにこんなことになってしまって悲しいよ」

と言った。彼女も不服そうに、

「悲しいね」

と答えた（僕は「関係が壊れてしまって悲しい」と言ったのかもしれない。悪いのは僕でも彼女でもないという認識を持っていて、精一杯誠実な言い方をしたつもりだった）。

新聞は結局出てこなかったが、同室にいたCという男が窓から放り投げたのだろう、ということに落ち着いた。Cさんは人のものでも何でも窓から放り投げる悪癖があると、僕は同室の人に注意されていたのだ。だからCさんを真っ先に疑うべきだったのかもしれない。しかし「動機のない行為」というものが信じられなかったので、僕から新聞を取り上げた動機は、おそらく、僕にとってこの記事は有害だと判断した医者か看護婦にあったのだろうと思っていた。

Cさんは、僕にとって一番理解できなかった人だが、今では、本当に動機もなく新

聞を投げ捨てたのかどうか、実は疑っている。退院してしばらく経《た》った時のことだが、僕は図書館で朝日新聞の縮刷版を調べて、驚くべき事実に直面したのだ。一九八六年の七月、八月、九月の記事のどこを探しても、一面に載ったはずの精神保健法制定（案）の記事が見つからないのだ。これはどういうことなのか。理由は次の三つ以外には考えられない。

①あの記事を読んだのも、河合さんに話したのも、すべて思い違いか幻覚だった。

②「一九八四」のように記事が差し換えられた。

③あのあと、別の次元空間に移転してしまった。

①の可能性はおよそ考えられない。多分河合さんも覚えているだろう。②はどうか。政府もマスコミも、いや周りの人全部がグルになって僕をだまそうとしている、ということだ。あの新聞が僕の手元にあればそんなことはしなかっただろう。ということは、Cさんは誰かにマインドコントロールされていたということだ。③の可能性は高いが、だとすると僕は、一九八六年に精神保健法が制定されず、相変わらずノストラダムスの大予言の存在している、しかも一九九八年に日本が沈没して、二〇〇〇年九月に小惑星が衝突する可能性まで出てきたという絶望的な世界に放り込まれてしまったわけだ。

失われた可能性のある情報はまだ他にもたくさんある。七月二十五日以降のテレビの報道番組がほとんどそうだ。僕は七月二十五日に放送された『ニュースセンター9時』をもう一度見たくて仕方がない。宮沢さんはなぜあんなに嬉《うれ》しそうに「こんなに嬉しいことはありません」と言っていたのだろうか。宮崎緑が言った「アミノ酸製剤を四人に投与したら一人が発狂しました」とは何のことか。戸塚宏は（後から調べた新聞記事では）たかだか仮釈放なのに、なぜあんなに晴れ晴れとした顔をしていたのか。当時のこのニュースを担当したNHKの人は是非教えてほしい。それとNHKには、せめて一日一本のニュース番組だけでもストックして、誰でもいつの番組でも見られるように、図書館のようなビデオライブラリーを作ってほしい。こっちは受信料を払っているんだから、それぐらいはしてくれてもいいはずだ。

六人部屋に移って、テレビが自由に見られるようになってから、不思議な番組をたくさん見た。覚えているのは、東海地方の地図を出し、ある領域を線で囲んで「東海大地震の起こる可能性がある地域はここです」と説明した番組である。今の地震予知はそこまで進歩しているのか、とビックリした。ところが退院したらどうだ。大地震がどこで起こるのか伝える情報なんて一度も耳にしたことがない（注　一九九三年七月末にやっとお目にかかった）。こんなに大事なことはないと思うのだが、地震予知が退歩したのか、それとも政府が隠そうとしているのか、どっちなんだ。

もう一つ覚えているのは、北海道地区で開催された高校生のクイズ大会の番組である。出場していた女の子達が、なにか不思議な感動に包まれている様子で「こんなこと人に話しても信じてもらえないよー」と興奮気味に話していた。貴女《あなた》は一体何を感じていたのですか？　誰だかわからないけど会って聞いてみたい。

唯一《ゆいいつ》証拠が残っている不思議な出来事——失われていない情報——は、初めて売店に行った時に買ったビッグコミックスピリッツの『めぞん一刻』の内容である。五代が保母試験を受けるシーンで、その試験会場がどう見ても早稲田大学なのだ。『めぞん一刻』の舞台は、東京のどこかであることは確かだが、実在する場所、建物がはっきりとそれとわかるシーンはほとんどなかった。それなのに突然、早稲田大学が出てきたのだ。しかも保母試験の会場としてである。前述したように、僕がおかしくなった七月二十五日に、早稲田大学で保母試験があった。高橋留美子《るみこ》はそれを知っていて、わざわざ早稲田大学を登場させたのか。僕は一つの妄想を抱いた。高橋留美子は、僕のことを応援している証《あかし》として、僕が読むであろう作品の中に、早稲田大学での保母試験という僕の発狂の象徴を提示してくれたのではなかろうか。僕は退院した後、この話を、『めぞん一刻』の監督をやることになった望月氏にしたが、彼はニヤニヤするだけだった。じゃ、ただの偶然か。偶然だとしたら、神のしわざだとしか思えない。

マスコミとは関係ない話だが、一番ビックリしたのは、ホールにあった本棚から東海林さだおのぶ厚い漫画本を取り出し、頁《ページ》をめくると、一番最初の無地のところに、びっしりと僕の筆跡で僕が書きそうな内容の落書きが書いてあったことだ。こんなものを書いた覚えは全くなかった。しかしどう見ても僕の字だし、だいたい僕の名前が書いてある。書いたとしたら入院した初日の興奮状態だったときだろう。僕が今生きている証を残しておきたかったのかもしれない。今ではそう思っているが、入院中は、何者かが僕の思考回路を調べて僕の筆跡を真似《まね》て書いたのだろうと思っていた。何のためかはわからなかったが。とにかくこんなものを人に見せるわけにはいかないと思い、僕はその本を隠匿《いんとく》し、結局退院時に持ち出してしまった。

大隈重信《おおくましげのぶ》の講義

六人部屋に移って、僕の入院生活は規則正しくなった。というより、規則に従わねばならなくなった。朝六時半に起床、すぐに体温と脈拍を計らされる。洗面、歯みがきをして、七時の朝食はいつもパン二枚とマーガリンと牛乳、それから昼食まで自由時間で、昼食の後も夕食まで自由時間、三度の食事の後と寝る前に服薬があるが、別に作業をするわけでもなく、僕はほとんど時間を持て余していた。当初は話し相手も後述するDさんEさんJ君くらいしかおらず、おしゃべりをするか、トランプでもするか、本を読んだりして過ごした。本は自分で持ち込んだものは一冊もなく、本棚にあるマンガ雑誌や読みやすそうな小説を読んでいた。富島健夫《たけお》や少女マンガ雑誌を読み、僕は阿保美代《あぼみよ》のファンになった。夕食は五時二十分頃からで、僕はいつも『夕ニャン』を途中であきらめなければならなかった。夕食の後も九時の就寝時間まで自由時間。この病院は本当に患者に何もさせなかった。一回だけ体育館に運動しに行き、カラオケもやったが。あと一日一回希望者がそろって一階の売店に行き、買い物をすることができた。僕は当時たばこを吸っていなかったので、もっぱら缶コーヒーやパンやカップめん等を買っていた。食事は質素だったが、決してまずくなく、僕はいつも残さず食べた。最初の頃、この食事は母と美夜ちゃんが僕のために作ってくれていると思い込んでいた。釧路なので魚がうまかった。

同室にDさんという高齢のおじいさんがいた。いつも寝ているか黙ってベッドに座っているかで、僕はもう死期の近い患者さんなのだろうと思っていた。彼が早稲田大学の出身、つまり僕の大先輩と聞かされ、ある日、看護婦にそそのかされて、寝ているDさんに向かって『都の西北』を歌った。Dさんは目を開き、初めて、

「早稲田か」

と僕に口を利いた。僕は、

「そうです」

と答えた。次に彼は、

「何期だ」

と聞いてきた。僕は自分が何期生なのか知らなかったが、ちょうど百周年記念事業のときに在学していたので、

「一〇〇期です」

と答えた。彼は、

「一〇〇期か……」

と感慨深げに言い、静かに目を閉じ、何も言わなくなった。僕はある興味を持ち、彼におそるおそる、

「あのう、大隈重信侯の講義を受けられたこと、あるんですか」

と尋ねた。彼はなんと、

「受けた」

と答えた。僕は興味津々《しんしん》で、

「彼は何と言ったんですか」

と続けて尋ねた。するとDさんは、声を朗々と響かせてこう言った。

「維新の新時代でも自分を曲げずに生きよ」

こんな言葉、四年間の講義では一度も聞いたことはなかった。だいたい僕は早稲田にいって、大隈侯については「円という単位を作った人」ということしか知らず、教授達も大隈侯の話などほとんどしてくれなかったのである。まさかこんな所で大隈侯の言葉に出会えるなんて……。僕は感動し、その言葉の内容に身が震えるほど勇気づけられた。

維新の新時代といえば、誰もが西洋文化をどんどん取り入れ、封建主義を払拭《ふっしょく》し、国を強くしようとやっきになっていた時代だ。その中で大隈侯は学生達に「自分を曲げずに生きよ」と言ったのだ。

僕は大隈侯がDさんの口を借りて、僕に語りかけてくれたような気がしてならなかった。世界を変えるには自分を変えなければならないという考えを僕は修正した。僕は僕のままでいいんだ。自分を曲げずにいきよう、と。僕が精神障害なら精神障害のままでいい、とその七年後に悟るのだが、その萌芽《ほうが》はこの時にあった。

Dさんは看護婦の話によると、僕と話をするようになってから急に元気になったそうだ。僕とDさんは、祖父と孫くらいの年齢差がありながら、仲のいい友達のような間柄になった。Dさんは僕に色んなことを教えてくれた。

「徳富蘇峰《そほう》の『日本概史』を読みなさい」

「靖国《やすくに》神社法に反対する日本人は死刑！」

「朝鮮人は、日本人が来て建物とか街を造ってくれたことに対しては日本に感謝している」

等々。ちょっと早稲田にしては体制的だなと思えるような言葉も多かったが、Dさんくらいの年齢になると、右も左も関係ない、独特の重みがあって、僕は大いに共感させられた。ボケているとも思えず、帰る家もあり奥さんも元気で、なんで精神病院に入院しているのか不思議だった。僕はいつしかDさんを大隈重信侯とダブらせていた。

ある日Dさんに、冗談半分に、

「一九九九年の七月に空から恐怖の大王が降ってくるんですけど、その役をDさんやってくれませんか」

と言うと、Dさんは目を輝かせて、

「役に立つのなら何だってやりますよ」

と答えた。だから僕はDさんに、少なくとも一九九九年までは生きる希望を与えたことになる。もしその時、本当に空からDさんが降臨すれば、世界は幸せに統治されるであろう。僕はDさんが大王なら喜んで従う。


Dさんの他には仲の良い友達が二人できた。一人は措置入院で入ってきたEさんというコワモテの人で、僕はやっとまともな人に会えたと喜んで彼に色々と話しかけたのだが、最初のうちはなかなか打ち解けてくれなかった。Dさんに大隈侯の言葉を聞いて感激した僕は、誰かとこの感動を共有したいと思って、Eさんに話しかけたのだが、彼は冷たく、

「お前にとって感動したことでも俺にとってそうだとは限らない」

と言った。今にして思えば全くその通りだ。彼と打ち解けるきっかけは、僕が熱を出して寝込んだときに訪れた。彼は、僕が隔離されていた部屋に入ってきて、

「お前が話しかけてくれないと何だか寂しい。早く元気になってくれ」

と言ってくれたのだ。冷たくされても、やっぱり人間同士、誠意は伝わり友情が生

まれるものなんだな、と嬉しくなった。

　もう一人はJ君という十八歳の少年で、医者の話によると、シンナー中毒で入ってきたらしい。自ら〝エスパー〟と名乗っていたが、どんな超能力を持っているのか最後までわからなかった。彼はすぐ退院してしまったのでつきあいは短かったが、退院した後僕に会いに来てくれて、閉鎖病棟の扉の向こう側から、「ありがたく受け取れよ」と言って、扉の上の隙間《すきま》越しにコーヒーを差し入れてくれた。その時彼は女の子を数人連れてきていて、彼女らは何やらキャッキャと騒いでいたが、J君が、

「会ったら下まで落っこっちゃうよ」

　と、変なことを言っていた。僕と会ってたら、足が床をすり抜けて下へ落ちるという意味らしい。彼は何も話さなかったが、もしかしたら僕と似たような体験をしていたのかもしれない。シンナー中毒ならありうることだ。僕は何度も言うようだがシンナーも覚醒剤《かくせいざい》もやったことはないが。

　どうしてもウマの合わない患者もいた。彼らは僕に、彼らなりには理由があるのだろうが、僕には言われのないことで暴力をふるうのである。一人はまだ少年で、普段はひとなつっこい笑顔を見せるのだが、突然豹変《ひょうへん》して僕に襲いかかってくるのだ。だが誤解のないように言っておく。彼らは多分、一般の人がイメージするような危険な、

近づきたくない精神障害者だと思うが、そういう人はごく一部なのだ。ほとんどの人が、おとなしい善良な人ばかりであることを強調しておきたい。

八月に、当時大学生の（大学名は忘れてしまった）男の患者が入院してきた。彼はやたらと僕に近づきたがるので、

「僕に会いに入院してきたのか？」と聞いたら、

「そうです」と答えた。何か〝自由精神〟とか称するサークルに入っていて、自分では大したことはやっていないと謙遜《けんそん》していたが、何か思想上のことで頭が混乱してここに入って来たのではないかという印象を持った。彼もすぐに退院し、その後別の病院に入院したらしいが、僕の入院中に、彼がそこの病院も退院したという情報が入ってきた。僕と関わったことが、彼の人生にとってプラスになったことをただ望むばかりだ。

入院天国

入院中は僕はおニャン子クラブの出演する『夕やけニャンニャン』、とんねるずの歌が流れるラジオなどを楽しみにしていた。特に渡辺満里奈《まりな》の歌う『深呼吸して』に

は、心臓がドキドキして胸が苦しくなったら深呼吸をすればいいという、今更ながらのことを教えられた。これは、人間が恒常を保つために誰もが持っているありがたい機能と言えよう。僕は今まで深呼吸なんてラジオ体操でするもので、日常生活の中では、さほど緊張する場面もなかったし、おろそかにしていた。それが、この歌を聞いてから、入院してから幾度となく襲われた胸苦しさが、深呼吸をすることによってスーッとおさまるようになったのだ。僕は冗談でなく、渡辺満里奈に命を救われたと思っている。

とんねるずもそうだ。『寝た子も起きる子守唄《うた》』という歌が当時ラジオで流れていて、その中の「ここまで来たら踊り続けるしかない」という歌詞に僕は従って、その場で踊り狂った。声をあげて歌い、踊りまくるということが極限状態に置かれた人間の精神の危機を救うのにどれほど効力があるか、思い知った。僕は精神障害者が自分を救うために人を殺すことは許せないが、自分の精神を救うために歌ったり踊ったりするのにには納得がいく。

人は僕がとんねるずやおニャン子クラブに気触《かぶ》れておかしくなったと言うだろうが——実際、亜細亜堂ではそう言われていたらしい——自分では全くそうは思っていない。彼らには感謝している。人は〝発狂〟と言うだろうが、僕を「現実の本当の姿」

に導いてくれたのは彼らだったし（いや、彼らだけではないのだが）、入院してからの僕を応援してくれたのは彼らだったのだ。特に木梨憲武と渡辺満里奈には感謝の言葉もない。

九月になると、僕はもう幻覚も妄想もなかったし、ただ目がかすむとか手が震えるとかといった薬の副作用に悩んでいた。早く退院させてほしかったが、なかなかその許可は下りなかった。

会社と望月氏と妹と、美夜ちゃんの友人のM氏にそれぞれ手紙を書いた。内容を覚えているのは望月氏への手紙で、僕は便箋《びんせん》を惜しんで包装紙を破り、その裏側に書いた。なぜそうしたかと言うと、ちょっと前の「セブン－イレブン」のCMで唐十郎《からじゅうろう》が朽ち果てた船の中で、包装紙にびっしりと文字を書き込むシーンがあって、それが好きだったからだ。

「新しいアニメーションを作るぞ。『タッチ』の後番だ。CD望月氏、演出ときたひろこ、パクキョンスンその他、キャラクターデザインA君、作監Gさん、視聴率五十パーセントだ」などとかなり気の大きなことを書きつけた。

M氏への手紙も覚えている。M氏の住所は肌身離さず持っていた〝美夜ちゃんファンクラブ〟の会員証に書いてあったのだ。美夜ちゃんの住所を聞き、最後に「美夜ちゃんファンクラブを全国組織のクラブにしよう。半分は冗談だが半分はマジだぜ」とか書いた。

返事はそれから間もなく来たが、一番最初に届いた返事は何と亜細亜堂のKさんからだった。彼女には手紙は出さなかったのだが、会社に出した手紙からここの住所を知ったのだろう。「この手紙は会社の人にはナイショですよ」と釘《くぎ》をさしながら「また一緒にガンバロウね」と励ましてくれていて、僕はすっかり嬉《うれ》しくなった。

望月氏からの返事は「お前の机はそのままになっているから安心しろ」とのこと。これにはホッとした。さすが望月氏、僕の心を読んでるな、と思った。一番驚かせたのはM氏だったようで、彼は僕がなぜ釧路くんだりで入院しているのかはおろか、今仕事は何をやっているのかも知らないありさまだった。それでも美夜ちゃんの住所をしっかり教えてくれた。

美夜ちゃんの住所を知った僕は、彼女に手紙を書くべきか悩んだあげく、結局書くことにした。よく覚えていないが「気が狂うほど君が好きになってしまった」とか、読んだらギョッとするようなことを不用意に書いたような気がする。それでも便箋二枚に誠意を込めて書いた。投函《とうかん》したのは少し後になってからだったと思う。

当時の精神衛生法の下では、患者の通信は検閲してもいいことになっていたが、この病院はそんなことはしなかった。僕は多少調子の高い手紙を書いてそれはそのままに投函され、返事も開封されることなく僕の元へ届いた。今なら当たり前のことだが、当時は検閲する病院もあったと後から聞き、この点では市立釧路総合病院は進歩的であったと思う。しかし僕は美夜ちゃんに手紙を出したことをすぐに後悔したので、看護婦に読んでもらってアドバイスを受ければよかったと思っている。

九月二十一日(日)、僕の演出した『タッチ』75話が放映された。僕はチャンネル争いに負けて病棟では見られなかったが、翌日、見たと言った河合看護婦に、「理屈っぽいところが小林くんらしくて面白かった」と言われた。理屈っぽいのは脚本のせいで、僕のせいではない。

十月某日、父が僕を買い物に連れ出してくれた。僕は安物のセーターとスケッチブックを買った。僕はこのスケッチブックで、病棟内の色々な人の似顔絵を描いた。入院中の密《ひそ》かな楽しみの一つに、可愛《かわい》い看護学生が入れ代わり立ち代わり、看護実習に病棟に現れることがあった。僕のことは「面白いことを言う人」ということで、すでに彼女達の間では有名になっていたようで、僕はいつも彼女達と楽しい会話を交わしていた。その中に、名は伏せるがアニメのキャラクターのような可愛い顔をした学生がいて、僕は彼女が気に入り、似顔絵を描かせてもらった上に、色々とつきまとってしまった。彼女にはいささか迷惑だったかもしれない。

十月から一日二時間だけ、開放病棟へ行って自由に時間を過ごすことが許され、患者と麻雀《マージャン》をやったり卓球をやったりした。僕は一日も早く退院したかったが、とりあえずその前の段階として開放病棟へ移してもらえるよう、先生に頼んでいた。先生は十月の半ば、僕がこれから二週間おとなしくしていれば、すなわちおかしな言動をしなければ、開放病棟へ移すと約束してくれた。

まだベッドは閉鎖病棟だったが、開放病棟で日本シリーズの最終戦を見ていた時、僕は美夜ちゃんに電話すべきか否《いな》か迷っていたが、何を思ったか、この試合で西武が勝ったら電話すると皆の前で公言してしまった。で、西武が勝ち、僕は美夜ちゃんに電話した。前に出したラブレターのことを話すと、彼女はよく聞きとれない声で独り言を言った。そして彼女にはつきあっている男がいることを聞き出した。美夜ちゃんファンクラブの会合を持とうと提案したが彼女は乗り気ではなく、僕は「この恋はやっぱり成就《じょうじゅ》しないかな」という感触を得て「さよなら」と言って電話を切ってしまった。やっぱり精神障害の男より、健康で頼りがいのある男の方を、女は選ぶだろう。そういうあきらめの気持ちと、いや彼女を奪ってやるという気持ちの二つが残った。

十一月一日、僕は晴れて開放病棟へ移った。病院から外へ出ることは禁じられていたが（これがこの病院の遅れていた一つの点）、僕は特に釧路のどこかへ出かけたいとは思っていなかったので、院内を自由に散策できることに満足していた。Dさんと話ができなくなったのが少し寂しかったが、新しく話し相手もできて、毎日結構楽しく過ごした。ただ何もやることがないので（この病院は作業療法を取り入れていなかった）少々暇を持て余し気味で、僕はたばこに手を出してしまった。たばこはそれまでにたわむれに二回ほど吸ったことはあったが、こんなまずいものを吸う奴《やつ》の気がしれないと、習慣にはならなかった。ところが開放病棟で吸うたばこは実にうまいのだ。当時はまだ今ほど喫煙にはうるさくなく、どこにでも灰皿があったので、僕は病棟のロビーや外来の待合室で日がな優雅にスパスパとやっていた。以来僕はたばこが手離せなくなり、この習慣がついたのは精神科に入院したからだということになる。入院さえしなければ、一生たばこなど吸わなかっただろう。

開放病棟のいい所は、病棟が施錠《せじょう》されておらず、病院内ならどこでもいけることの他に、浴室が広くてまるで温泉のようにゆったりできることが挙げられる。僕は浴室で『気まぐれ天使』のオープニングを誰はばかることなく大声で歌ったりした。同じ広くても公衆浴場だとこうはいかない。

開放病棟での日々は、何事もなく平和に過ぎて行った。ここはほとんど天国と言ってもいいくらいだ。新しいアニメーションを作るという野望はまだ持っていたが、七月に感じていた途方もない高揚感とはもう程遠く、僕はすっかりおとなしい人畜無害な人間になってしまっていた。薬物（化学）療法は確かに有効で、僕は発狂という恐怖のどん底からは救われたが、同時につかみかけていた真実からも遠ざかってしまった。だから入院が正解だったかどうかは今もってよくわからない。七月の末に僕が挑んだ真実探究の冒険は、ウヤムヤのままで中断してしまい、再開できる日が来るとは思われなかった。平穏を得た代わりにパワーを失《な》くしてしまったのだ。もっとも医者をはじめ、世の常識人は、それでいいのだ、真実を知ることなど人間が生きていく上でプラスにはならない、と思っているだろうが。というより、僕が覗《のぞ》こうとしていたのは真実でも現実の究極の姿でもなく、ただの幻だと言うだろうが。薬物療法は僕をおとなしくさせたが、同時に創作者として最も大事な想像力まで奪われたような気がしてならなかった。これが病院の目指している患者の社会復帰というものなのか。僕は大いに疑問を感じてしまう。社会や体制（病院はその象徴）に対して反抗していた者を、薬の力で無理やり、おとなしく無気力な人間に変えるための洗脳ではないかという思いはいまだに払拭《ふっしょく》されない。

第六章　出　発（一九八六年十一月〜一九八八年十二月）

コリン・ウィルソンとジョン・C・リリー

一九八六年十一月二十日、僕はようやく退院した。荷物をまとめ、親しくしていた看護婦や患者達に見送られて、病院を後にした。この日退院できたのは、名目上は僕の病状が安定したからだったが、どちらかと言うと先生の判断ではなく、父が釧路から また横浜へ転勤することになったという、家の事情によるものだった。僕は父に釧路空港まで送ってもらい、父より一足早く帰途についた。

羽田に着いた僕は、真っ先に神奈川県の実家へ行くように言われていたが、僕は亜細亜堂に向かった。父と会社の制作のOさんの取りはからいで、僕のアパートはまだ契約中だったのだ。四カ月ぶりにアパートに帰り、チェーンの錆《さ》びた自転車でそのまま会社へ直行した。

芝山さんと小林さんは、僕を歓迎してくれたが、僕が病院から会社に直行したことに戸惑っていた。実は僕には芝山さんに手渡したいものがあったのだ。

「芝山さん、今まで夢の中で大事な物を手に入れ、夢からさめたらそれがなくなっていてガッカリしたこと、ありません？」

と聞くと、芝山さんはニヤニヤしながら、

「ある」

と答えた。

「僕はそれを手に入れちゃったのですねー」

と、もったいぶってカバンの中から二冊の本を取り出し、芝山さんに差し出した。

それは秩父《ちちぶ》困民党の事件で、秩父の農民とアイヌ人が関わっていたことを書いた本で、入院先の元教師からもらっていたものだった。秩父困民党事件は、芝山さん、小林さんが長年温めているアニメの企画で、僕はそれの関連資料を北海道で手に入れていたのだ。偶然というより、僕がアニメで成功する暗合だと思っていた。僕は中身をまだ読んでいなかったが、僕が持っているより芝山さん、小林さんが持っている方が価値があると思って、この本をお二人に寄贈した。

芝山さんはすぐには仕事に復帰させてくれなかった。でも僕は何でもいいからアニメの仕事をしたくてたまらなかった。

「『ドラえもん』でも何でもいいからやらせてください」

などと、『ドラえもん』に対してはずいぶん失礼なことを言ったのを憶《おぼ》えている。

僕はしばらく実家で暮らすことになった。しばらくは父の監視下にいなければならなかったので。十一月二十二日、早アのみんなが高田馬場で僕の全快祝いをしてくれた（もっとも僕が呼びつけたのだけれども）。亜細亜堂にいて僕の入院を知っていた望月氏としみ氏は箝口令《かんこうれい》をしいていて、僕の入院のことを隠していたらしい。

でも、僕は病院からミックに電話したりしていたので、皆はすでに知っていた。七月二十五日の僕の体験を書いたメモ帳をみかん氏に見せると、彼は、

「なんだか見てはいけないものを見てしまったような気がする」

と言った。

神奈川県に帰ってきてからは、薬をもらうために、北里大学病院に通ったが、僕はそこの先生とウマが合わず、二〜三回通っただけで通院をやめ、服薬もやめてしまった。薬を飲まなくてもやっていける自信があった。が、この判断は間違っていたと今なら言える。

十二月の初旬、父が芝山さんに会って、僕の復職を頼んでくれた。父としては、僕が亜細亜堂に戻ることをあまり好ましくは考えていなかったようだが、僕には他にできる仕事がないのだ。

結局僕は、亜細亜堂に社員として復職することが決まったが、しばらく猶予《ゆうよ》期間をもらった。その間、多少躁《そう》気味で、僕は毎日あちこちに出かけていた。七月分と八月分の未払いの給料をもらったので、少し金持ちになり、レーザーディスクとワープロを衝動買いしてしまった。今でも愛用しているので、これはいい買い物をしたと思っている。後から調べてわかったことだが、躁病にかかると、やたら買い物をして有り金を全部使ってしまうケースがあるらしい。僕はそこまではひどくはなかった（だいたい躁病ではないし）。

ある日、母校の横浜翠嵐高校へ行った。主な目的は、まだおニャン子アニメの企画をあきらめていなかったので、その舞台となる場所のモデルに同高校とその周辺を考えていたからだ。職員室で元担任に挨拶《あいさつ》してから美術室に行き、美術のY先生と話し込んだ。僕はそんなに印象深い生徒ではなかったと思うが、先生は僕のことを覚えていてくれた。僕は入院のことは話さず、

「『魔法の天使クリィミーマミ』などをやっていたんです」

などと言うと、先生は、

「うちの娘が好きでねぇ、ごっこ遊びをよくやるんだよ」

と言った。

先生の話によると、今のこの高校は、僕がいた頃と較《くら》べて学力レベルも落ち、生徒もおとなしくなったという。昔、社会研究部という左翼ゲリラのような活発な活動をしていたクラブがあり、先生はその顧問をしていたのだが、それももうなくなってしまったと言った。僕は、高校生に元気がないのは、世界が終末に向かっていることの一つの表れであると見た。

先生は唐突に、

「この本、面白いよぉ」

と言って、僕に一冊の本を見せた。それがコリン・ウィルソンの『スターシーカーズ』だった。僕とコリン・ウィルソンの邂逅《かいこう》は、Y先生によってもたらされたのである。

『スターシーカーズ』は数日後、神保町《じんぼうちょう》の「書泉《しょせん》グランデ」で手に入れた。まず写真が豊富で装丁のきれいな豪華本ということで一目見て気に入り、内容を読み始めたら、『パラダイム・ブック』を読んだ時以来の衝撃を受けた。天文学の進歩について書かれた本であるという顔を持ちながら、「人間が宇宙の真理を知るためには人間の内面を深く掘り下げなければならない」という、哲学的、文学的な内容なのだ。初めて読んだコリン・ウィルソンが『スターシーカーズ』だったことが不幸であったかどうかはわからない。だが、この男は、科学者なのか哲学者なのか、独善的な思想家なのか、この本だけではわからず、以後僕は、本屋でコリン・ウィルソンの本を見つけるたびに買いあさり（買っただけでまだ読んでいない本もたくさんある）、彼の思想にかぶれていった。多少難解なところもあったが、「うん、うん、そうだ。わかるわかる」と思わずうなずいてしまう箇所が随所にあった。

高校へいった日に話を戻すと、僕は学校を後にしたその足で、高校時代の二年後輩の男と会って、天文同好会のOB会を久しぶりに開くための画策をした。美夜ちゃんに一目会いたいという目的があったのは確かだ。彼に僕の入院体験をひとしきり話し、おニャン子アニメの企画も話した。彼は僕に、

「先輩にとって一番怖いものは何ですか？」

と意味深な質問をした。僕は幻覚妄想の時のことを思い出し、

「それは自分だ」

と答えた。すると彼は、

「自分が怖いと思うことは（人と）変わっているとは思いませんか」

と、また意味深なことを言い、僕はこれに答えられなかった。でも僕と彼との間には良好な関係ができていたので、別に気まずい思いはしなかった。彼は美夜ちゃんを

含む彼の同輩と二〜三年下までの後輩に、僕は自分の同輩と一〜二代上の先輩にそれぞれ連絡することにして、彼と別れた。

高校へ行った数日後、早稲田大学へ赴き、寿里先生の研究室へアポイントメントも取らずに伺った。教授は僕を迎え入れてくれ、僕が入院中したためたメモを見てくれた。今度作るアニメーションの監修をやってほしいと頼んだが、教授は体の調子が悪いと言って断った。僕はメモの感想を送ってもらう約束をして別れた。

後日、教授から手紙が来たが、何とその手紙は父に開封され、隠匿《いんとく》されて、僕の手に入ったのはずっと後のことだった。僕の「〝覚え書き〟ではないでしょうか」内容が散漫で、何が言いたいのかよくわからない。テレビの見過ぎではないでしょうか」と、というつれない返事だった。確かに人が見たら何のことだかわからないメモではあるが、僕はこれを寿里先生が見たら、僕に起こったことを理解してもらえると、勝手に確信していたのだ。それが妄想にすぎなかったことがはっきりして悲しくなった。やはりこのメモは人に見せるものではないなと悟った。

十二月二十日、僕はめでたく亜細亜堂の社員として復職した。仕事は中川李枝子《りえこ》の『いやいやえん』の絵コンテである。おニャン子アニメは、もう「おニャン子クラブ」も人気下降気味だし、作った話や内容は別の機会のためにとっておこうと思い、企画を引っ込めた。僕は会社に命じられた仕事に黙々と励むことにした。

十二月の終わり、横浜で天文同好会のOB会を開いた。僕はこの頃鬱《うつ》気味で、幹事役をすべて二年後輩の例の男に任せてしまった。美夜ちゃんと久々に会うことができたが、彼女はペコッと頭を下げて挨拶しただけで、とうとう最後まで一言も会話を交わすことができなかった。でも収穫もあった。東京工業大学に残って物理学の研究を続けている先輩と、現代物理学の話ができたことだ。彼は僕に『ザ・オムニ・インタビュー　現代科学の巨人10』とジョン・C・リリーの『サイエンティスト』を薦めてくれた。僕が興味を持っていることに共感してくれたようだった。美夜ちゃんは一次会の途中で帰り、これが僕にとって美夜ちゃんの姿を見た最後となった。

一九八七年の年が明け、僕は引き続き『いやいやえん』のコンテをやっていたが、なかなかイメージが湧《わ》かず、はかどらなかった。結局この仕事は途中で降ろさせてもらい、僕はテレビシリーズの『きまぐれオレンジ☆ロード』の一話の演出をやることになった。小林さんがしっかりした絵コンテを切ってくれたので、演出の仕事は楽だった。

この頃埼玉大学の生協で、高校の先輩に教えてもらったジョン・C・リリーの『サイエンティスト』を見つけ、手に入れた。読むと、まず前半が精神科医との会話、後半がアイソレーションタンクを使った信じられない実験とその体験が克明に綴《つづ》られている。思わず、この人はいわゆるマッドサイエンティストではないかと思ったが、よく読んでみると、アイソレーションタンクでの出来事は、とても幻覚や妄想とは思えない。実際にそういう会話がなされたんだ、と僕は僕の経験から信じている。僕はジョン・C・リリーの人間性、教養、頭の良さを信じているので、気の迷いだとは思っていない。彼の凄《すご》いところは、アイソレーションタンクでの会話をすべて覚えていることだ。僕は、七月二十五日の晩の出来事は、色々あったうちのごく一部しか覚えていないのに。もっとも僕の場合は、言葉ではなく、心と心、内臓と内臓のバイブレーションによるもので、言語化することがほとんど不可能だったのだが。そういうわけで、ジョン・C・リリーもコリン・ウィルソンと並んで、発狂を経験した僕には力強い味方となった。特に「暗合」という言葉をジョン・C・リリーの本から知り、以後便利に使わせてもらっている。

フロイトとユングも読んだが、彼等の言葉は僕を納得させなかった。精神医学にはもっと社会（システム）学的、人類学的、哲学的、更に言えば物理学的なアプローチが必要なのではないだろうか。後で詳しく述べることになるが、僕は精神病を、心の病でも脳の病気でもなく、心と脳の関係がおかしくなった状態と考えているので、精神科医には、もっとシステム論を勉強せよと言いたい。ただし、ユングの「シンクロニシティ」だけは共感する。なぜだかわからないが、神の配剤としか思えない偶然の一致というのは確かにあるのだ。ジョン・C・リリーの「暗合」とほとんど同じ意味だと思う。

一月二十八日、市立釧路総合病院の森田先生から、会社に提出する診断書が送られてきた。以下はその全文。

「傷病名　幻覚妄想状態
昭和六十一年七月下旬、明瞭《めいりょう》な妄想気分、妄想着想をもって発症。作為体験、幻聴、被害関係妄想、誇大妄想等の異常体験があり、精神運動不穏状態が強く、入院加療を行った。入院後、徐々に異常体験は疎隔《そかく》化し、落ち着いた為《ため》、退院となった」

僕はこれを読んでショックを受けた。分裂病か躁病、あるいは従来症例のない新しい病気ではないかと思っていたからである。それが幻覚妄想状態という病名の病気であることを初めて知らされた。

今では「幻覚妄想」という症状名（正式な病名ではないと思う）を受け入れ、本書でも第四章のタイトルをそれにしたのだが、手紙を受け取った当初は、あれだけ頭脳明晰《めいせき》で、直観力鋭敏で、洞察力深遠だった精神状態が「幻覚妄想」の一言で片付けられるとは……。今の医療はシステムからはみ出した者を無理やり注射や薬で元のシステム社会に戻すことだけしか考えていなくて、患者がなぜシステムからはみ出したかを考えていない。患者から何かを学ぼうとする姿勢はないのか。その患者はもしかしたら、今のシステム社会に叛旗《はんき》を翻《ひるがえ》し、新しいシステムを呼びかけていたかもしれないし、最初に道具を使うことを覚えた猿なのかもしれないのだぞ！　とにかく僕は診断書を見て、精神医療の偏狭《へんきょう》さ、志の低さを感じずにはいられなかった。自分が「幻覚妄想状態」とレッテルを貼《は》られてしまったことより、僕の病院における言動が、精神医学の最前線に生かされなかったことを悲しんだ。本当に僕のカルテを見せてほしい。カルテは医者の著作物か。否《いな》、そうではないと思う。患者という対象があっての著作物だ。だから、自分について書かれたカルテは、その患者には見る権利はあると思う。医者のプライバシーより患者のプライバシーに関することが山ほど書いてあるはずだ。僕はこれからもカルテのディスクロージャー（開示）を求めていきたい。

アニメーションとの訣別《けつべつ》

僕は欠勤こそしなかったものの、ほとんど毎日、午前中に起きることができず、午後出勤していた。遅刻するとその分ボーナスから差し引かれるが、僕はあまり金には執着していなかったので平気で、かつ、遅刻がルールに反していること、人に迷惑をかけることと認識していなかった。毎日十一時頃まで残業し（残業手当は出なかった）、昼過ぎから夜中にかけてが、僕にとって一番仕事のできる時間帯と言えた。

それが三月の中旬になってから、突然会社へ行くことができなくなってしまった。ひどい鬱状態になってしまったのだ。もう起きるのも嫌で、毎日夕方まで寝ていた。心配した会社のS君や望月氏がアパートを訪れ、ドアをノックしたが、僕は布団《ふとん》の中で居留守を使った。会社に行かなければならないという気持ちも起きなかった。別に会社で嫌なことがあったわけではない。しいて挙げれば、僕が会社に復帰してすぐKさんが会社を辞めたこと（その理由は僕の入院にあると思えた）、『いやいやえん』のコンテを途中で投げ出したことで、僕は会社の人に、〝無能な人間〟と思われているに違いないと思ったことなどが挙げられると思う。まだ病気が治っていないのに服薬をやめたので、十二月初旬の躁の反動が来たのかもしれなかった。

無断欠勤は一週間続き、八日目にようやく出社した。もうこれだけのことをしでかしたのだからクビになるだろうと覚悟していた。芝山さんと小林さんは僕を和室に呼

び、真意を質《ただ》した。僕は欠勤の訳を言えず、

「辞めさせてください」

と言った。

僕は亜細亜堂以外の会社で、あるいはフリーで仕事を続けるつもりは全くなかった。芝山さん、小林さんを尊敬して亜細亜堂に入り、異例のスピード出世（?）で演出に抜擢《ばってき》されたのに、三年ともたなかったのだ。半年前にはやる気まんまんで企画を思いついたのにそれが病気を招き、今では情熱のかけらもない。会社へ行くのが苦痛で仕方なくなってしまった。アニメをやめて何を仕事にするのか全く考えていなかったが、とにかく亜細亜堂を辞めること以外に僕のとるべき道はなかった。これ以上芝山さんや小林さんに迷惑をかけるわけにはいかない……。

和室でどんな会話を交わしたかよく覚えていない。ただ「亜細亜堂を辞めさせてください」と言ったあと、涙があふれ出そうになるのを必死でこらえていたことだけ覚えている。単なる悔し涙でもなく、自分に腹を立てて泣いていたのでもなく、もう少し複雑な思いがあった。母を亡《な》くした時に流した涙と似ていたかもしれない。僕の人生はこれで終わったのだとさえ思った。二十五歳の春だった。僕は大学を卒業した時、

「とりあえず二十五歳まではアニメでがんばる」と皆に公言していたのだが、全くその通りになった。だが、二十五歳以降はどうするつもりだったのであろう。全く考えていなかったとしか言いようがない。

四月から僕は完全な無職になり、職探しも全くやらず、働く意欲を失っていた。毎日眠りたいだけ眠り、一日一食の食事をとって、目的も夢もない、生ける屍《しかばね》となった。フーテン生活は五カ月続いたが、その間何をやっていたかと言うと、黒い車が僕を迎えに来るという妄想にとりつかれていたことと、毎日夢日記をつけていたことと、何を血迷ったかファミコンを買い、『ドラゴンクエスト』と『ゴルフＪＡＰＡＮコース』にはまりまくっていたことぐらいしか覚えていない。思い出したくもない日々だった。

早アの友達とは時々会っていた。お師匠に、

「これからどうするんだよ」

と言われ、他のみんなにも心配をかけたと思う。僕は貯金で食いつないでいたが、それも半年も経《た》たずに底をつき、父と妹に借金を求めた。父は僕の将来を心配し、三十五年勤めた会社を辞めて新潟県柏崎市で僕と二人で料理屋を出す計画を立て始めた。

七月から八月にかけては、Ｐ氏の主宰する同人誌作りに没頭した。仕事ではなかっ

たし、遅々としてはかどらなかったが、いい本ができ、何かに熱中する、没頭するという気持ちをこれで取り戻すことができたと思っている。だからこの同人誌作りは、僕に社会復帰のきっかけを与えたといえる。僕はあれだけ迷惑をかけたにも関わらず、「また亜細亜堂に戻りたい」と考えるようになっていった。

親友ミックは、僕を日帰りのドライブに連れ出してくれたり、リチャード・エドランドやゲイリー・カーツの講演会に招待してくれた。ミックはある女の子に夢中になっていることを告白し、僕は入院に至る事細かなことを話した。

「僕がおかしくなった時、ミックが『やった！』と嬉《うれ》しそうに叫んだ声が聞こえたんだ」

と言うと彼は、

「僕が、きみがおかしくなって喜ぶわけがないじゃないか」

と言ったので、

「いや、その時僕はおかしくなったとは思わなかったんだよ。喜ぶべき世界というか次元に突入したと思ったんだ」

等という会話をしたのを覚えているが、彼は煙に巻かれたような顔をしながらも真《ま》面目《じめ》に聞いてくれた。

九月、思いがけなく亜細亜堂のしみ氏から、
「会社で麻雀《マージャン》をやっているので、小林さんが遊びに来ないか、と言ってる」
という電話をもらった。僕は「もしかしたらまた仕事をやらせてもらえるかもしれない」という淡い期待を持って会社に行った。結局その日は麻雀をしてそれで終わりだったが、僕がまだ無職なのを知った芝山さん、小林さん、Oさんの間でおそらく話し合いがなされたのだろう、僕は再び亜細亜堂に復帰することになった。

仕事は演出だが、待遇は正社員ではなく、契約社員ということになった。つまり固定給がなく、演出一本、あるいは絵コンテ一本でいくらという出来高制である。契約演出というのは亜細亜堂では初めてだったんではなかろうか。

再復帰第一作はTK氏がコンテを切った『きまぐれオレンジ☆ロード』の演出であった。これはコンテの良さもあってまあまあ仕上がりのいい出来になり、音響の人からもほめられた。次も同じく『オレンジロード』の演出をやったが、これも無難にできた。コンテは大変だが、演出は誰にでもできることがよくわかった。たいして想像力も必要とせず、ひたすら、枚数をおさえ、カットの流れをスムーズに見せることに専心していればいいのだから。ただ『オレンジロード』の後番に決まった『燃える！お兄さん』には少々苦労させられた。小林さんの切った、アニメ的にはよくできた絵

コンテに、原作者がクレームをつけたのだ。これには各アニメーターも反発したが、原作者のクレームでは従わないわけにはいかない。僕は演出としてかなりのカットをチェック済みだったが、いくつかのカットを、小林さん独自の枚数のかからない納得のいくものを、枚数のかかる納得のいかないカットに作り直さねばならなかった。他にもリテークのカットが続出し、そのうちの一つを僕はすっかり忘れて納品してしまい、小林さんに「手、抜いてんじゃないの」と頭をこづかれた。で、枚数が四〇〇〇枚をオーバーしてしまい、今回は制作、原画、小林さんそれぞれからクレームがつき、僕はその板ばさみになり、つらかった。

次の仕事でようやく絵コンテの仕事が入って来た。Aパート原作どおり、Bパート脚本家のオリジナルという、当時よくあった構成である。Aパートのコンテはすんなり終わり、小林さんにも「面白い」とほめられたが、Bパートが難産で、なかなか最後までたどり着けなかった。あと一日というところで、とうとう終盤を小林さんに手伝ってもらわなければならなかった。これでもう、僕は、演出をやっても困難に出会うと対処できないし、絵コンテをやっても想像力、創作力がなくて最後まで上げることができないしで、アニメ演出家として才能がないことをはっきり思い知らされてしまった。

ある晩、父から電話がかかってきた。僕は「もうアニメで食っていく自信がない。アニメを仕事にするのはあきらめた」と泣きついた。父は僕の病気のことを考えたのだろう。僕にがんばって今の仕事に打ち込めとは言わず、「一緒に柏崎で料理屋を開こう。もう自分は会社を中途退社するつもりだ」と話した。僕はボロボロ涙を流して、「その仕事、一緒にやらせてください」と言ってしまった。一九八八年の二月頃だったと思う。

父はもう柏崎に店を出す場所も決めており、六月に正式に会社を退職し、八月から店を開くという青写真を作っていた。僕はわんぱく氏、P氏に大山の喫茶店「スイング」で会って、僕の取るべき道を相談した。二人は僕をアニメの仕事に引きとどめようとしたが、もう演出の仕事もコンテの仕事も、僕には苦痛以外の何物でもなく、アニメから撤退することを決めていた。そして制作のOさんに話し、一九八八年四月二十日をもって、亜細亜堂を正式に二度目の退社をすることになった。僕が絵コンテも手掛けるようになっていたので、そろそろ社員に戻すという動きがあると聞かされたが、僕は、

「いや、才能がないんです」

と言い、最初の退社のとき（一九八七年三月）よりあっさりと断った。こうして僕

の四年足らずの演出家生活はピリオドを打ったのである。

新天地

一九八八年五月、父はすでに綾瀬市の家を売り、相鉄線さがみ野駅近くのアパートに一人住まいをして、引っ越しの準備をしていた。二月に、すでに大きな家財道具は新潟にトラックで運んでいた。五月十七日、僕は浦和のアパートを後にした。神奈川の山奥にある母の墓に行き、「もうしばらく来られなくなると思う。さよなら」と別れを告げ、父のアパートへ行った。翌日、父と二人で、新天地となる新潟県柏崎市へ向かい、僕はそこでライトエースの新車を買い与えられ、荷物を取りに浦和のアパートへ引き返した。父も自分の残りの荷物を取りに神奈川へ戻り、僕のアパートで合流した。父はこのとき初めて僕の一人暮らしのありさまを目にし、世にも汚い布団に仰天し「そんなもの捨てろ」と僕に指図した。僕は布団とともに、四年間の仕事の証《あかし》である絵コンテや脚本等の紙束も大量に処分し、それらはポケットティッシュに変貌《へんぼう》してしまった。僕は四年間生活した浦和に別れを告げ、父の車と二台で、関越自動車道を柏崎めざして北上していった。

柏崎での新居は、古い木造平屋建ての貸家だった。自分にあてがわれた部屋は六畳間だったがベッドと洋服ダンスと三つの本棚を置いたら満杯になってしまい、大量の本、ビデオはダンボールに入れたまま、ベッドの下に押し込んでおくしかなかった。父にとってもここしばらくの仮住まいで、父は退職金と神奈川の家を売った大金を持っていたので、すぐ新居の物件を探し始めた。料理店が繁盛《はんじょう》すると思っていたのか、父はぜいたくな家を建てようとしていた。

店は八月一日に開店し、三日まで盛大な開店祝をやった。八月、九月の客足は上々で、これならやっていけるという見通しがついた。当時まだ女子高生だった大家の娘、美亜ちゃんが手伝ってくれて、彼女はお客さんに人気があった。僕は可愛《かわい》い美亜ちゃんが気に入り、「彼女が手伝ってくれる限り、この店は流行《はや》るだろう」という希望的観測を持っていた。

父も僕も調理師の免許は持っていなかった。ご存知の方は少ないかもしれないが料理屋は調理師の免許がなくても、保健所の許可さえ下りれば、誰でも開業できるのである。また、当時の法律では、精神障害者は調理師の免許は取得できなかったが、僕は調理師ではないので、この欠格条項にも全く触れなかった。もっとも当時、自分が精神障害者だという自覚はなかったし、あったとしても欠格条項なんてものの存在すら知らなかったのだが。

十月、十一月になると、父と気の合う固定客はついたが、幅広い客層をとらえることができず、売り上げはどんどん減っていった。十月に修学旅行から帰ってきた美亜ちゃんが「学校が忙しいから」と店を辞めてしまったのも大きな痛手となった。女っ気のない男二人の店に誰が寄りつくだろう。はっきり言って、もの好きな人しか来てくれない変な店になってしまった。

店の大家（美亜ちゃんの母親）は、同じ建物内でスナックを経営していて、そこのお客さんをよくこっちに回してくれた。それでも売り上げは伸びなかった。僕も父も、開店したあと、僕はカウンターの中で物思いにふけり、父は座敷で寝ている、というのが日常の光景になった。

暇になると僕はロクなことを考えない。色々な妄想とも空想ともつかぬものにふけってしまった。主に、何を考えていたかと言うと、なぜ僕はあの時に発狂したか、だった。今後ああいう目に遭っても絶対に入院をしないために次のように考えた。

一九八六年の七月、僕は体制を変えたいと思った。人の心と世の中を同時に、革命や政治的手段によらず変革したかった。そういうアニメーションを作ろうと色々考えているうちに、「これは体制を変えてからでないと作れない」という確信を持つに至り、堂々巡りになってしまった。

究極的な現実は一つしかない（今は必ずしもそうだとは思っていないが）。人は、自分達が長い年月をかけて作ったあるシステムを通じてその現実を観《み》ている。それは、ある特権的な一部の人々にとって都合のよいシステムであり、彼らはそれを何とか維持していこうと必死になっている。でも現状のシステムでは、僕を含めて多くの人々が幸せになれないどころか、人類全体の生存すら危ぶまれるところまで来てしまっている。現実の見方を変える新しいシステム——現実を測るものさし——が必要だ。

ここまでなら、革マル派といった左翼の連中が考えそうなことだ。ここから先の思考の発展が、僕の精神病的気質の見え隠れするものになっていく。

一九八六年の七月下旬、僕が精神不穏状態になったのは確かなことだ。それには母の死とか仕事上のストレスとかが要因としてあるにはあったが、『パラダイム・ブック』から受けた啓示、人は真実を知り得るという楽観的な考え、成功させたい仕事の企画、結婚したいと思った女性の存在等の方が要因として大きかった。とにかく発狂という恐怖のどん底に突き落とされる寸前まで、僕の人生はバラ色だったのだ。それがなぜ、「発狂」あるいは「幻覚妄想」あるいは、スウェーデンボルグが「壊廃」と名付けた精神不穏状態に陥ってしまったのか。それまでの僕の苦しみに対する免疫《めんえき》がなく、「甘ちゃん」だったからか。そんな人は他にも幾らでもいるだろう。ただし、今の日本の精神障害者総数は一六〇万人ということだから、彼らは皆そうであり、残りの一億二一四〇万人の人々は強靱《きょうじん》な精神の持ち主であるのなら納得するしかない。僕は特別弱い人間なのだ。人を殺す度胸も自殺する勇気もない卑小な精神障害者だ（だからマスコミに登場しないで済んだのだが）。

精神とは何だろう？ 脳のことか。それとも心のことか。現代の医学では脳と心の関係をどうとらえているのだろう。ジョン・C・リリーは両者は別ものと主張していて、僕もこの考えを支持している。脳はあくまで機械――コンピューター――であり、それをプログラムしている主体が心だ。そしてその両者の関係が、いわゆる精神だ。しかしながら還元主義に基づく今の医学では、心は脳の電気的、物理的、化学的反応の所産であり、心は脳の中に形もなく含まれているものと考えているだろう。

僕は心理療法を受けず、化学療法（投薬）しか受けなかった。つまり脳の機能を回復させることによって精神の平穏を取り戻させようとする療法だ。脳が元通りになれば心も元通りというわけだ。しかし、人間の精神活動はそんな単純なものなのか。脳が人間の活動、知覚、感情をすべて司《つかさど》るなら〝精神〟や〝心〟という概念は形而上《けいじじょう》的なものであり、第一、一六〇万人もの精神障害者が存在するわけがないではないか。

僕は薬で脳を徹底的にいじくられたが、それでも「洗脳」はされなかった。頭がボーッとしたものの、物の考え方、感じ方は前と少しも変わらなかったのだ。二年経《た》った今では、あの七月下旬の高揚感には程遠いものの、かつてと同じような想像力を取り戻すこともできた。つまり化学療法をもってしても「心」は治せないということだ。心が病んでいたら、どんな薬でも治せまい（だから僕は「精神病」を「心の病」と言い換える昨今の風潮には反対なのだ）。もし僕の心が病んでいたとしたら、これは生まれたときからそうだったんであって、今更健康な心になりたいとは思っていない。そして、心がいじくられることはないと思えば、安心して精神科に入院することもできる。

しかし、そう何度も精神科に入院していたのでは僕の日常生活、社会生活に希望はない。できれば入院は避けたい。でもまたあの時のように気分が高揚して歯止めが利《き》かなくなる日に遭うかもしれない。そうなっても入院しないで済む方法はないだろうか。それは毎日薬を飲むことに限る。しかしそれを実行すると僕は想像力を失われ、ロボットのように生きていかねばならないことを意味するような気がしてならない。だから、今は薬は飲みたくない。いかに気分がハイになろうとも、入院せずに済む方法を模索したい。毎日想像的に生きていきたいのだ。

薬は脳の機能を正常にするためのものである。ということは、精神医学では、少なくとも僕のように化学療法のみを施される患者にとっては、精神病は脳の病ととらえているのだろうか。僕の幻覚や幻聴や妄想が現実ではないのなら、脳が誤った情報を受け取っていたと判断してもいい。しかし、それらが現実でないという証拠を、僕はまだ見せつけられていない。脳が誤動作したのなら、誤ったのは脳ではなく、脳というコンピューターに「心」が施したプログラムの仕方ではないのか。僕は体制や教育が施す今のシステムにそぐわない独自のプログラムを脳に施してしまったのだ。つまり僕は、僕の脳でしか知覚し得ない新しい現実を作ってしまったのだ。それは従来の共同幻想たる現実とちょっとばかり差異がある、僕の幻覚、妄想と彼らが判断する、僕だけの現実だ。

もし今後、僕の心が、僕の脳に、人とは違うプログラムを施してしまったら、それを矯正するのではなく、うまく人と折り合いをつけて、入院せずに暮らしていきたい。暴力をふるったり、人に迷惑をかけたりさえしなければできるはずだ。それができれば狂人にはならず、成功者になれるかもしれない。しかし実際には、心悸《しんき》亢進《こうしん》、不安の発作等の、生命を脅《おびや》かす激しい「壊廃」を味わうことになるので、薬か入院に頼らざるを得ないだろう。壊廃＝発狂に陥らずに、脳のプログラムの変換をすることは不可能なのだろうか。これが今後の僕の人生の最大課題だ。

一九八八年十一月二十三日、浅草は浅草寺《せんそうじ》の伝法院《でんぽういん》で、望月氏とGさんの仏前結婚式、披露宴がとり行われた。望月氏は七年越しの悲願をとうとう実現させたのだ。祝福したい気持ちでいっぱいの僕は、スピーチで、

「望月氏には学生時代から色々と影響を受けていますが、中でも一番大事なことを教わったなあというのは、『強く思っていればそれは実現する。大事なのは行動ではなく、思うことなんだ』と、そういうことでした」

等と話して、結構ウケた。もちろん望月氏はただGさんのことを思っていただけではなく、色々とアプローチしていたはずなのだが、その時期僕は入院していて、望月氏の奮闘振りを知らなかった。退院してみたら、二人の仲は急速に発展していたのである。望月氏の結婚に至る七年間の軌跡は、『めぞん一刻』よりはるかに面白く、ご都合主義的で神がかり的で、まさに「事実は小説より奇なり」を地でいった感じだ。いずれにしても、彼は強運の星の下に生まれたのだろう。

とにかく、望月氏がGさんと結婚したというのは僕にとっても重大事件で、僕も何

とか好きな誰かと結婚したい——できれば三十歳までには——と心底思い、そんな日が果たして来るのだろうか、と不安になった。当時僕には片思いの相手すらいなかったのである。

同年十二月、僕は板前修業に早くも厭《いや》けがさし、ささいなことで父と口論し、家を飛び出した。まず東京へ行き、神保町でコリン・ウィルソンの『精神寄生体』とT・S・エリオットの『エリオット詩集』を買い、どこへ行こうかと悩んだあげく、このまま釧路へ行こうと思い立った。所持金は七万円ほどだった。東京から四号線を北上し、途中で一泊して、一日中走って青森に夜十時頃着いた。幸いすぐ出航する連絡船があったのでそれに乗り込み、翌朝早く函館《はこだて》に着いた。函館の街を見物する余裕などなく、一路釧路を目ざして車を飛ばした。Dさんは元気だろうか。仲の良かった看護婦にも会いたい。そして何より森田先生に会って、僕の進むべき道について相談したい。一日中かかって北海道を横断し、夜の十時に釧路市内に入った。ビジネスホテルに一泊して、翌朝、懐《なつ》かしい市立釧路総合病院にたどり着いた。外来ロビーには灰皿が消えていて、まるで隔離されているような所に喫煙コーナーが設けられていた。他は変わりなく、精神病棟へ行くと、僕のことを覚えていた看護婦に「あら小林君」と呼び止められた。ナースステーションに入れてもらうと、入院していた頃さんざん手こずらせた看護士も迎え入れてくれ、懐かしい石川看護婦、河合看護婦も姿を見せた。ところが中原主任の話によると、森田先生は北海道大学病院に転勤になったそうで会うことができなかった。誰かが閉鎖病棟からDさんを連れて来て会わせてくれた。Dさんは二年前はやせこけていたのに、すっかり太って元気そうだった。早稲田を出たことは覚えているが、僕のことを覚えていてくれなくて、ちょっと残念だった。

翌日、北大病院のある札幌へ向かって車を飛ばした。途中、富良野《ふらの》に立ち寄り、喫茶店で『精神寄生体』を読んだ。札幌へ着いたのは夜中で、郊外の人気のない所で車を停め、エンジンをかけっ放しにして車の中で寝た。翌朝、ガガガガという除雪車の音で目が覚めた。車を走らせて北大病院を探すと、迷うことなくすんなりとたどり着いた。精神病棟へ行き、

「アポイントメントはとってないが、森田先生に会わせてください。新潟から会いに来たんです」

と看護婦に告げ、病棟で患者達と一緒に『笑っていいとも！』を見ながら待つこと十数分、昼休み中の森田先生が会ってくれた。僕はアニメを辞めて板前をやっていること、何をするにしても自分はアウトサイダーであり、これからもそうであり続ける

だろう、等と話した。

「幻覚、幻聴はないが、妄想をしてしまうのは僕の性格であり、これは一生治らないんじゃないかと思っている」

と言うと、先生は少し考えてから、

「仕事ができるなら妄想しても構わないよ」

と言った。そう言われた時はさほどでもなかったが、後になって、この言葉が重大な意味を持っていることに気づいた。先生は、金を払って診察を受けに来た患者ではない、わずらわしい面会者である僕を軽くあしらおうと思って吐いたのかもしれないが、この言葉は僕にとっては金言となった。「妄想しても仕事ができればいい」。つまり、精神障害があっても仕事ができればいいのだ。大事なのは病気を治すことではない。仕事をすることなのだ。

これとほぼ同じ意味のことを、僕は亜細亜堂にいた頃、制作のS君に言われたことがある。まだ発病はしていなかったが、仕事がたてこんでコンテが遅々として進まなかった頃、僕は冗談半分に「これ以上続けたら俺は発狂するぞ」と言った。するとS君は「発狂してもいいからコンテあげてくださいね」と言ったのだ。彼も冗談半分で言ったのだろうが意外と本音だったのではないかと思っている。演出家（コンテ）は、コンテを上げさえすればいいということだ。僕はその後、コンテを放ったらかして、妄想の世界に没入していってしまったのだが、あの時、S君の言う通りにコンテを上げさえすればよかったのだ。もっとも、それができなかったから、すなわち現実に対応できなかったから入院してしまったのだが……。

暮れの忙しい時に、一週間も仕事をほっぽり出して帰って来たが、父は別に怒りもせず、半ばあきらめ顔で僕を家に入れてくれ、僕は森田先生の金言を胸に、また仕事に励むことにした。しかし、客の入りは悪く、僕は暇な時間を益々《ますます》自分ひとりの妄想の世界の構築につぎ込んでいった。

第七章

想像と妄想の狭間《はざま》（一九八九年一月〜十月）

書評

一九八八年の秋から一九八九年の春にかけては、暇な時間、本ばっかり読んでいた。主なものはコリン・ウィルソンの『アウトサイダー』『コリン・ウィルソン評論集』『ルドルフ・シュタイナー』、大川隆法《りゅうほう》の『ピカソ霊示集』『高橋信次霊言集』、ジョン・ウィナーの書いたジョン・レノンの伝記『Come together ジョン・レノンとその時代』、それにいくつかの小説である。

また、コリン・ウィルソンの『夢見る力』を地元の図書館で見つけ、要点をノートに書き写したりコピーしたりした。この本からは様々な啓示を受けた。ストリンドベリという作家を知り、この人も僕同様、異常心理状態に陥り、全面的に別世界を容認——つまり幻覚や幻聴は幻ではなく現実であるという考え方——し、創作に打ち込むことにより狂気からのがれたらしい。また、彼は、「苦しみつつ働け。安住を求めるな。この世は地獄である」という言葉を残しているのも知り、僕もそうだと思った。

この世が地獄だから、精神病院が天国に思えてしまうのだ。

『夢見る力』ではまた、バルザック、ワーグナー、ゾラ、ヘーゲル、マルクスといった十九世紀のロマン主義者達の仕事を、〝誇大妄想狂の作った巨大な構築物〟と評しており、誇大妄想が病気でなければ、彼らは成功者になり得るという教訓を得た。

『ルドルフ・シュタイナー』では、シュタイナーの学問そのものより、彼が一八六一年二月二十七日生まれであることにビックリした。僕と同じ誕生日で、ちょうど一〇一年違いではないか。僕は自分がシュタイナーの生まれ変わりかもしれないと思ってしまった。

大川隆法の本は、当時はまだ「幸福の科学出版」ではなく潮文社と土屋書店から出ていた。『高橋信次霊言集』は、一九八六年七月の、ちょうど僕がおかしくなり始めた頃に大川氏が受けた霊示で、八章から成り立っており、最後の第八章が収録されたのが七月二十六日、すなわち、僕が新しく生まれ変わった日である。

そしてこの時期、二つの小説を読んで、強烈なインパクトを受けた。一つはいとうせいこうの『ノーライフキング』、もう一つはすでに古典の仲間入りをしていたがこの時期初めて読んだJ・D・サリンジャーの『ライ麦畑でつかまえて』である。

「生まれてから一度も経験したことのない異様な戦慄《せんりつ》がまことの中を駆けめぐり、刺し貫き、激しく揺さぶった――（中略）――ぼくは本当の世界の中にいる。つながった世界の中にいる」（『ノーライフキング』より）

「僕は、ネクタイも何もなしに、五番街を北に向かってどこまでも歩いて行ったんだ。すると、突然、とても気味の悪いことが起こり出したんだよ。街角へ来て、そこの縁石から車道へ足を踏み出すたんびに、通りの向こう側までとても行き着けないような感じがしたんだな。自分が下へ下へ下へと沈んで行って、二度と誰にも見えなくなりそうな気がするんだ」（『ライ麦畑でつかまえて』野崎孝訳より）

この二人の主人公が体験したことは似ている。そして、僕の体験とも。これらを読んで、この二つの小説が想像の産物だとしても、人間には、ある条件が整えば（主要な条件は、体制への反発であろう）、ある種の精神状態に陥る可能性があることを知り、僕は、自分一人ではないんだと大いに励まされた。ここで言う〝ある種の精神状態〟とは、ポジティブな、ロマンチックな狂気である。そして、こういうことは、実に多くの小説のテーマになっていることにようやく気づいた。その後、太田健一の『脳細胞日記』、池澤夏樹《いけざわなつき》の『スティル・ライフ』等を読むにつけ、狂気、あるいは精神の危機を描くのが最近の文学の風潮であるような気がした。また、そういう本に限って、僕に読んでくれとばかりに、本屋の棚の中で光芒《こうぼう》を放っていたのだ（色川武大《たけひろ》の『狂人日記』もこの頃発刊されたが、読んだのはずっと後だった)。
ジョン・レノンの伝記『Come together』はぶ厚い本で読みごたえがあったが、あっという間に読み終えた。『ウォッチング・ザ・ホイールズ』という曲を、ジョンの最もラディカルな曲だと評していたのに共感した。同時期シンコー・ミュージックから出ていた『ジョン・レノン詩集』も読んでいたので、僕はその中の『ノーバディ・トールド・ミー』という詩に衝撃を受けた。

ここで、ジョン・レノンのことを書いておきたい。以下に記すのは、コリン・ウィルソンの『夢見る力』にインスパイアされて、一九八九年三月二十五日の日記に書きつけたものである。

今、コリン・ウィルソンの『夢見る力』を読んでいる。オルダス・ハックスレーに関する実存批評の項目を読んでいたら、ハックスレーの評論『目的と手段』に関して次のような文があったので記憶しておきたい。
「この書は、『国内政治と国際政治、戦争と経済にかかわる諸問題を、現実の究極的な性質に関する一つの理論と関連づけようとする』試みにほかならない。ハックスレーが見た現実の究極的な性質とは、古代インドの大叙事詩『マハーバーラタ』の中の挿話『バガヴァッド・ギータ』やキリスト教の神秘家たちが見たそれに相当するものであり、それは、彼が一九三六年以後に書いたもののすべてのうちに見られる。ある意味では、ハックスレーが、世界には一つの絶対的な霊的現実があり、人間の務めは唯《ただ》一つ、それを知る――生命的、直接的に知る――ことである、と断定したときに、彼はその精神的巡礼の旅を了《お》えたのである。（『夢見る力』中村保男訳、283頁《ページ》より）」

ラヴクラフトが、人間にはないとしている能力（反語的な表現だと思う）であり、バーナード・ショーやH・G・ウェルズやヘルマン・ヘッセが飽くことなく追求してきた最も重要なテーマだと思う。そして、ジョン・レノンの重要な一連の作品『ゴッド』『ウォッチング・ザ・ホイールズ』『ノーバディ・トールド・ミー』のコンセプトとの関連を強く想起させられた。ジョンは『ゴッド』でギータを、キリストを信じない、と断言している。ギータやキリスト教神秘家達が見た〝現実の究極的な性質〟には、七〇年代においては興味がなく、ただ自分とヨーコのみを信じていた。それが、ラディカルな平和運動と訣別《けつべつ》し、主夫生活を経て、八〇年代に入って突然ひらめきを得たように音楽活動を始めた時、現実の本質を、まるで今まで考えてもみなかった気分で見つめている自分に気がついたのだ。『ノーバディ・トールド・ミー』はそんな気分をえんえんと描写しつづけたものだ。

Nobody told me there'd be days like these.（こんな日々があろうなんて誰も教えてくれなかった）

いや、誰も教えてくれなかったわけではなく、ジョンはギータを知っていた。ということは、ここに至ってジョンは『ゴッド』を修正したのだろうか。いや、ジョンは自分の力で〝こんな日々がある〟ことを知ったと言っているのだ。やはり、ギータやキリストは何の役にも立たなかったという点で一貫している。自分（とヨーコ）のみを信じた結果、世界が変わってしまったということだ。想像力が旺盛《おうせい》で、激しく内省的な人間のみが到達しうる、あと一歩で狂気スレスレの境地、その時見えるのが現実の究極的な姿なのであろう。ほぼ同時期に作ったと思われる『ウォッチング・ザ・ホイールズ』は世界肯定の気分を書いたものだ。自分はただ座って、世界が回るのを観《み》ているのが本当に好きなんだ、とジョンは言っている。〝ウォッチ〟は〝傍観〟などという何か無責任で消極的な感じのする言葉ではなく、〝観照〟と訳すべきであろう。ただ眺めているのではなく、己の観念を照らし出すような、積極的な態度――問題はない。解決だけがある――、すべてを肯定する楽観主義的な態度であるように思われる。楽観主義的な態度というと、一般的にはあまり歓迎されない傾向があるが、悲観的な態度よりは創造的な場合が多い。世の中に参加していないことを指摘されても「きちがいだ」「怠け者だ」とこきおろされても、不満も焦燥もなく全く意に介さない。『フール・オン・ザ・ヒル』の〝つきぬけてしまった人〟であり、『ノーウェア・マン』であり「Nothing's gonna change my world」と歌ったジョン・レノンは、外界との関係を依然として自分自身の内面の問題としてとらえているのだ。神を必要とせず、神のかわりにあらゆる〝苦痛〟を〝測量〟する我々を意識すること。その意識を全面肯定したのが『ウォッチング・ザ・ホイールズ』であり、従来の人間意識の限界を打ち破ったのが『ノーバディ・トールド・ミー』なのだ。もしジョンがまだ生きていたら、彼はどこまで意識の限定解除を成しえたことだろう。わかっているのは〝Nobody〟とはbodyを失ったジョン・レノン自身のことだった、ということだけである。精神的巡礼の旅を終えて、彼は死んだのだ。

ジョン・レノンが「意識の解放」を目指していたかどうかは異論があるだろうが、シュタイナーやハックスレーがそれを目指していたのは確かだろう。僕は『夢見る力』に続いて、図書館で、まるで僕に見つけられるのを待っていたかのように本棚に並んでいた『宇宙のサムライ——三島由紀夫の霊的現象へのアポロン的接近』（横手行雄著）という、これまた衝撃的な本を見つけ、借りて読んだ。なぜか、ルドルフ・シュタイナーに関する講演での高橋巖《いわお》の言葉が載っており、それは以下のようなものだった。

「たとえ人智《じんち》学によって、ひとりの人間の存在のかけがえのなさを、苦悩と迷いの意味を理解し、愛の本質を知り、そして目的論的な関連の下に宇宙の壮大な進化のプロセスへの洞察を学べると思えたにしても、それはすべて道をつけるための、あるいはひとつの『無からの創造』のためのエネルギーでしかない。しかしこのエネルギーがあるからこそ、クレーの言う『見えないものを見えるようにする努力や、すべての存在のために——なぜなら存在するものはすべて有意味なのだから——その存在のより深い意味関連を開示しようとする努力が生じてくるのである』」

ここを読んで、僕はまたも『夢見る力』に引用されていた、ベルグソンの考えを想起してしまった。正確に言えば、ハックスレーが引用したベルグソンの考えだが。

「どの人間も、これまでに自分の身に起こったすべてのことを思い出し、宇宙のあらゆるところで起こっているすべてのことを知覚する能力を有している。頭脳と神経系統の機能は、主に無用で筋ちがいなこういう厖大《ぼうだい》な知識のために人間が圧倒され、混乱させられるのを防ぐことにある。ほうっておけば人間が知覚してしまうものの大半を閉め出すことによって……」

普遍的な（すべてを抱合するような）意識は、人間の実際的な生存にはプラスにならない。過度の意識を閉め出す（人間がそれを持つのを防止する）機能が頭脳に備わっている、ということ。人間のエネルギーは、生存などの実際的な目的に使われなければならないので、意識は限定されている。意識の解放を叫ぶものとして、この問題をどう解決するのか。

意識を解放し、すべてを知覚する能力にエネルギーが使われた場合、本当に「生存」が危ぶまれるのだろうか。意識の解放（拡大）と生存を両立させるには、頭脳や神経、感覚器官の変革がなされなければなるまい。果たして人間にそんなことができるだろうか（システム変更の機能）。古代人がそういったシステムを有していたとしたら、不可能ではないだろう。長い年月をかけて変わってきたシステムを一挙に変革するとなると、ドラスティックな結果をもたらすことはあり得るが。僕が発狂したのはこれだったのかもしれない。

図⑤は、現在の人間の、頭脳、神経、感覚器官と意識が知識をどう取りこんでいる

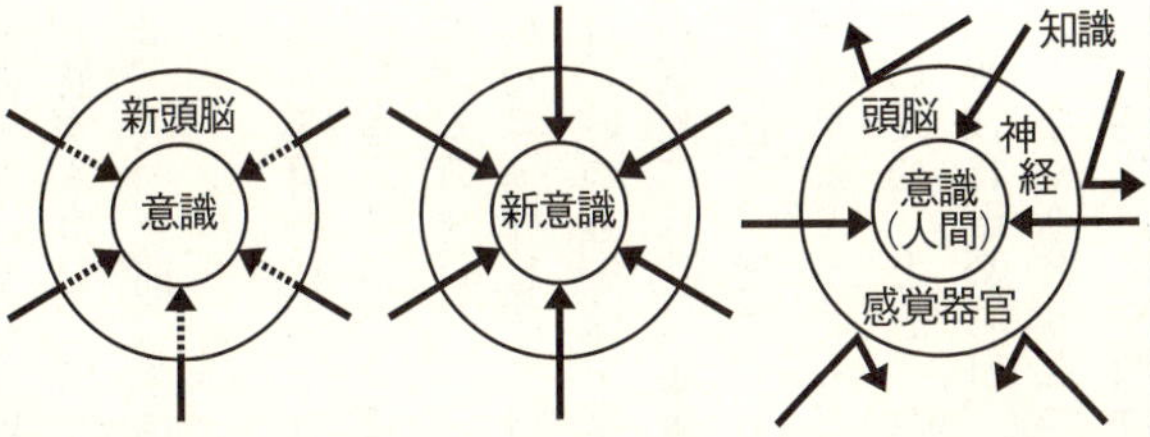

図⑦　図⑥　図⑤

かを示したもの。頭脳等は、意識が厖大な知識にさらされることを防ぐオゾン層のようなもので、これをとっぱらってはおそらく人間は生きていけない。

しかし、図⑥のように意識を改革すればどうだろう。新しい意識は厖大な知識にさらされても大丈夫。今まで知り得なかった知識が手に入る。そうなると、頭脳等は機能する必要がなくなり、これは死後の世界を意味しているのかもしれない。『宇宙のサムライ』では、「意識実体は、肉体脳髄の解体と共に、自由な独自の存在に解脱《げだつ》して、宇宙人となる」と書かれている。これは死んでからでないとわかるまい。

図⑦は、頭脳、神経、感覚器官等を改革したもの。あらゆる知識を取り込んでも、意識（人間）が混乱しないような形で取り込む。頭脳系のシステムをそのようにプログラム変換するのだ。僕としては、この可能性を考えてみたい。発狂しないでこれができれば、真の人間改革は可能だということだ。

一九八八年暮れから一九八九年春にかけては、様々な本にインスパイアされて、こんなことを考えていた。ここで、その間に起こった日本中を揺るがせた出来事について触れねばなるまい。

一九八九年一月七日の昭和天皇崩御である。

その日、いつも午前中はほとんど寝ている僕は、親父《おやじ》がつけたテレビニュースのただならぬ気配に八時に起床し、テレビに釘《くぎ》づけになった。父は店を休むことにして県庁へ記帳に行き、僕は一日中テレビを見ていた。次から次へと、今まで見たこともない、昭和天皇にまつわるフィルムが流され、そうか、これらはこの日のために秘蔵されていたのだな、と思った。思えば元号が法制化されたのもこの日のためだったのだ。

元号は平成に改められ、テレビのインタビュアーは街行く人々にインタビューした。それはこんなやりとりだった。

Q「新しい時代に何を期待しますか？」

A「平和な世の中になってほしい」
Q「天皇に何を期待しますか？」
A「平和な世の中にしてほしい」

この退廃的なやりとりは何だ！　僕は腹を立てた。なぜ「新しい時代への抱負は？」と聞かない？　なぜ「平和な世の中にしたい」と答えない？　「平和」という大事なことを人任せにするのか？　天皇に世の中を平和にすることなどできるもんか。自分達一人一人が世の中を平和にしなければならない、あるいは平和にすることを考えなければならないはずだ。世の中には武器メーカー、武器商人をはじめとして、平和になってしまったら困る人々がゴマンといるのだ。平和にしたくない人が、平和にならないように行動しているのと同じように、いやそれ以上に、平和な世の中を築こうと強い信念を持って行動しなければならないのではないのか。日常生活のレベルでも、一人一人が周りの身近な人達との関わりの中で、仕事をしながら、子供を育てながら、恋人と愛を語りながら、平和のことを考える。本当に平和を望むなら、まずそういう姿勢か態度か習慣が必要ではないかと思ってしまった。

天皇の仕事は、世の中が平和になることを願うこと、希望することだ。そして、国民はそれを実現させることを考え、実行しなければならない。

天皇が願う平和を国民が実現する。

国民と天皇の関係はこれでいいのではないか。天皇のお言葉によくある「〜を希望します」という言い方は、何か無責任な感じのイメージがつきまとうが、我々はもっと真摯《しんし》にこの言葉に耳を傾ける必要があるということだ。

さかのぼること一ヵ月前、一九八八年十二月七日に長崎市の市長が「天皇の戦争責任はあると思います」と発言し、問題になったことがあった。昭和天皇の存命中に何とか主張しておきたかったのだろうが、右翼に脅迫されたり、自民党に発言撤回を求められたり、全国から賛否両論の手紙が何千通も同市長あてに殺到したという。

僕は昭和天皇の戦争責任については、きわめてシンプルな解釈をしている。昭和天皇は敗戦後、進駐してきた連合国軍の最高司令官に対し、「すべての責任は私にあります」と明言しているのだ。天皇は自ら自分の責任を認めていることになる。にもかかわらず、天皇に戦争責任はない、あれは軍部が勝手にやったことだと主張している人々は、天皇はマッカーサーに対してうそをついた、という解釈をしているのだろうか。天皇は自分の責任をはっきり認めて、マッカーサーは天皇を神から人間に引きずり下ろし、新しい天皇制を利用して、戦後日本をアメリカの協力者に仕立て上げたのだ。だからアメリカに対しては誠実に責任をとっている。では、中国、韓国に対してはどうか。彼らは連合国サイドにいたのだから、日本に対する制裁を事実上アメリカに委任してしまったということで、それは連合国側の問題のはずだ。

　ということで、昭和天皇はとっくの昔に戦争責任をとっており、死をもって償うべきだったとは僕は思っていない。それより岸信介《のぶすけ》、児玉誉士夫《こだまよしお》、笹川《ささかわ》良一がA級戦犯を免れ、総理大臣になったり、大物フィクサーになったり、良識の代表みたいな顔をしていることの方がよっぽど解《げ》せない。

　大喪の礼の日、僕は警戒中の東京へ遊びに行った。まず久しぶりに亜細亜堂へ向かい、芝山さん、小林さんの歓迎を受けた。先輩演出家のMHさんに、何か面白い本はないか、教えてもらった。彼は僕に、ポール・ギャリコの何冊かの本を紹介してくれた。さっそく翌日、P氏と神保町に繰り出し、何冊かのポール・ギャリコとコリン・ウィルソンと、それに吉成真由美《よしなりまゆみ》の『新人類の誕生』等を買った。『新人類の誕生』は、薄い本ながら、〝二十世紀に入ってから起こったパラダイムシフト〟など、興味深い内容で、さすがノーベル賞科学者の奥さんのことはあるなと思った。いや、その前から、彼女はNHKのコンピューターグラフィックスの番組等に出演していてずっと尊敬していたのだが（僕は、母と祖母と妹を除いて、尊敬している日本人女性が三人いる。オノ・ヨーコと吉成真由美とGさんだ）。

ポール・ギャリコの著作は、どれも人間の信じる心を大切に扱っており、夢を信じることこそ、奇跡を起こし、夢が叶《かな》うという、楽観的な、真正な物語ばかりで、深く感動した。僕が読みたかったのはこういう物語だったのだ。特に『七つの人形の恋物語』と『ジェニィ』と『スノーグース』はお薦め。実はハヤカワ文庫から出た『ハイラム氏の大冒険』を探したのだが、絶版になったらしく、古本屋をしらみつぶしに探しても見つからなかった。P氏が「実家に帰ればあるはずだ」と言うので「じゃ、今度持ってきてくれ」と頼んだのだが、彼は面倒くさがっていまだに持ってきてくれない。

一九八九年一月から六月にかけては、昭和天皇に続いて手塚治虫《おさむ》が、美空《みそら》ひばりが死んでいった。だが、僕はコリン・ウィルソン等についての考察と、同人誌に載せる原稿の下書きで忙しく、ほとんど日記をつけていない。

日記が復活したのは、四月初旬、消費税について文句を書いたものだったが、それはあまり面白くないので、四月九日にＮＨＫ教育で放映された演劇『セツアンの善人』について感想を書いたのを紹介したい。

一九八九年四月九日、ブレヒトの『セツアンの善人』を見た。演出千田是也《これや》、主演栗原《くりはら》小巻。ブレヒトには興味を持っていたものの、まだ一度も見たり読んだりしたことがなかったので、今回腰を据えて見たが、非常に面白かった。言葉遣いは平易だが一語一語の意味は深く、あるセリフについて考えようとしても、劇はどんどん進行していってしまう。ビデオに録《と》らなかったことを後悔した。

神は我々に、大砲や戦車や飛行機をくれればいいのに、それをくれず、重たいおきてを与えた。それはあまりに重い荷物のようなもので、人はもっと軽くしてほしいと願う。でも、神に言わせれば、愛や名誉やそういったものを、ほどほどなものに引き下げると、大変なことになるらしい。荷物を軽くしてくれと、水売りに言われた神のあわてぶりは尋常なものではなかった。シエン・テは善人だったが、人に善をなすと自分は生きていけない。自分にはいとこのシユイ・タ（実はシエン・テが演じている）が必要だという。シユイ・タの、人を過酷に働かせるやり方で、彼は大きな工場を持つに至る。だが、シユイ・タがシエン・テを誘拐したという疑惑が起こり、彼は裁判にかけられる。裁判官は三人の神様。シエン・テは皆の前に姿を現し、神は月に一回くらいならシユイ・タになることを許し、なおもすがりつくシエン・テを尻目《しりめ》に「これでいいのだ」と天へ帰ってしまう。

人は善人でなければならないのか。善のみで生くるに非《あら》ずなのか。人の変革か、世の変革か、神はいらないのか。水売りは観客に、「考えてくだせえ」と重い宿題を残し、芝居は幕を降ろした。

僕にとっての善とは、直接人に奉仕することではなく、現実の究極の姿、宇宙の真理をつかむことである。昼も夜も、何をする時も、そのことに頭をめぐらせて生きていきたいと思っているし、それが僕の使命だと思っている。それが人にとって何の役にも立たないのなら善ではないかもしれないが、そうすることで人と世の中を変革したいと思っているし、それが善だと思っている。でもそんなことばかり考えていては、僕の生活が成り立たないことも承知している。森田先生は僕に「仕事をちゃんとしさえすれば妄想してもよい」と言ってくれた。これは僕にとっては神の言葉だ。仕事にも考えを向けると同時に、想像にも頭を使い続けよう。社会的生活と想像的生活の両立だ。妄想はしばしば瞑想《めいそう》になり、いつか神の真意をつかむことができるようになるかもしれない。でも失敗すれば、僕はまた精神病院送りだ。

四月十二日、以前から出ていた本だが、唐十郎の『佐川君からの手紙』と広瀬隆の

『クラウゼヴィッツの暗号文』を続けて読み、こんなことを日記に書いた。

唐十郎の『佐川君からの手紙』を読み終えた。実際にあった現実と作者の妄想が同じ舞台で展開するとんでもない小説であった。終わりの方で、唐十郎の妄想を佐川君に書き送って、「まったく覚えがありません」という返事をもらっているが、これは本当の出来事なのだろうか。だとしたら、作者の妄想も作者にとっては現実だったということだ。唐十郎はこのような見方で現実を受けとめていたということだ。現実は一つしかない。が、受け取る人間によって幾つもの見方がある。そのあまりにも極端な例を示した小説だ。唐十郎にとっては、決して極端ではなく、ごく自然な見方なのであろう。人はそれを、否定的にとれば「妄想」と、好意的にとれば「誤読」と言う。でも、ありきたりの態度で接していては、決して見ることのできない現実の究極の姿へ近づくアプローチとして、彼の見方は鋭い。一人よがりの妄想と片づけることができないものがある。唐十郎のお婆《ばあ》さんと佐川君は〝何かつながっているような気がする〟どころか霊的空間で実際につながっているのであろう。でなければ、お婆さんが佐川君と関係を持った、しかも食人行為と直接の関係があった若い女性として、唐十郎の目の前に現れるわけがない。

『クラウゼヴィッツの暗号文』を『佐川君からの手紙』の前に読み終えたのだが、広瀬隆も唐十郎同様、自分の妄想を基に事実を明らかにしようとしている。クラウゼヴィッツの『戦争論』を、フリードマンの暗号解読と結びつけるのは、ほとんど関係妄想に近い。しかし事実と事実の関連性に注目することによって、見えなかった真実が見えてくる、というのは真理だと思う。広瀬隆も小室直樹同様、一九八三年の大韓航空機撃墜事件をCIAの謀略と決めつけている。おそらく中曽根氏がアメリカで〝不沈空母〟発言をしてソ連を震撼《しんかん》させたのも、これと無関係ではあるまい。しからば今のゴルバチョフ体制とアメリカの共和党政権の関係はどうなっているのか。自民党政権との関係はどうか。注目していかねばなるまい。事実の陰に隠れて見えない本当の事実をつかむことだ。一つのアプローチとしては、ある目的を達成させるために、それとは反対の手段を使うことがある、ということの認識だろう。リクルート事件は果たしてそれに当てはまるかどうか。当てはまらないとしたら自民党ほどバカな集団はあるまい。自民党が失脚して喜ぶのは誰だ？　なんか野党ではないような気がする。あまり表に出ない、ある種の勢力が存在するのではないだろうか。自民党は何かに振り回されているのではないか。あるいはそういう演技をしているのか。暗号文を解く鍵《かぎ》はどこにあるのだろう。

一九八九年四月から七月にかけては、僕は東京のP氏と、アニメ『うる星やつら』に関する往復書簡のやりとりをし、また、同人誌に載せる原稿を書くのに時間をとられていた。一九八九年六月は、天安門事件という大きな事件があったが、それに関しては日記には何も書いていない。中国は大変なことになっていると思ったものの、これで共産主義が崩壊するとは思っていなかった。民主主義社会が成り立っていくためには、その仮想敵国である共産主義国家も必要だろうと考えていたのだ。まさかこの年の秋に東欧諸国が次々と崩壊し、二年後にはソ連も消滅すると、誰がこの時点で予測できただろう。事実は小説より虚構的なのだ。

この間読んだ本は、『脳細胞日記』（太田健一）、『イエスタデイ・ワンス・モア』（小林信彦《のぶひこ》）、『オシャレ泥棒』（中森明夫）、『長男の出家』（三浦清宏《きよひろ》）、『純愛映画・山田さん日記』（竹野雅人《まさと》）、『哀《かな》しい予感』（吉本《よしもと》ばなな）、『〈感想〉というジャンル』（島弘之《ひろゆき》）等であり、それぞれ感銘を受けた。また、月刊文芸誌「海燕《かいえん》」を一九八九年六月号から買い始め、一九九〇年三月号まで毎月買い続けた。

『脳細胞日記』は、自分の最も興味あるテーマをかなりダイレクトに書いてくれて、好きな本だ。作者が自分より二歳年下だと知って、脱帽せざるを得なかった。全体に暗くて不穏当な展開を見せるが、実はかなり楽観的なところがあって救われる。意識の改革を海賊放送で叫ぶ隼人に影響されてか、浩と陽子が少しずつ変わってくるところが良い。コリン・ウィルソンの『精神寄生体』に似ていると思ったし、放送で演説するくだりは、タルコフスキーの『ノスタルジア』の発狂した老人のようだ。〝名状し難い〟という形容詞が三回も出てくるところはラヴクラフトか。ラストの、主人公があらゆるものの中から隠されたメッセージを探そうとするくだりは、三年前の自分と同じではないか。作者もそういう経験をしたことがあるのだろうか。僕だけではないという明るい希望が湧《わ》いてきた。でもこの先、こういう行為や考えが、果たして〝救い〟というか〝カルマの解脱《げだつ》〟へと向かいうるのかどうか、これは作者にもわからないとみえる。いつか次の段階へ進む小説を書いてほしい。

島弘之の『〈感想〉というジャンル』も苦労して読み終えた。小林秀雄《ひでお》の『感想』で述べられている科学と哲学の類似性（ベルグソンとハイゼンベルクの考えが同じということ）、カバラーと、イエイツの『ヴィジョン』に関する論考が面白かったが、概《おおむ》ね難解で読みづらかった。どちらかというと、前半の文芸批評っぽい文章より、後半の神秘主義っぽい文章の方が読みやすく、著者の面目躍如たるところがうかがえた。イエイツの『ヴィジョン』は邦訳されているらしいので是非手に入れたい。『感想』

も読みたい。

吉本ばななの『哀しい予感』は読みやすくてそれなりに面白かったのだが、プロットが、川原泉の『3月革命』というマンガに似すぎていた。というより彼女の小説は少女漫画の世界なのだ。僕は、だからといって少女漫画をバカにしているつもりはない。川原泉や大島弓子の描く漫画は、下手な小説をはるかに凌駕《りょうが》しているのだ。僕は吉本ばななよりも、川原泉や大島弓子の方が優れていると思う。

一九八九年七月、僕は苦労の末、八月に刊行予定のP氏の主宰する同人誌『動画少年』用に短い原稿を書き上げた。結局その号の掲載には間に合わず、二年後に出た一二号に掲載されたのだが。アニメ『うる星やつら』に登場するコタツネコというキャラクターについて書いたものだが、当時僕が普遍的と思っていたテーマについて書いたものなので、『うる星やつら』に関心のない人にも読んでもらいたい。以下全文。

丘の上のコタツネコ

ビートルズの曲に『フール・オン・ザ・ヒル』というのがある。丘の上に立って、陽が沈むのを、世の中がグルグル回るのをただ見ている「バカ」な男のことを歌った曲だ。といっても単なるばかではなくて「時空を超えること六千フィート」と言ったニーチェの『超人』のようでもあるし、『イエロー・サブマリン』のラストで遥《はる》かな高みに昇っていくジェレミー、あるいは『天才バカボン』のOPのバカボンのパパのようでもある。ポール・マッカートニーの曲らしいが、ジョン・レノンのことを歌ったのかもしれない。色々と想像力をかきたててくれる曲ではある。

この曲をアレンジしたものが、『うる星やつら』第74話、コタツネコが初登場する「階段に猫がおんねん」の冒頭のシーンでBGMとして使われた。あまりに『うる星やつら』然としたBGMだったので、ビートルズファンでも気づかなかった人もいたかもしれない。他にも『ユア・マザー・シュッド・ノウ』、『マジカル・ミステリー・ツアー』といったビートルズナンバーが、やはり『うる星やつら』調にアレンジされて、いくつかの話数で使われている（ちなみにこれら三曲はいずれもアルバム『マジカル・ミステリー・ツアー』に収録されているもの）。後の二曲は、どちらかと言えば元歌とは無関係に単なるBGMとして使われたにすぎない。しかし『フール・オン・ザ・ヒル』は、あたかもコタツネコのテーマ曲であるかのように、意図的に選曲された感がある。『フール』は、ジェレミーやバカボンのパパより、コタツネコのイメージによほど近い。岩谷宏《いわたにひろし》はこれを「超越しちゃったひと」

と意訳しているが、コタツネコはまさに「超越しちゃった猫」ではないか。誰が選曲したのか知らないが、コタツネコと『フール・オン・ザ・ヒル』を結びつけたのは、ひらめくような洞察であったと思う。

コタツネコは、いわゆる「化け猫」ではあるが、成仏《じょうぶつ》しそこなった幽霊ではなく、怨念《おんねん》の権化《ごんげ》としてちゃんと肉体を持って生きている。彼の怨念とは、生前というか普通のネコであった時（江戸時代らしい）、欲しくても得られなかった「ぬくもり」への強烈な志向である。だから彼が〝友引ワールド〟という現実世界に付与している唯《ゆい》一《いっ》の意味は「ぬくもり」であり、具体的にはそれをもたらす「コタツ」である。コタツにあたることが至上の喜び、絶対的価値、現実の究極的な姿なのだ。と言っても、いつもコタツを血眼になって求めているという風でもなく、やまざきかずおが言うように、何も考えていないように見える。超然として「二つの目玉で世の中を眺めている」のだ（あの大きな目玉は、吾妻ひでおの描く『トラウマくん』のそれとよく似ている。生前コタツにあたれなかったことが、コタツネコのトラウマとなっていた、というわけでもないだろうが）。神仏に仕えるチェリーやさくらよりも、観照の境地を身につけている風情《ふぜい》だ。コタツネコの目を見ていると、こいつは何も考えていないが、宇宙のすべてを知っているんではないかとすら思えてくる。『フール』が「天上で千もの大声で話している」ように。

『フール』は通常の価値尺度から外れた、いわゆる「アウトサイダー」であり、果たして超人なのか単なるバカなのか、この段階ではまだわからない。だが、こういう人は究極の自己実現を達成する可能性を持っているのではないだろうか。仏陀《ぶっだ》の教えによれば、自己実現は、人間のあらゆる機能から完全に分離し、観照の態度を身につけ得るか否《いな》かにかかっている。これを成し得て初めて、自分があらゆるものを超越した存在であることを知り、「輪廻《りんね》」から解脱するのだ。

「生きる喜び」と言ってしまうと車のCMみたいだが、生を肯定する強烈な思いというのを感じたことがあるだろうか。たとえば黒澤明の映画『生きる』で、自分の使命を見つけ、『ハッピーバースデイ』のコーラスの中、階段を下りていくときの「渡辺さん」が感じていたであろう、強烈な至高感のことだ。あまり詳しくないが、ウイリアム・ブレイクやワーズワースの詩に出てくる類《たぐい》のものだ。おそらくコタツネコがコタツにあたっている時感じているのは、まさにそれなのだ。われわれが何かの拍子に感じたとしても一時的なもので、長続きせず、次の瞬間には「現実」にうちのめされ、その気分を思い出せなくなりさえする「至福の状態」を、コタツネコはコタツにあたっている限り味わい続けることができる。「快楽」＝「破滅」型のあたるとは、ちょうど対極をなしている。あたるは極端だとしても、われわれはあたるの方にはるかに近い。

コタツネコにとってコタツは、単なる「暖まるための道具」ではない。それゆえチエリーに「電気の通じていないコタツは暖かくない」という唯物的現実を指摘されて、おのれの霊的現実を足元から掬《すく》われたのであるが、コタツに電気を通すのは、これはたやすいことだ。だから彼はたやすく己の価値観を満足させることができる。コタツにあたると生きている喜びを感じる人は多いだろうが、人生のすべてをコタツに捧《ささ》げられる人はまずいまい。コタツネコにとってコタツが象徴しているのは、自己実現にほかならない。

コタツネコは普通の猫としては一度死んでいるのだから、友引ワールドは彼にとっては「彼岸」の地であるともいえる。だから簡単に自己実現がなし得るし、何も考えずに生きていける、と言ってしまえばそれまでだ。われわれがそれを成すには、あまりにも現実に縛られすぎている。生きていくために頭を使いこそすれ、至上のものを求めるために使うことに慣れていない。そもそも求めて得られるのかどうかもわからないし、何を求めればいいのかわかっているのかどうかも疑問だ。でも「彼岸」でではなく、生きているうちに「コタツ」が得られればどんなにか幸せだろう、と思う。現実生活が営めなくなるという、大きな弊害を無視できるなら、コタツネコの「何も考えない」態度は一つのヒントを与えてくれる気はする。理性や思考より、直感や洞察といったものを頼りにする生き方、ということだ。別に古代人に戻れと言うのではない。疑似体験でもいいから、モーツァルトやビートルズや『うる星やつら』から得られる「幸せな気分」を大切にしよう。動画少年達よ。それぞれ自分だけの強烈体験に出会ったら、大事に育てていってほしい。想像と直感は密接につながっている。すべての真正な創造は、そこから始まるのだ。

ジョン・レノンが晩年に作った曲『ウォッチング・ザ・ホイールズ』や『ノーバディ・トールド・ミー』を聞いていると、彼はその時点でかなり「解脱」の境地に近いところにいたのではないかと思えてならない。生前『ノーウェア・マン』であり、『フール』であった彼は、友引町に現れたコタツネコのように、天国ではなく次の過程の世界で、「コタツ」を見つけることができたであろうか。

でも、「コタツなんかいらないよ」という生き方の方が健全なのだろう。たぶん。

幼女連続殺人事件

一九八九年七月二十三日、参院選投票日、僕はまだ誰に、何党に投票すべきか決めかねているままに、テレビ朝日の『サンデープロジェクト』を見ていた。番組では、十時現在の投票率を発表し、前回より上回っていることを明らかにした。「投票率が高くなると野党優位に動くのではないか」と番組は推測し、「皆さん投票へ行ってください」と呼びかけていた。テレ朝は野党を応援しているとしか思えん。この番組を見て、どこに投票するか決める人も多いのではないだろうか。現に僕もこれを見ながら考えていた。これ、ずいぶん影響力のある番組だと思えてきた。

自民党の昨今の弱体ぶり、失態ぶりは目に余るものがある。本当に野党、いや社会党が過半数を占めるんじゃあないかと思えるくらいだ。ひょっとして自民党は、自ら政権の座から撤退しようとして画策しているのではないか。

それは中国、韓国で相次いで起こっている事件とも無関係ではない、何か世界的規模の大いなる意思に従ってのことではないかと、例によって妄想してしまった。野党に政権を担当できる力があるとは思えない。一時的に混沌《こんとん》をもたらそうとする意思が働いているのではないか。リクルート、消費税、農政問題、おまけに首相の女性問題、相次ぐ閣僚の失言とあまりにも自民党失脚のためのお膳立《ぜんだ》てが調いすぎている。陰で舌を出しているのが自民党だとすると、いったん政権をあけ渡して何をしようとしているのか。

結局僕は、散々考えた末、〈選挙区〉は自民党の吉川芳男氏に、〈比例代表〉はどこにもいれる気になれず、投票用紙を突き返すのもなんだと思ったので、φ（空集合）を書き込んで投票した。白紙でも無効でもない、積極的な選択の結果だと思っている。

今回の参院選はミニ政党が乱立した。ＵＦＯ党なんぞという党が、自民党や社会党と同等にＮＨＫの政見放送で、真面目《まじめ》な顔で「ＵＦＯの襲来に備えて世界的なネットワークを作るべきだ」と力説していたのには笑ってしまったし、「スポーツ平和党」に至っては、また現実がアニメを超えてしまった、と思ってしまった。

開票が終わり、この選挙は社会党が大勝利を収めた。しかしテレビに映った土井委員長は、喜色満面と思いきや、青ざめて元気がなく、怪気炎を上げていた開票前とは別人のようだった。その夜、特番の『選挙ステーション』に、自民党の羽田孜《はたつとむ》副幹事長と社会党の土井委員長が並んで出演していたが、久米宏《くめひろし》によれば、ＣＭ中、羽田氏が土井さんとの間を手で仕切って「明暗だね」と冗談を言ったら、土井さんは情けない声で「そんなふうに見える？」と言ったらしい。確かにどっちが勝ったのかわからないくらい、土井さんは暗く、羽田氏はサバサバとして明るく見えた。さかんにテレビに出てくる石原慎太郎氏もさわやかでいい顔をしているように見えるし、自民党は思惑通りに敗北してほくそえんでいるのだろうか。わからん。

七月二十七日。石原慎太郎氏がテレビで「世界一の経済国家がなんで社会主義になるんですか。僕は全然わからない」と発言した。マルクスの『資本論』では、共産主義は成熟した資本主義の次に来るもの（つまり〝ポスト資本主義〟が〝共産主義〟）というのが基本理念なのだから、もし今の日本が成熟した資本主義であるなら、次に社会主義になるのは、マルクスの理念通りではないか。何でそんなことが全然わからないのか、全然わからん。現実の世界では、理念と違って経済が劣っている貧乏な国が共産主義になっているから、所詮《しょせん》マルクスのは机上の空論だと決めつけているのだろうか。成熟した資本主義国家が共産主義に移行した例は、まだ歴史上ないのだから、マルクスが正しいのか間違っているのか、まだ実証されてはいないのだ。

小室直樹も『昭和天皇の悲劇』の中で、中国とソ連の例を挙げて、「共産主義より資本主義の方が優れていることが証明された」と言っているが、ほんとかなあ。

一九八九年八月十日、ショッキングな事件がマスコミで大きく報道された。すでに強制わいせつ未遂の疑いで逮捕されていた二十六歳の男が、未解決だった幼女殺人の犯行を認める供述をしたのだ。僕はこのニュースを知り、犯人像がしだいに明らかになっていくに連れ、茫然《ぼうぜん》自失の状態になった。容疑者は僕と同じ昭和三十七年生まれであり、境遇といい趣味といい性格といい、僕とそっくりなのだ。『佐川君からの手紙』ではないが、僕とこの容疑者は霊的な空間でつながっている、いや同一人物なのではないかと妄想してしまったほどだ。もちろん僕は、どんなにおかしくなっても(このセリフはおかしくなった経験のある者でないと使えないと思う。重いセリフだと思ってほしい)、幼女を殺したりはしない。僕は精神障害を患《わずら》ったが、その時僕がとった異常行動は、人の家に土足で侵入したり、窓ガラスを叩《たた》き割ったりしたくらいだ。もっともそれだけで十分アブナイが、少なくとも人を傷つけたりはしなかった。僕はとっさに、彼は精神異常者ではないかと思ったが、そうなると僕は彼と同じ危険人物にされるおそれがある。それは何としても避けたかった。

マスコミの報道の仕方で、問題だなと思ったのは、犯行の容疑者の段階である彼の名が〝容疑者〟もつけられず、実名で呼び捨てにされていたことだ。僕は、彼は幼女にいたずらするしかセックスの処理ができない、気の弱い青年で、警察に「幼女殺人の犯人もお前だろう」と迫られて、本当に自分が犯人だと思い込んでしまって、ウソの供述をしたのではあるまいかと思っていた。すぐ後に証拠のビデオテープが見つかり、彼の犯行に間違いないことがほぼ確定したが、一歩間違えれば冤罪《えんざい》の可能性もあったのではないか。もしそうなったら、マスコミは彼の実名を兇悪《きょうあく》犯として報道した責任をどうとるつもりだったのだろう。また、もう一つ問題なのは、彼が精神鑑定を受けて責任能力がないと判断され、起訴されなかった場合、その後の彼の名はどう報道されるのだろう。昔、日本航空の機長が事故を起こして実名で報道され、その後病気であることがわかり、「K機長」に改名されたことが頭にちらついた。

彼が精神異常かどうか、今の時点（一九九四年二月）ではまだ明らかにされていない。明らかになっているのかもしれないが、それが報道されたのを僕は見たことがない。もし、精神障害者としてどこかの病院に収容され、無罪が確定するなら、これは多くの善良な精神障害者にとって大変迷惑を被《こうむ》ることになる。世間では、この男は許されざる極悪人であり、死刑になって当然とする見方が多いことだろう（その最たるものは、「新潮45」〈十月号〉の石堂淑朗《としろう》の「気違いは抹殺されなければならない」だった）。もし責任能力なしと診断されたら、社会の精神障害者に対する見方は厳しいものになるだろう。

この事件はしばらく連日報道され、作家や評論家や学者が色々と彼を分析した。曰《いわ》く「彼は現代の若者を象徴している」、曰く「現実と虚構の境がわからなくなった男の異常行動」など。僕は、自分に似ていると思ってはいたが、肝心の犯行の動機については さっぱりわからなかった。ただ〝今田勇子〟名で書かれた彼の声明文は、文脈はしっかりしていたし、幻覚、幻聴、妄想のたぐいもなさそうだし、健常人として起訴されることを切実に願っていた。責任能力なしと診断されたら、娘を殺された両親の恨みは晴らされないし、全国の精神障害者が白い目で見られるし、第一、当事者から正当な裁判を受ける権利を取り上げることになる。

この事件に関しては、思うところがたくさんあって、その後の捜査の進捗《しんちょく》、報道にともなって、色んなことを考えたのだが、それはおいおい述べていくことにする。僕はこの年の十月、再び精神科に入院することになるのだが、この事件が、その一つの遠因になっていたと言って間違いではない。入院中も彼に関する新しい情報が、僕の知るところとなるたびに、僕は頭を抱えざるを得なかったのだ。

気を取り直して、僕はまた読書に取り組んだ。ジョナサン・キャロルの二冊目の本

『月の骨』を読んだのだが、この中にも正真正銘の精神病患者が登場し、彼が凶暴なふるまいに及ぶのだ。僕は気が滅入《めい》ったが、読むべきではなかったとは思わず、真実とか愛とか勇気とかいった大切な言葉が言い表している本当の意味内容を、現実と夢の世界との交わりの中で明らかにしようとした、真正な意欲作として高く評価した。『月の骨』の夢の世界においては、我々が使っている「勇気」とか「愛」とかいう重要語句が、それぞれ「骨」に対応している。「骨」や「愛」が意味する〝意味内容〟の領域は何気なく生きている人には多分わからない領域にある。「究極の現実」を知っている人にしかわからない領域だ。人は常にこの領域を模索というか、知るために生きる。それが肯定的な、楽観的な生き方であり、真正な哲学者や詩人の生き方だ（ベルグソンは「できない」と言うだろうが）。簡単に言えば、「愛」とは何かを考えること。恋愛中の男女なら、考えなくても感じることはできようが、それでも愛の本質、意味内容はなかなかわからないのではなかろうか。

この年の八月に、宮崎駿監督の『魔女の宅急便』を見ていて、その感想を九月の日記に書いた。以下その全文。

『魔女の宅急便』について——知らない人との出会いということ

宅急便という仕事で知らない人と出会い（ウルスラとの出会いも宅急便ゆえのこと）、関わりを持つ。老婦人との温かい交流、彼女の孫娘の冷たい態度、そういったことが、魔力がなくなったことと無関係ではないはず。単に風邪をひいたからなら、風邪が治れば魔力も回復するではないか。ところがキキは、結局ジジの言葉を理解する力も失ってしまった。

『ラピュタ』も『トトロ』も『コナン』も『パンダコパンダ』も、宮崎作品はすべて〝出会い〟から始まっている。出会い自体は、物語の始まりとしてありふれているし、日常生活の中でも何度も十分体験できること。大事なのは、どういう交流があったか、あるいはしたかということだ。老婦人との交流の場合、彼女の都合で仕事ができなくなったのだから、彼女がおわびの意味も込めて差し出したお金を黙って受け取り、帰っても、責められるものではない。だが、キキはそれをしなかった。全く予想もしなかった新しい交流が生まれ、老婦人とキキの心に、温かな歓《よろこ》びをもたらした。

トンボへのやきもちとか、チャラチャラしたものへの憧憬《しょうけい》とかいった、いわゆる否定的な感情が魔法を奪ったのかどうか、考えてみたい。とすると魔法は、感情に左右されるもので、いつも生に対して肯定的な気分でいなければ使えないことになる。十三歳になるまで飛ぶことだけとはいえ、使えたのは、いつも生への喜びを感じていられたからだということだ。果たしてそうなのだろうか。

楽しいことがあったり、落ち込んだりという感情の起伏が、魔力を奪ったとも考えられるが、どうだろうか。

どちらかというと、後者に近いような気がするが、もう少し厳密にまとめてみたい。魔女にとって魔力がなくなるというのは、普通の人間にとって何かに相当するものがあるのではないか。そして、それを克服して魔力を回復させるのは何を意味しているのか。魔力という言葉の意味内容を考えてみたい。

ファンタジーの世界も我々の現実世界も、共通の意味内容を持っているはずで、その内容を示すモノが違っているのだ。人間の描き方に対しては、ほとんど変わらないはずだ。ただし宮崎駿の場合は特に、現実ではなかなかできない、生に対して肯定的な、積極的な態度を、主役キャラクターにとらせようとしている。そうでなければ作品を作る意味がないというようなことを、何度も言っている。特に子供を対象としたものは尚更《なおさら》。

この映画における「魔女」あるいは「魔力」は、現実世界の何かに対応しているのだろうか。しているとすると、それは単に昔から言われている（中世的なイメージの）いわゆる魔女にすぎないのか。そうではないだろう。多分「女の子」だ。どこにでもいる「女の子」。別に男の子であってもいいし、大人の女性でもいいだろう。そして何より、映画の中の、大勢の普通の女の子の中の特別な女の子としての「キキ」は、映画を見ているたった一人の女の子自身なのだ。映画を見ている女の子のあなた、キキのように、落ち込んだりしても元気に生きてください。キキはあなた自身なのです。あなたにも魔法があるのです。と、宮崎駿は言っているわけだ。こういうメッセージは、今までの彼の作品すべてにあったが、『魔女の宅急便』のこのメッセージは、最もストレートなものだと思う。

キキの魔法は空を飛ぶこと。他にも占いのできる魔女もいる。現実の女の子にも、それに相当する力があるのだ。それは、例えば人の心に喜びを与えたり、あるいは沈んだりもする豊かな心を持つことだ。キキはそういう多感な心を持つことによって魔力が劣ったということは、それは魔力の代わりに身につけた新しい力ということ。つまり、魔力とそういう心は対応している、ということだ。

僕はここまで理屈で考えてしまった。映画を見た小さい女の子は理屈ぬきですんなり受けとめたはずだ。そうであってほしい。

『月の骨』と『魔女の宅急便』二作についての論評は、ほぼ同時期に書いたもので、アプローチの仕方がそっくりである。「対応」とか「意味内容」という言葉が、現実世界と想像世界の関係を示すキーワードとして使われているのだ。また、当時、糸井重里が作った『マザー』というファミコンソフトに、中沢新一が寄せた〝想像的母親と社会的父親との対立〟という文章からも影響を受けている。

現象学とか記号論とか、ちゃんとした学問を学んでいれば専門用語が使えただろうが、僕にはその必要がなかった。僕には正統的な哲学よりも『月の骨』や『魔女宅』や『ぼのぼの』や川原泉や大島弓子といった俗物的な作品の方が、哲学に勝る表現で大事なことを伝えようとしているように思えたのだ。ここでは書評を割愛するが、特に『ぼのぼの』第四巻の〝死神ラッコ〟の話は凄《すご》かった。

僕は読書やアニメにばかりうつつを抜かしていたわけでなく、例えば店に来るお客さんとの会話、父親との普段の会話も大事にしていた。あまり突拍子もないことは言わなかったと思うが、深い意味のある言葉を極力吟味して使っていたつもりだ。ところが、言いたいことが複雑になってきて、それを正確に伝えることが難しく、普通のコミュニケーションをとることがだんだん困難になってきてしまった。それを最も象徴しているのが、九月十日に「おあしす」という近くのレストランで起こった事件だ。事件というほど大げさなものではなかったが、この出来事で、自分が他人とコミュニケーションをとることがいかに難しくなっているかを思い知らされた。どうも僕は、人とは違う所に住んでいる住人らしいということが次第にはっきりしてきたのだ。

その日僕は、「おあしす」でスパゲッティセットを頼んだ。その時、ちょっとしたオーダーミスがあり、ぼくはそれを謝りに来た店員に向かって、彼にとって不快な言葉を吐いてしまったのだ。彼は「なにもオーダーミスにあんな言い方しなくたって」と同僚にぼやいていた。僕はいたたまれなくなって、レシートの裏に、次のような言い訳を細かい文字でびっしりと書いた。

「先ほどは単なるオーダーミスに対して、あんなつっかかった言い方をしてしまって、申し訳ありませんでした。しかもわざわざ確認しに来てくれた人に対して……。でも、これには訳があります。以前からスパゲッティセットはたびたび注文し、その毎《ごと》にほとんどアイスコーヒーを頼んでおりました。それが先日、年配のウェートレスの方から『セットのドリンクはアイスコーヒーはできません』と言われ、でも今までは持って来てくれたと申しましたら、『それはバイトの子だから多分知らなかったのだろう』とのお答えでした。それで、今日、確認の意味も込めて、注文する時、『アイスコーヒーはつきますか？』と尋ねたのです。ウェートレスの女の子はそれに答えてくれず黙って去ってしまったので、まずそれにムッときました。でも、レシートを見たら『I・C（アイスコーヒー）』と書いてあったので、『なんだ、できるんじゃないか』と納得したわけです。ところが運ばれてきたのはホットコーヒーでした。その場ですぐ『アイスコーヒーを頼んだのですが』と言えばよかったんでしょうが、『お待たせしました』とも何も言わないその女の子の態度に気をそがれ、黙ってホットコーヒーを受け取りました。レシートに『I・C』と書いたものの、厨房《ちゅうぼう》に戻ってみたら、やっぱりアイスコーヒーはできない、と言われたのかな、とか色々気を回していたところへ、ウェーターの人が確認にきてくれたので、つい『できないのならそう言ってくれればいい』などと、とんでもないことを口走ってしまいました。こちらの勝手な思い込みによる暴言でした。ごめんなさい。アイスコーヒーができるのか、以前のウェートレスさんの言う通りできないのか、それが聞きたかったのです。だから僕にとっては、〝単なるオーダーミス〟ではなかったのです。そこのところご理解ください』

これだけのことを口頭で説明するのは僕には不可能で、言葉を選びながら、なるべくわかりやすく書いて、出がけにウェーターの人に「読んでください」と言って渡すと、その人は苦笑した。僕はゲンナリし、『ライ麦畑でつかまえて』のホールデン少年の夢想する〝口の利《き》けない男〟になりたいとつくづく思った。加えて、店の人達に変な人間だと思われるに違いないという被害妄想（病的なものではなかったが。病的な被害妄想というのはこんなレベルのものではないのだ）に陥ってしまった。

偶然この日はもう一つ、文章でコミュニケーションをとらずにおれない出来事があった。

いつも車を停めている駐車場の入口に停めてある車が、ギリギリ前の方へ停めてくれず、後ろを通るのに前から難儀していたのだ。そこで、この車のウインドーのところに「車が通りづらいのでもっと前の方へ入れてください」という紙をはさんでおいたのだ。その車の持ち主を知っていれば直接会いに行って、誠実な言い方をして頼んだことだろう。だが僕は、持ち主が誰だか知らなかったので、貼《は》り紙という行為に及ばざるを得なかった。その人は結局翌日から、車をうんと前の方に停めてくれるようになったので、貼り紙の効果はあったが、彼は不愉快な思いをしたかもしれない。

この他にも、それぞれはささいな出来事だったが、人とのコミュニケーションは難しいなあと思うことが続出した。でも、一度は人を怒らせるかもしれないが、それでもコミュニケーションをとった方が、とらないよりはよっぽどマシなんじゃないか、とも思っていた。怒らすのも一つのコミュニケーションだ。
しかし僕は、なるべく人を愉快な気分に、幸せにさせるコミュニケーションをとりたいと思っていた。僕ならそれができるはずだと、色々困難に遭いながらも、心の中で信じていた。

九月中頃からP氏あてに、これから同人誌サークルをどう続けていくか（幼女殺人事件で、同人誌とコミケットがピンチに立たされるのではと恐れていた）、その体制作りと気概のようなものを、便箋《びんせん》四〇枚という長い手紙にしたためた。以下、その抜粋（サークルの名称は「わんぱくスタジオ」、同人誌名は『動画少年』という）。

――（中略）――サークルのあり方として、人間関係の形成だなんて。お定まりのことを言っても仕方がありません。もう一つ「わんぱくスタジオ」というより『動画少年』に対する気概のようなものを書きます。もちろんこれは僕個人のもので、他の会員に「こういう気概で動画少年をやってもらいたい」というものではありません。

先の夏コミケにまるであわせたかのように騒がれた幼女殺人事件で、つくづく考えさせられてしまいました。つまり、「想像的世界が危機にさらされている」ということです。あの容疑者の場合、アニメや特撮といったものを指向し、自分だけの世界を築き、そのあげく我々の「現実」への対応ができなくなってしまった、というのが、大方の見方としてあるわけでしょう? つまり、先の往復書簡で、やまざきかずおのコメントに関してP氏が言っていた「ある作品に過剰に思い入れするあまり〜現実生活に対応できなくなってしまう」最も極端でおぞましい例が、あの容疑者なのでしょう。と言っても、「現実生活に対応できなくなる」くらいに想像的世界にのめりこんでも、普通は人とまともにつきあえないとか、迷惑をかけるとかいった程度のもので、あのような恐ろしい犯罪につながるとは到底思えない。影響はあったとしても、彼自身の問題であるはずです。うまく言えませんが。

にもかかわらず、事件直後からホラービデオの規制が検討され、今まさに全国で条例が定められようとしている。権力による「表現の自由」への侵犯です(「表現・言論の自由」は、それを保障するのも侵犯するのも、その主体は国家権力です。だから長崎市長への右翼の脅迫とか、朝日新聞襲撃事件とかとは違う)。そうなればなったで、一体どういう基準をおいて規制するのか、知りたい気もしますが、以前から権力者が抱いていた「望ましくないものは排除する」という悲願を、今がチャンスとばかりに達成させようとしているのではないか、と思えるくらいです。

思い出すのは数年前の佐川一政の事件です。彼は川端康成《やすなり》の研究をして、現に川端の小説に愛する人を殺してその肉を食う話があった。にもかかわらず、川端の小説を規制あるいは排除しようという動きはなかったと思います。小説と事件との関連性はないと判断された、あるいは川端は日本が世界に誇るノーベル賞作家であるという認識があったからでしょう。

もし後者だとしたら、川端康成は優れていて、ひのひでしは劣っている、とありていに言えばそういうことでしょう。まあ、これにとりわけ異を唱えるつもりはない。問題なのは、「劣っているもの、望ましくないものを法の下に（権力者の手によって）排除する」ことが許されていいのか、ということです。

二十歳過ぎの大人対象にならともかく（最近はそうでもないが）、分別のつかない子供に、暴力とか残虐《ざんぎゃく》なシーンを見せたくない気持ちはわかります。ですが本来、善悪の判断とか、美しいものと醜いものとか、生きていく上で必要なことは、日常生活の中で覚え、教えられるものであって、映画や小説で覚えるものではないはず。想像的映画の表現に教育的効果を期待するなんてナンセンスです。我々にとっては当たり前のようなことでも、親や教師を含めた権力者側にとってはそうではないようです。特に幼女殺人事件が起こり、その容疑者のことは今後忘れられていったにしても、犯罪に走ることはないにしても、想像力旺盛《おうせい》で「もう一つの世界」を受け入れることができる少年少女達（大人も含めて）は、今後ますます白い目で見られることになりつつあるのではないか。「想像的世界の危機」は、すなわち「想像力の危機」です。体制側による弾圧を憂《うれ》える前に、我々が自ら「想像力」を放棄するようなことはあってはならない。僕らがやっているのは政治的な活動ではありませんから、あくまでも「想像力」と「想像的世界」の意義を、同人誌を通して世の中に向けて発言していきたい、と思っています。幼女殺人事件的状況であるからこそ、アニメから撤退するのではなく、大いなる気概を持って「想像的世界」に取り組んでいきたい、と思っています。

「想像的世界」の意義とはなんでしょうか。「現実」を見失っては生きてはいけない。そして、宇宙の真理など知らなくても生きてはいけます。しかし「真理の探究」は、よりよき明日を迎えるための、人類の使命であると考えます。「真理」は我々の共有する「現実」や、目に見える「事実」からのみ得られるものでしょうか。最近見たNHKスペシャル『天安門』で、「事実の中に真理を求める」ことが毛沢東、鄧《とう》小平共通の信条であったと言っていましたが、「真理」は通常の観点からは見えないところ、「事実」からでは掬《すく》い切れないところにひそんでいるのではないでしょうか。もし、「厳然たる事実」などというものがあるのなら、真理の探究は科学者に任せてもいい。しかし我々の現実の世界は所詮《しょせん》我々の「共同幻想」（←吉本隆明）の所産に過ぎないという立場をとる者としては、究極の物質探しに血道をあげている物理学に希望の光は見出《みいだ》せません。いや、科学を否定しているわけではなく、「真理の探究」には、科学者のみならず、経営学者のアプローチ、コンピューター技師のアプローチ、宗教家や神秘主義者のアプローチも必要であろうと思います。で、僕にとって（おそらくP氏も）それは文学であり映画であり、とりわけアニメなんですね。真理という「現実の究極の姿」へ近づくアプローチとして「想像的世界」との接触は、はなはだ有効であるはずです。ただ目の前にないものを思い浮かべるという「想像力」でなく、真理の呼び声に魅かれて、高次のリアリティーを追求する思いに突き動かされた、真正な「想像力」によって描かれた世界。そんな世界に触れて、共鳴を覚えた時が「至福の瞬間」なのでしょう。もちろん、想像的世界など与えられなくても、日常生活の中で至福を感じることもある。そういう実体験の方が大事な気もするけど、それとて真正な「想像力」のたまものであるはずです。そしてアニメを見たり本を読んだりという、〝現実からの逃避〟は、己を真理へ導くための想像力の解放であると思います。

こんなことは先人達が何度も言っているんでしょうが、僕としては、板前をやりながら、あるいは『魔女の宅急便』や『月の骨』や川原泉や通俗的なテレビ番組などを見ながら、考えたことを書いているつもりです。そして何よりP氏に影響されたところが大きいと思っています。現実生活と想像生活とのバランスが大事だという認識も含めて。――（中略）――

『動画少年』で僕がやりたいのは、まあ「真理の探究」なんて大層なものは心の中心にしまっておくとして、作者がどんな想像力につき動かされて、どういう世界を思い描いているのか、それを掬い取って、自分なりに表現する、ということです。作者の思いが一〇〇パーセント、画面に出ていれば、何も書きたくないところですが、それでもそれが自分の何かに共鳴したのなら、それをさらけ出すことによって自分を見つめ直すこともできるはずです（共鳴する部分がなくても、作者の思い描く世界が十二分に描かれていれば優れた作品として評価したい）。実際は「思い」が一〇〇パーセント表れている作品なんてそうお目にはかかれないでしょうが、その「思い」が自分にとって真正なもの、大切なものであれば（P氏にとっての『うる星やつら』、僕にとっての『ど根性ガエル』でしょうか）、作品によって発見、あるいは再確認したその「何か」を表現してみたいと思います。

これはかつて学生時代にやろうとして、当時の浅薄さによりできなかったことです。僕が見た限りでは、みかん氏にはそれができた。そしてP氏は、今でもやっていると思っています。遅ればせながら、僕も参加させていただきたい、という気持ちです。実は三年前に、僕は制作者として、真正な想像力に突き動かされているつもりになり、真理が垣間見《かいまみ》られるような日常生活のアニメを作ろうとして、能力がなくてもパワーに頼ればできると信じたあげく、現実との接点を見失うところまで行ってしまった。一人でどんどんどんどん行ってしまったのです。今、それを反省しつつ、同人誌を通して、制作者への側方援護もかねて、三年前よりは新たになった（はずの）観点で、「想像的世界」に新たに取り組んでみたいのです。新しい人との出会いが常にある、板前として現実の生活にフィードバックしながら。――

（後略）――


この手紙は十月二日に投函《とうかん》し、十日ほどして、P氏からこれまた便箋四〇枚に及ぶ返事が来た。彼はその頃、仲間との関係がうまく行っていなかったので、僕の手紙は大いに励みになったようだった。僕は今年（一九八九年）中にサークルの新しい体制を立て直し、新たに僕が主宰する〝アニメ、映画、文学、などに垣間見られる真実の探求〟をテーマにした同人誌を発刊する準備を始めた。

その矢先に、語っておかねばならない重大な事件が起こった。

宇宙の真理

一九八九年十月四日の深夜、けたたましく鳴った電話のベルに叩《たた》き起こされた。長野の父の母（僕の祖母）が亡《な》くなったのだ。享年《きょうねん》九十だった。八日まで休業して長野へ行くことにした。聞けば昨日まで元気に畑仕事をしていたということなので、大往生と言っていいだろう。僕はおばあちゃん子ではなかったが、この祖母には小さい頃から本当に可愛《かわい》がってもらった。今年のゴールデンウィークに会いにいった時は元気で、たまたま来ていたお客さんに、

「車が危ないから外へ出るなと言われるんだわ。オレは車にひかれて死ねれば本望だといったら、バカ、ひいた者が迷惑するわ、と言われたわ」

と言った。そのお客さんは笑うに笑えず困惑していたが、僕は横で聞いていて大笑いしたのだった。こういうブラックジョークが得意な人で、僕は祖母は、周りの人が

言うほどボケていないと確信していた。

長野の実家は、ある浄土宗のお寺の和尚《おしょう》さんと懇意にしていて、葬式も浄土宗のならわしで執り行われた。和尚さんの周りを四人の僧侶《そうりょ》が取り囲み、木魚と鐘とドラを使った、大々的な葬式になった。ドラは、相撲太鼓のように、始めは長い間隔で打ち、だんだん間隔を短くしていく打ち方をしたが、無限の時間を有限な時間の中に閉じ込めることを表しているのだと思った。

母の次に近しい人が亡くなったというのに、僕はこの葬式では、別段悲しいとか特別な感情は湧《わ》かず、涙も出なかった。

お斎《とき》の時、近所の人が、

「おばあさんが最後に畑にいた時、りんごを両手でほおばって食べてるのを見たよ。普段は畑で食べたりはしないのになぁ」

と言っていた。僕はそれを聞いて、その時の祖母の心境をリアルに想像（妄想？）してしまった。山も空も畑も真っ赤に染まり、自分が数十年間育ててきたりんごを見つめ、自分はこれのおかげで今まで生きてこられたと、りんごにモーレツないとおしさを感じてしまったのではないだろうか。そして自分の余命は今日までだ、と悟ったのではないだろうか。死んだら祖母に会って聞いてみたい。

親類、知人などが集まって、お斎で盛り上がっている間、僕は別室で、久しぶりに再会したいとこ達と楽しく語らった。皮肉な言い方になるが、祖母の死が、長らく会えなかったいとこ達との幸福な再会をもたらしてくれた。

翌日、火葬場へ向かった。祖母の遺体はあっという間に骨になったが、この時も僕は特別な感情は湧かなかった。母が死んだ時はあんなに泣いたのに。僕って薄情な人間なのだろうかと思ってしまった。その夜、僕より八歳年上のいとこ（男）と、僕の病気（彼は〝誤動作〟と呼んだ）に関して夜中の二時まで激論を交わしてしまった。彼は僕の親戚《しんせき》の中では最も親身になって僕の話を聞いてくれる人であった。

翌日、この家の風習で、祖母の骨つぼを持って浄土宗の和尚さんのお寺に、お寺参りに行った。行きの車の中で、小学校四年のいとこ（女）が、

「あと十年でみんな死んじゃうの？」

と、不安げに聞いた。僕はノストラダムスの大予言が、僕が子供だった時以上に、今の子達に恐怖を与えていることに気づいて、

「十年経《た》つと、キリスト教の時代が終わって、新しい時代が始まるんだよ。何人かは死ぬかもしれないけど、みんなは死なないよ」

と答えて彼女を安心させようとした。彼女はわかったようなわからないような顔を

したが。

和尚さんの待つお寺に着いた。そして僕はこのお寺参りで入神的というか神秘的な体験をする破目になった。初め和尚さんは、寺の中の装飾の意味や、仏像（中心が阿《あ》弥陀如来《みだにょらい》、その両脇《りょうわき》は忘れた）のことなどを説明してくれ、いよいよ読経《どきょう》に入った。

初めはおだやかだったが、読経の声、木魚の音、鐘の音などに、僕の体は異常な反応を見せ始めた。体がぶるぶる震えだし、背中がゾクゾクし、悲しくもないのに涙がとめどなくあふれ出てきてしまったのだ。

僕はそれまで、祖母が死んだことに対して悲しいというより、九十歳まで生きられて、しかもポックリいけて良かったな、と思っていた。まさか葬式が終わった二日後のお寺参りで、こんなに涙が出てくるとは思っていなかった。悲しいとか嬉《うれ》しいとかいう感情ではなく、何かもの凄《すご》くありがたいものに触れたような、感動の涙だった。実際、目の前にある阿弥陀如来像は後光が差しているように見えたし、和尚さんの読経の声、木魚の音、鐘の音に、それぞれ体が勝手に反応してしまうのだ。後で父に聞いた話では、僕の体は「壊れた発動機のように」ガタガタ震えていたとのことだった。こんなことは母の葬式の時も経験しなかった。祖母と僕との関係、この寺の雰囲気と僕との関係が、僕を入神的な体験に導いたのだ。読経が終わると、僕はどっと疲れてしまった。

別の部屋に通され、目の前にお茶とお仏供《ぶく》（砂糖菓子）が出された。僕はお茶には目もくれず、胸やけしそうなお仏供をパクつき、それを見て年上のいとこが目を丸くした。僕としては、マラソンのあとにカロリーを補給する感覚で、糖分を摂取したのだ。だから、「お仏供を食べると供養《くよう》になる」という言い伝えは、正しくは、「本当に供養した者は、お仏供が食べたくなる」なのだ。僕は、宗教的なならわしの本当の意味を、経験によって理解した。

和尚さんはその場で、数珠《じゅず》の話をしてくれた。数珠は元々は数を数える道具であり、途方もなく大きな数字まで数えることができる。そろばんの原形である、と話してくれた。僕は仏教のスケールの大きさを、この日の入神的体験と和尚さんの話で体感した。

いつの間にか、自分の家の実家が浄土宗の信者であることに、誇りと喜びを感じていた。それまで僕は、ほとんど宗教には関心のない人間だった。それがこの祖母の葬式を境に、仏教、特に阿弥陀如来とか浄土宗というものに興味を持つようになった。

その晩父は大酒を飲み、

「上山田《かみやまだ》温泉に行って芸者を上げよう」

などと言い出し、いとこと二人して必死でなだめた。僕は酒はあまり飲まなかったが、今日の入神的体験により気分がハイになっており、饒舌《じょうぜつ》になって色々なことを喋《しゃべ》った。それを聞いた親しい知人は、

「彦ちゃんてこんなに強かったかなあ」

と、ポツリともらした。お酒のことではない。人間的な強さのことを言われたのだ。何となく三年前のあの高揚感を取り戻した気分だった。あの時は、母の死も含めて、様々な要因があったが、今回も様々な要因の中で、祖母の死が大きな要因としてあった。昨晩僕を説教したいとこは、僕が色々喋るのを聞いて、

「お前は凄い。悟ってる」

とか言って、台所に引っ込み、鬼のように洗い物をし始めた。父はなおも酒を飲み、とうとう足腰が立たなくなるまで酔いつぶれた。父は父で飲まずにはいられなかったのだろう。

というような出来事があって、十月八日に自宅に戻った。その晩テレビで『プラトーン』の放送があり、僕は以前に一度劇場で見ていたが、興味があってまた見ること

にした。まだ葬式での入神的体験が尾を引いていた。そういう状態で見た『プラトーン』は、初めて劇場で見た時とは全く違う映画として目に映った。普通の状態だったら、気にもとめなかったであろうシーンやセリフが、まるで僕へのメッセージのように強く胸に迫って来たのだ。これはただの戦場映画ではない。アメリカが、崩れかけているキリスト教社会の再生、復活を熱く呼びかけている宗教映画だ。いや、もっと広義の「真実」を克明に解き明かそうとしている映画だと思った。

『プラトーン』で描かれている世界は「煉獄《れんごく》」なんて生やさしいものではなく、「地獄」に違いない。しかし、それは「現実」の本当の姿なのだろう。「現実」を極限状態にまでつき進めた結果、あのような恐ろしい状態が展開したのだ。これは戦場に限った話ではない。日常生活だって、簡単に極限状態に陥るのだ。現実の本当の姿はかくも恐ろしい。人はそれに耐えられない。「おきて」は、現実を恐怖を感じることなしに楽に生きていくために作られたものだ。「おきて」なしで生きていくには、クリス（チャーリー・シーン）やラー（フランチェスコ・クイン）のような兵にならなければとても無理だ。エリアス軍曹（ウィレム・デフォー）は一度死んで復活して、十字架に掛けられたキリストのように両手を差し上げて死んでいく。クリスはバーンズ曹長に殺されそうになった時、頭上に飛んできた十字架のような爆撃機によって助かる。という風に、この映画はキリスト教的な暗示をちりばめている。オリバー・ストーンは熱心なキリスト教信者なのであろう。『セツアンの善人』で、神様の言った「おきてを軽くするというのは、とても恐ろしいことになるんだよ」という言葉の意味が、『プラトーン』を見てよくわかった。

戦争が「地獄」で、戦争のない世界が「天国」なのではない。今の社会システムで戦争を排除したら、戦争よりもっと恐ろしい「狂気」が人類を襲うだろう。我々が戦争を地獄と考えるのは、日常を安泰に暮らしたいからだ。本当は日常だって地獄なのに、そう感じてしまうのは恐ろしいから、生きていけないから、日常の極限状態としての戦争を作り上げ、ニセモノの平和を享受《きょうじゅ》しているのだ。

「現実」とは他者との関係だ（「自己」もまた他者との関係である）。自分の見方で見ている「現実」は、「現実」に近いものではあっても、「現実のようなもの」、つまり想像的世界だ。それが限りなく現実に近いものであるように訓練されているに過ぎない。

「幻想」は個人のものだが、他者と共有できる「幻想」もある。共有する他者が大勢になれば、その「幻想」は「現実」になる。「新しい現実」を作るためには、新しい

「共同幻想」がなければならない。「幻想」を作るパワーは「想像力」だ。どんな世の中であっても、「想像力」を弾圧するようなことはあってはならない。また、自ら「想像力」を放棄するようなことはしてはならない。

脳圧の高まりに苦しみながら、色んな思いが頭の中をかけ巡る。「現実」に対応する訓練、修業はまだまだ未熟で、これからも続けなければなるまい。生きるために。もっと真面目《まじめ》に板前をするか、または別の職業に就くか、どちらか決めなければならないし、決めたら努力しなければならない。しかし同時に、真正な目的のために、高次のリアリティを追求するために「想像力」を行使することをやめてはいけない。この二つをいかにバランスよく両立させるかが問題だ。二つは無関係ではない。常にからまり合っている、つながっていることを信じることだ。そんな生き方をしたい。

祖母の葬式以来、僕はハイになっていて、祖母が死んだ今、僕が結婚するしかないと思っていた。美夜ちゃんは一九八八年の五月に結婚したという情報が入っていたので、僕は相手を、中途半端《はんぱ》な形で別れたままでいるKさんに選んだ。彼女とは長らく会っていなかったが、きっと僕のことを理解してくれて、うまくやって行けるという予感があった。彼女に柏崎に来てもらって一緒に料理屋をやってほしいという思いでいっぱいになった。Kさんへの再燃する思いが一気に噴き出してしまったのである。

十月十三日、自分は今、幸福だと思っている。Kさんとの幸福な再会を信じている。ただの妄想にすぎないのかもしれない。うまくいかなかったら、またおかしくなるかもしれないが。でも楽観主義は、何となく現実と想像との接点にひそむ真実につながっているような気がするのだ。この気持ち、Kさんへの思いを強く持って、強く生きていきたい。彼女が他の誰かと結婚してしまったら、そこから先はそれからのことということにして。今は、彼女と幸せになることに全身全霊を傾けよう。そのために「現実」にやらなければならないことを一つ一つ大事に、心を込めてやっていこう。

最近、お客との会話も含めて、親父《おやじ》との会話の内容が凄くてとても書き記せない。親父は偉大だ。で、少し親父も、僕がダメだった頃と比べて変わってきたような気がする。よりよい方へ。お客さんにもそれが伝わっているような気がする。楽観的だが、このまましばらく続けて行きたい。本当にこの料理屋が好きで、大事に思ってくれる、そんなお客さんのための店にしたい。Kさんが来てくれたらどんなに心強いか……。

その頃、家の新築工事が進んでいて、僕と親父は、よく製材所へ行って、門柱用にする木材を削っていた。十月十四日、二人で製材所へ行って、木を削った。僕は「一つ彫っては母のため。二つ彫っては祖母のため」と、仏像を彫るように心を込めて彫った。僕も広くて住みやすい、いい家を作りたかった。きっといい門柱ができるだろう。親父が削っている門柱が右、僕が削っているのが左と知って、暗合を感じてしまったが、気にしてはいけない。

午後、松之山《まつのやま》へきのこを採りに行く。行き帰りの車のカーステレオでずっと「タッチBGM集」を聞いていたが、心にしみた。涙ぐみながら一緒に歌ったりもした。歌わない時は、ずっと親父と言い合っていて、理屈をこねてしまった。親父がそれにいちいちつきあってくれるので、精神的に疲れたらしく、店の座敷で気持ち良さそうに眠っている。

今日（十月十四日）、田中角栄が政界引退を表明した。僕はまたもや、自民党からのメッセージを受け取ったような気がしてしまった。三年前と違うのは、今回は自民党が意図的にはっきり僕を対象にメッセージを発していたのではなく、僕が自分で勝手にそういう「意味」を受け取った、と認識していることだ。これははっきり心に刻んでおこう。現実的に現実の世界で生きていくために。

僕は将来、政治家をめざすべきかもしれない。それが僕の当面の使命なのかもしれん。まだ先があるかもしれないが、今はそこまで考える必要はないでしょう。

さしあたっての問題は、結婚だ。Kさんとの結婚式だ。近所づきあいを大事にしよう。自治活動に参加しよう。柏崎はいい町だぞ。

はっきり言って、三年前の多幸感と同じ感覚が僕を襲っていた。今の幸せな気分を逃したくない。だがあの時と同じように発狂するかもしれん。僕の日記は、僕を発狂から救うための、自分への励ましになっていった。

○つらい時は歌を歌え！　誰にも相談できないことがあって、悩んでしまったら、とにかく歌を歌え！　一緒に歌ってくれる人がいればなおいいが、ひとりでも歌え！　自分で作った自分の歌ならなおいい。歌は人の心をやすらかにしてくれる。なぜだかわからないが、とにかく歌はいいぞ。歌を作る名人は昔も今もたくさんいた。大切な大事な貴重な宝物だよ、これは。人類の遺産といってもいい。ボイジャー二号にも、メッセージとして歌が積まれていることに思いを馳《は》せよ。ビートルズのメッセージ（イエロー・サブマリン）を真摯《しんし》に受けとめよ。SING！ SING！ SING！
I THINK SO.　私はそう思う。
I SING SO.　私はそう歌う。

「思う」と「歌う」が似ている英語は凄い。

○熱いメッセージは冷静に語れ！　自分が感情的になってしまっては、伝わるものも伝わらない。当たり前なお説教を熱く語るな。自分が発見した真理は、大抵先人達が何度も言っていることで、興奮して話しても説得力がない。

○本音はあまり語るな。最も大事な本音が出てきた時、解放せよ。そうなった時、〝もっと大事な本音〟を隠すのだ。

僕はこれ以降、三年前とほとんど同じ状態になって、思いつく言葉やイメージを日記帳に叩《たた》きつけた。言葉を思い浮かべるスピードに字を書くスピードがついていけず、だんだん読みにくい、ひどい乱文乱筆になっていってしまった。誰かを説得しようと書いたのではない。一つは自分の恒常心を保つため。もう一つは神を恐れぬ行為と言われそうだが、自分と宇宙とのつながりを明らかにするためだった。

このところ続いている僕の多幸感は、僕の脳のセンサーが、無限に広がる大宇宙から、悲観的なモノ（意味）より楽観的なもの（意味）を選び取るように変革されたということ。三年前に発狂したのは、それが周りの人間が意図的にやっていることだと思い込んでしまったから（実際あの時、あの状態ではそうとしか思えなかった）。それはもちろん「自分が変わった」というはっきりした認識を持った上で、変化した自分を支援しようと、周りの人間が色々と動いてくれていると思っていた。僕は、人々は変わった自分を支援してくれている、と思っていたはず。

この認識は間違っていた、と今では思う（でも、まだ心の片隅に疑いはある）。あの時は自信を持って、「世界は自分のためにある」と思い込んでしまっていた。現実に復帰するために入院させられたのは当然のことであった。

でも入院前の自分に戻るのではなく、また新しい自分を作ることだ。「自分を作る」ということ。

『プラトーン』の中にいいセリフがあった。「元気でいざって時に備えておけば状況は変わってくるさ」（GETTING BETTER）だ。「備える」とは、現実に仕事とか健康を大事にすることだ。

周りの状態が自分に好ましい方へ展開してきつつある。誤ってはならないのは、周りが自分のためにそう動いてくれているのではなく、自分が現実（いわゆる一般的な価値尺度による現実）から受け取る「意味」が、自分にとって好ましいものになっている、ということ。
○婆《ばあ》ちゃんの葬式前日の経験（いとこ達との幸福な再会、親戚《しんせき》との交流、お寺参りでの入神的体験）。
○Kさんと結婚しようと思い立ち、向上心に燃えていること。
○田中角栄を超える政治家になろうと決意したこと。

世界が自分のためにあると思ってはいけない。って言うのは『スティル・ライフ』からの引用だけど、でも世界が持っている「意味」は自分のため（すべての人にとってもその人のため）にある、と思って構わないのではないだろうか。宗教の領域のようだが、神（キリストもブッダもその申し子であろう、おそらく）を「意味」するものはおそらくあって、それは「宇宙の真理」のことだろう。その神と交信する状態が「幸せ」な状態なのだ。これは日常的にしばしば起こることであり、葬式とか結婚式とかいった特別な状況であれば特に強く、ほとんど「至高体験」に近いものとして体験される場合もあるだろう。それは真実（真理）の中から、自分の好ましい「意味」を選び取ることができた状態だ。「くず屋の店」から自分が本当に欲していた物を選び取った（向うから自分に飛び込んできたかのように）ということだ。

しかし、僕のように半人前で未熟者の人間が、そう簡単に「真実」に触れることができるのだろうか。それはやはり「幻」であり、三年前と同じように恐ろしい「壊廃」を味わう破目になるのではないか。そういう不安がないではなかった。しかし、多幸感に酔いしれている人間には何を言っても無駄なんである。僕は、これが僕の使命であるかのように、日記帳に、真実を求める言葉を、すさまじいタッチで書き殴っていった。

言葉はすべて意味を表現するものだから、意味そのものを言葉で表現するのは不可能だ。変な文になってしまったので言い換えると、意味を表現する主体は言葉ではなく、人間だ。

筒井康隆は「いったん文字になったものはすべて虚構」と言っている。ルポライターやドキュメンタリー作家が描こうとしている「真実」は、狭義《きょうぎ》の真実であり、本来の広義の「真実」（人間の存在や宇宙に関すること）は言葉ではいえない。宗教や科学は「真実」に迫ろうとするものだが、そのアプローチを言葉で表現しようとするならば、もの凄《すご》い努力を要するだろう。しかし、「真実」に迫ろうとするアプローチは、宗教や科学だけではない。キーポイントは「想像力」と「健康」だ。ニーチェの「健康と力」にやっと近づいてきた。

言葉が無力だとは思っていない。思考も表現も言葉なしでは成り立つまい。言葉の研究も「真実」につながっている、ということ。しかし、「真実」がまだ明かされていないのなら、僕らには新しい言葉が必要だ（確か『パラダイム・ブック』の中にそんな記述があった）。従来の言葉では、いくら真実に迫っても、真実は厚い壁に囲まれていて、なかなかその中へ入ることができない。言葉は真実の外側をウロウロするだけで、中へ入れない。

この〝真実を囲っている厚い壁〟は、おそらくベルグソンの言っている、〝人間が厖大《ぼうだい》な知識にさらされることを防いでいる大脳〟にほかなるまい。この壁をとっぱらったら、人間は真実を知る代わりに正気を失うか死に至るかもしれない。しかし、「真実」を書き記す新しい言葉が獲得できれば、我々は混乱することなく「真実」を受け入れることができるのではなかろうか。釧路の病院で、訳のわからない字をノートにびっしりと書いている人がいたが、彼は「真実」を彼にしかわからない言葉で書き記していたのかもしれない。と言ってしまうと、「狂気」をロマンチックなものとしてとらえすぎであろうか。

十月十五日、僕の思考（言葉遊び？）は頂点に達する。今、読み返してみると、病的なところもあり、専門家なら「分裂病、あるいは躁病《そうびょう》の特有症例だ」と分析することだろう。今更どう言われようと構わないので、そのまま書き写す。前述したレストラン「おあしす」で書いたもの。隣のテーブルに座っていたおじさんが、僕の様子を見て目を丸くしていたのを思い出す。

言葉は真理を暗示するものだから、言葉をおろそかにしてはいけない。「バカ」という言葉は好きだ。女の子に「バカね」と言われるのは嬉《うれ》しい。「キチガイ」は次の段階かな。こうして徐々にタブーを解除していくのだ。

真理を語るには言葉では足らない。語る言葉がない。何か暗示が必要だ。例えば、譬《たと》え話、歌、文学、映画、演劇等々いくらでもあるな。

真理を語る言葉はいらない。真理を言葉で語ろうとすれば、達していない人には、ただの言い古されたお説教、あるいはわかりきったことにしか聞こえない。それらは昔から言われている当たり前なことだからだ。

当たり前なことって何だろう？　三年前に僕が自分に提示した疑問だが、今なら結び目が解けるようにはっきり答えることができる。

大昔の日本、あるいは世界にあって、今の社会が大勢として失ってしまったものだ。しかし〝当たり前〟という言葉と概念は、日常でひんぱんに使われている。人々がその重要な意味に気づいていないだけだ。

それが「真理」。

「真理」は宗教や科学の中にあるのではない。「当たり前なこと」の中にあるのだ。

例えば（これが大切なこと）、
○朝起きて「おはよう」と挨拶《あいさつ》する。
○悪いことをしたら「ごめん」と謝る。
こういうことさえきちんとできれば、僕らは幸せになれるはずなのに、みんなにもわかってほしい。何か教育標語のようだが、学校の先生が思っているより、もっと重大な意味がある。
I'd like to turn you on.（君にもわかってほしい）
物質文明は人の心をおろそかにしてきたと人は言う。しかし、そうではない。物質文明のきらびやかさに惑わされて、人々が見失っていただけのこと。物質文明の中にも心が込められている。なぜならそれを作った人が心を込めて作ったからだ。テレビ、ビデオ、ＣＤ、パソコンのソフトのことを考えてみよ。心の投影の宝庫ではないか。

「当たり前」という言葉の意味内容、暗示、言葉自体に注目せよ‼

僕は今、そのもう少し先の世界まで来てしまっている。先まで来たからこそ、その前の段階がわかったのかもしれない。「未来を見る」とはこういうこと?

先の世界は、その前の（当たり前のこととして我々に認識されている）世の中の実現のために、本音として大事に心の中にしまっておこう。

Kさんには話そう。誠心誠意話してわかってもらおう。僕もKさんも十分優しいはずだ。優しすぎるくらい優しいはずだ。これからはその優しさを大事に死守しつつ、現実に対応できるように強くなろう。二人一緒に強くなろう。


男は強くなければ生きていけない。

優しくなければ生きる資格がない。

（レイモンド・チャンドラー）

男は強くなくてはと
今日も誰かが言うけれど
戦うために生きていく
それでいいのだろうか

悪いやつらをやっつける
それは大事なことだけど
いつか僕にも本当の
強さがわかる気がするよ
マルスマルスあなたは優しい子
マルスマルスそれでいいのよ

（『ジェッターマルス』エンディング曲）

「マルス」はノストラダムスの、例の「一九九九年空から恐怖の大王が降ってくる」の四行詩に出てくる謎《なぞ》の固有名詞だ。手塚治虫はそれを知っていて名付けたのか、それとも偶然か。

『アトム』ではなく『ジェッターマルス』だったんだ、大事なのは。それを手塚治虫は毎週流れる歌の中に暗示したのだ。彼の、人を幸せにする絶大な暗示力を使って。

一九九九年七の月、人類は滅亡しない!!
もっと幸せになる。

もっと幸せな世の中になる。

そのためにもっと強く、優しさに裏打ちされた強さを！

僕とKさんに優しさと強さを！

南無阿弥陀仏《なむあみだぶつ》。

僕のやるべきことはわかった。しかし、これで完結してはいけない。次の世界の存在することが、どういう形態のものかはよくわからないが、「プラパズル№５」の組み合わせが二三三九通りあるように、世の中の幸福な組み合わせがあるはずなのだ。

次の世界は僕らの子供達が作るものだ。彼らが僕みたいに苦しまずに（努力はすべきだが）次の組み合わせが作れるように、僕らがそういう世界を作らなければならない。

社会のみんな！　もう少し辛抱して、今の状態で持ちこたえてください。自民党も社会党もアメリカもソ連も中国も、西暦二〇〇〇年のオリンピック目指して、政治力でもお金でも何でも使って、人だけは殺さないで、木もなるべく切らないで、原発は事故らないで、なんとか次の世界が幸福なものとして迎えられるようにその準備をしようではありませんか。今年は一九八九年。来年からの十年間は、その準備に費やそうではありませんか。

日本の戦後民主主義政策は、真理の暗示という意味では間違ってはいなかったはずだ。来《きた》るべき次の世界のための準備期間であったのだ。

暗示ではなく、明示の世界が次の世界かな。

明示時代　明示大学
早稲田大学の使命は、僕らが出たことで終わった、なーんて人に言ったら「バカかお前は」と言われるだろうな。でもいいのだ。ワセダ大学はバカダ大学だから(赤塚不二夫の暗示。芝山さんがそれに乗った)。ワセダの卒業生はバカ(といっても〝バカボンのパパ〟のバカのこと)でいいんだから気が楽だ。この幸せを人にも分けてあげたい。

僕が感動で泣くとみんなが笑う。

僕が笑うとみんなが感動して泣く。

だから僕もKさんも結婚式ではいつもニコニコ(大滝詠一《えいいち》だな)していよう。人を感動で泣かせたい。結婚式はそれが堂々とできる場だ。

見回すと「おあしす」には色んな人がいる。老夫婦、家族連れ、カップル、不良っぽい二人の若者……。これらの人々がみんな幸せに(それぞれの幸せは、押しつけてはいけない。人は皆、自分で自分の幸せを見つけるべきだ。最低限生きている、生きていこうとする気概を持つべきだ）なれる世界を作ろう。誰か先導しなきゃならないのなら、僕がなろう。でも僕はキリストやジョン・レノンのように殺されたりはしない。現実をしっかり見つめて生きていこう。まずKさんと二人で幸せになろう。周りの幸せを考えるのは、それがうまく行ってからだ。

政治家になろう。これからは言葉でなく、態度で示そう。

幸せなら手をたたこう
幸せなら手をたたこう
幸せなら態度で示そうよ
ほらみんなで手をたたこう

さあ、とりあえずの準備は済んだ。家へ帰って気を静めて、心静かに時を待ち、Kさんの家に電話をかけよう。僕は別に楽をしようとは思わん。幸せをつかむためならどんな苦労も（死にさえしなければ）いとわない。Kさんと二人ならそれだけで十分過ぎるほど幸せだ。二人でもっと優しく、もっと強くなって、どんどん先へ進んでも、二人だけのことなら、現実的でいられれば可能なはずだ（注　何が言いたかったのかよくわからない）。どんどん幸せになる。どんどん次の過程に入っていく。その過程がもしかしたら究極の幸せなのかもしれない。

周りの人、特に早ア、亜細亜堂、親戚（親父《おやじ》と妹は言うまでもない）への感謝の気持ち、今日生きられたことと、明日生きていく希望を与えてくれたことを神（阿弥陀如来《にょらい》でとりあえずいいだろう）に感謝する気持ちを忘れずに!!

他の色んな大切なこと（政治的なことも）は、こういったことをクリアしていれば大丈夫なはずだ。僕は優しさより強さをこれからは鍛えていこう。肉体も少しは。

（Kさんとすべての人のために）
①自分とKさんの幸せを考えること
②すべての人の幸せを考えること
と思うといい。①ができて初めて②ができる。逆は多分できない。それが人間だ。

僕は神ではない。僕は人間だ。

人に噂《うわさ》をされるとクシャミが出る、神に評価されると風邪をひくのは事実。しかし僕の当面目指している幸福な世界は、それが皆に「真実」として認められているオカルティックな世界ではない。そうなってしまったら普通の人には耐えられないだろう。親父は何とか耐えられそうだ。僕はもちろん大丈夫（注　この時僕も親父も変な風邪をひいていた）。この風邪はここちよい。風邪をひくのはいいことなのだ、と糸井重里が確かそう言っていた。

（ここまで書いて「おあしす」を出て、家に帰る）

Kさんへのアタックその二。

親父さんが電話に出た。明日またかけてくれと言われた。僕は誠意を込めて話したつもりだが、伝わっただろうか。変な風邪をひいていないだろうか。心配だ。でもKさんの親父さんなら大丈夫だろうと楽観している。

今晩もお祈りしよう。僕がおかしくなりませんように。現実的に生きていけますように。僕の周りのすべての人に感謝します。

十月十六日、早起きして、親父と二人で妙高高原の笹《ささ》ヶ峰《みね》へ行った。紅葉が素晴らしく見事で、他に人がいなくて、この世の景色とは思えぬ美しい光景が眼前に広がっていた。うるしの木に気をつけながら林の中を分け入り、山ぶどうが大量になっているのを見つけた。僕はカメラを持ってこなかったことを後悔したが、こんな見事な紅葉の中に身を置けることに深く満足した。親父が山菜採りをしている間、僕は車の中で言葉遊びに興じ、「独り言の反対は他人事（ひとごと）」などとメモした。「言」と「事」はなぜ同じ読み方をするのだろう。これにはきっと深い訳が、大事なことが隠されているに違いないなどと思った。

帰り、「山川荘」という旅館を通り、「昔（僕が四歳だった時）、スキーでここに泊まったんだよ」と親父に教えられた。よく見ると「早稲田大学健康保険組合」という看板が掛かっていて、何か僕あての暗合のようなものを感じてしまった。一八号線沿いの「鳥新」という食堂で、鳥メシを食べた。今までこんなにうまい鳥メシは食べたことがないと、感動してむさぼり食った。きゅうりの漬け物も実にうまかった。どうも味覚が変化を起こし、何でも美味《おい》しく感じるようになってしまったようだ。更に便所へ行くと、実に清潔に清掃されていて、いわゆる便所のにおいも、それをごまかす芳香剤のにおいも全くしなかった。毎日ちゃんと清掃すれば、便所はこのように清潔で、どちらかというと〝御手洗い〟と呼んだ方がしっくりする、実にいいにおいがするものなんだ。僕は御手洗いで、そのあまりのいいにおいに深呼吸してしまった。

とにかくこの妙高高原行きで、僕の五感は鋭敏になり、第六感的感覚もとぎすまされてしまった。

夜、『タッチ』の主題歌『愛がひとりぼっち』を聞いてテンションを高めてから、Kさんに電話した。やっとKさん本人と三年ぶりに話ができた。Kさんは「今度オーストラリアへ行くので、今英会話を勉強している」と言った。「僕よりうまくなっちやったら困るな」と言うと、「そんなことないですよ」と明るく、控えめに答えた。「次の日曜日に君に会いに行きたい」と言うと、承知してくれ、時間と場所は後日決めるということにして、彼女の勤務先の電話番号を教えてもらった。

　電話を切ると僕は有頂天になっていて、スナックへ繰り出し、躁状態で人をつかまえてはペチャクチャ喋《しゃべ》った。次の日曜日Kさんと会えるのだ。今まであった色んなことをKさんと語り合いたい。できれば結婚にまで持ち込みたい。僕は電話の口調から、Kさんも僕に好意を寄せているという感触を得ていた（ひどい恋愛妄想であったことは否定できない）。

第八章

躁病《そうびょう》、そして再入院（一九八九年十月〜十二月）

ネクスト・ミレニアム

一九八九年十月十七日、僕は起き抜けに親父《おやじ》に突拍子もないことを口走った。朝の支度をしている親父に向かって、

「妹を皇太子の嫁にしたい。皇太子を支えられるのは妹だけだ」

と言ったのだ。大真面目《おおまじめ》に力説した。親父はそれを聞いてビックリし、最近の僕の言動がおかしいことも知っていたので、僕に身の回りのものをカバンに詰めさせ、刈《かり》羽《わ》郡総合病院の精神神経科へ僕を連れて行った。今回の親父の判断は早かった。精神科の原先生という初老の経験豊富そうな精神科医の診察を受けた。僕は同人誌『突然変異』の「メタ自己の厳かな構築」という文章を見せ、僕は本当は狂っていないが、世の中のシステムが狂っているので狂ったふりをしていなければならない、つまり佯《よう》狂《きょう》だ、などと説明したが、先生はあまり熱心には聞いてくれず、僕を今日からこの病院の精神科に入院させる手続きをとり、親父も署名した。僕は、日曜日のKさんとの

デートをあきらめ、これまた二週間くらいで退院できるだろうと高を括《くく》って入院を拒まなかった。また、Dさんのような、普通は会えない素晴らしい人と出会えるかもしれないという期待があったし、真実をつかむには、どうしても精神病院を通過しなければならない、という確信があった。というわけで〝医療保護入院〟により、刈羽郡総合病院精神神経科に再入院した（いや、この病院は初めてだったが、釧路に続いて精神科は二度目ということ）。

十月十七日入院初日。僕は閉鎖病棟に入れられたが、調子が高かったので、患者達が作業をしているのを横目に、優雅にたばこを吸いながら、

「人間ジュークボックスと呼んでください」

などと言って色んな歌を歌ったり、

「世界をよくするのは精神障害者のパワーだ」

とか気の大きいことを口走っていた。Iさんという六十歳くらいの男性がいて、彼は毎日デイルームの黒板に何か文字、文章を書くのを習慣としているようで、その日の黒板には「敬神」と書かれてあった。神を敬え。僕へのメッセージであるように思われた。

安そうだが決してまずくはない昼食を食べ、僕に与えられた畳の六人部屋でもの思いにふけっていた。そしたら突然、思考がどんどんつながっていき、三年前に襲われたのと同じような恐ろしい壊廃に陥ってしまった。その瞬間、僕を守ってくれていた守護霊、更には神がいなくなり、その役割を僕に課したのだと思われた。つまり僕は、神の存在しない世界に放り込まれてしまったのだ。僕はとてつもない不安感に襲われ、すべての物が、すべての人が僕に襲い掛かってくると直観した。看護婦に、「外へ出してくれ」と頼んだがそれは許されず、僕は閉じ込められた病棟の中で、

「ああ僕はここで死ぬのか。そんなのは嫌だ」

とパニック状態になった。でも周りの人間は、そんな僕を決して傷つけたりはしないと、前回の経験で知っていたので、おとなしく布団《ふとん》に横になった。でもこれ以上ない恐怖感、不安の発作、胸の圧迫はおさまらず、大地震でも起こるんじゃないかと思ったら、本当にサンフランシスコで大地震が起こった。

そんな状態の僕の精神を和らげてくれたのは、その日見舞いに来ていた、患者のRさんの年老いたお母さんだった。何の不安もなく、僕の眼の前でスヤスヤと昼寝をしていたのである。いくら精神障害者は危険ではないことを知っていても、少なくともその時の僕は、何をしでかすかわからない状態だった。そんな僕の前で無防備に寝入

っている彼女の姿を見て、僕は救われたのだ。発作は二〇分くらいでおさまり、周りの人々と世界は僕に対して脅威ではなくなり、本来の優しい姿を取り戻した。しかし恐ろしい経験だった。僕はこれと同じ精神状態に、三年前早稲田大学周辺というシャバで襲われたんだな。犯罪も自殺もしないで本当によかった。これで、躁気味の多幸状態が続くとその代償として恐ろしい壊廃に襲われるということが、二度の経験ではっきりわかった。今回はウロチョロしないでじっと寝ていたので、事なきを得たのだ。

しかし、あの精神状態を言葉でどう説明すればいいのだろう。〝不安の発作〟とか〝胸の圧迫感〟といった表現では全然伝わらない。抽象的な言い回ししかできないが、あれは紛れもなく、瞬間的に神がその座を降り、僕に神をやらせたのだ、としか言いようがない。結果は散々で、僕にはとても神は務まらなかった。いや、人間には誰にも務まらないんじゃないかと思う。神が務まる訓練をされているのは、おそらく天皇だけであろう。僕は昭和天皇がいかに偉大だったか、思い知らされざるを得なかった。

初日に「壊廃」を経験してからは、あとはずっと平穏な入院生活を過ごした。粗暴な患者はおらず、〝保護観察室〟（僕は旧来の〝監禁室〟という言い方の方が好きだ）

は誰も使っていなくて、その扉は開きっ放しであった。何気なく中に入って壁を見たら仰天した。怨念《おんねん》のこもった異常な落書きが部屋の壁中にびっしりと書き込まれていたのだ。覚えているものだけ列挙すると、

「忍耐とは耐えることである」（以下、この手のトートロジーが箇条書きで書かれていた。その筆跡のおどろおどろしさ）

「風りん」

「風神火山」

（風神と風林火山を掛け合わせたものと思われる。言葉遊びの好きな人が、何か重大なことに気づいたのだろうか）

そして、背中に羽の付いた人間が海の向うに飛び立とうとしている極彩色の絵が描いてあって、その下に「出航」と書いてあった。僕はこの絵を見て、『魔女の宅急便』に出てきたウルスラの描いた絵（元型は施設の子が描いた絵らしい）、それに映画『光年のかなた』のラストで両手に羽を持って空に飛び立とうとする老人の映像を想起してしまった。束縛から逃れて自由になりたい、と言ってしまうと陳腐だが、ある種の精神状態に陥ってしまった人が書きたがる絵、または映像がこれなんだと納得した。

病棟のデイルームに本棚があり、いくつかの本が閲覧自由になっていた。僕はその中から『内村鑑三の言葉』という難しそうな本を手に取った。まず表紙にある〝鑑三〟の横に〝肝臓《かんぞう》〟と書いてあって、「よって内村は酒の飲みすぎ」と落書きしてあるのにビックリした。〝鑑三〟を〝肝臓〟と言い換えるのは単なる言葉遊びにしても、そこから「内村は酒の飲みすぎ」と書いたのは、ただの言葉遊びには思えない。内容を読み始めたら、確かに内村の言葉は常人の感覚ではないので、本当にアル中か精神異常だったのではないかという印象を得た。

そこで僕は、本の中の余白に、内村鑑三にインスパイアされたものの、彼とは全然関係ない、次のような落書きを赤ボールペンでびっしり書いた。次にこの本を手にした人は、さぞかし驚いただろう。

「神は己の中にあり。神のメッセージ（信号）を受信する受信器が人間の脳の中にある。これは人間だけではない。魚や恐竜の脳は小さいから、ほとんど神の受信器だけでなりたっているのかもしれない。

神が発するシグナルは声ではなく、自分の身体《からだ》を含めた様々なものの中から――例えば周りの人間の言動、自然現象、落としたマッチ棒の形など――暗示（象徴）として現れる。その中から、良いもの、楽しいもの、美しいものを選び取れ。自分を破滅に導く暗示を受け取ってはならない。

最高神、またはその配下の神と交信した者が、新しい社会を作る指導者になる。しかしそのためには、社会に影響を与える地位にいなければ、単なる精神病患者か神秘主義者になってしまい、世間は相手にしてくれない。

日本の天皇は、ほとんどの日本人の心の支えだ。主権は国民が持っていても、心情的には天皇の臣民だ。

皇太子の結婚は、妃《きさき》として高貴な意識の持ち主を迎えるためのものだ。その時代で最も「夢を見る力」と健康、美を兼ね備えた人が天皇家と結びつき、皇后となることによって、次の愉楽の時代が築けるのだ。

新しい千年紀（ミレニアム）に栄光あれ！」

徳仁《なるひと》親王が素晴らしい妃を迎えることができれば、次はいい時代が来る。天皇制は、天皇になれる男子は一人しかいないが、皇后なら、すべての女子にチャンスがある。男は『長靴をはいた猫』のピエールにはなれないが、女はシンデレラになれるのだ。

そういう意味では天皇制は決して男尊女卑の制度ではなく、むしろその逆だ。しかし、だからこそうまく機能している。皇太子が素晴らしい女性を妃に迎えて、丈夫な男子を産めば、それでほとんどの日本人は幸せな気分になれるのだ。

一つの文明の寿命はちょうど二千年前後である。キリスト教の「真理」は、キリストが生誕してから二千年後の西暦一九九九年に腐れ果てる。日本の天皇制はどうか。一三三九年、後醍醐《ごだいご》天皇が死んで、はっきり南朝と北朝に分裂したのが皇紀二千年だ。あの時点で一度天皇制は破壊されたのだ。ところが明治になって突然復活し、大戦で負けた後も皇室はつぶれず残された。これは世界が日本の天皇制を認めた、いや支持したということ。

だいたいキリスト教は、神との交流が直接的過ぎて、処女が懐胎したり、死者が甦《よみがえ》ったりするおぞましいシステムだ。「愛」は大事かもしれないが。神が作ったシステムは完璧《かんぺき》だ。だが、そのシステムを最大限に使う人間界のシステムは天皇制だと思う。

入院直後、天皇と天皇制についてあれこれ考えてしまったのは、一つには妹を皇太子と結婚させるという誇大妄想的な野望を抱いていたからだが(なぜそんなことを考えたかというと、世界平和の鍵《かぎ》を握っているのは徳仁親王と僕だと思っていたから)、もっとも平成元年という年は、日本人の誰もが今まであまり意識することがなかった天皇の存在について、真剣に考えた年だったと思う。

神道《しんとう》についてはあまり考えが及ばなかった。僕の宗教的な関心は、前述したように仏教とキリスト教に向いていた。仏教について入院後妄想したのは、弘法《こうぼう》大師が作ったと言われている「いろは歌」を七文字目ずつ区切ると〝トカナクテシス（罪なくて死す）〟と読めることで、このことは高校のときの教師に教わったのだが、これの意味は「〝人は死ぬときに罪はない〟ということだろう」ということだ。〝ナムアミダブツ〟も〝トガナクテシス〟も七文字である。しかも「いろはがるた」は七×七という構成になっている。七は西洋でもラッキーナンバーだが、仏教社会でもラッキーナンバーなのだ。十字架はハリツケの状態を示したものだが、もし七字架というものがあればそれは人が両手を広げて飛び跳ねている〝歓喜〟の状態を表している。キリスト教と仏教が融合するのなら、〝歓喜の人〟が次の世界の救世主だろう。当時僕は躁《そう》状態だったので、それはやはり自分だと思えてならなかった。

僕は本当に自分が次の世界の救世主だと思っていたわけだが、神になれないことはわかっていたし、決して思い上がっていたわけではなかった。というより、五〇億の人間の誰もが自分が救世主だと思ってほしい気持ちでいっぱいだった、ここで一九八六年の入院直後の思いが繰り返される。自己と他者とは別個のものではなく、他者との関係そのものが自己なのだ。この世のあらゆるものは密接に関連しあっていて、そのすべてが自己自身に関わるものなのだ。今までの二千年紀は自分を守ってくれる神を崇拝し、神を信じることによって救われてきた。だがこれからの千年紀はそうはいかない。神もまた自己との関係においてのみ存在するものだ。神は自己の中に在り。これから千年紀末までの十年は、誰もが幸せなヴィジョンを描いて救世主たらなければ、明るいネクスト・ミレニアムは迎えられないのではあるまいか。誰もがピエールになり、ナウシカになり、NOW HERE MAN になるのだ。ニーチェよ、宮沢賢治よ、ジョン・レノンよ、あなた方は正しかった。僕はあなた方のように生きたい。今でも注目すべき人物はたくさんいるが、とりあえず僕と同世代の人物として、徳仁親王と島弘之と太田健一に期待をかけることにしよう。

激動する世界情勢

僕が刈羽郡総合病院に入院していた期間に、日本中を騒がした出来事が二つあった。一つは連続幼女誘拐殺人事件の容疑者の取調べが進み、色んな識者の分析が新聞をにぎわしたこと。もう一つははるか東ヨーロッパ諸国で民主化を求める動きが頂点に達し、東ドイツの元首が失脚して（僕が入院した翌日）、ベルリンの壁がとり壊されたこと。このベルリンの壁崩壊の映像は、東西ドイツが一つになろうとしていることを視覚的に鮮烈に見せつけられ、戦後が一つ終わろうとしているんだなと、しみじみ思った。

どちらのニュースも、僕は閉鎖された病棟で、新聞とテレビによってしか知る術《すべ》がなかった。幼女殺人事件の方は容疑者が「モヤモヤとした、とめどもない高なりが一気に爆発し」と犯行声明で語っていたが、僕には〝とめどもない高なり〟という精神状態がよくわかるような気がした。自分もそうだったから。だがその次の段階の、殺人という行為と精神科に逃げ込むという行為の差は世間の人々に認めてほしいと思う。

僕は誰も傷つけずに精神科に逃げ込んだのだ。それなのに著名な精神科医でもある小《お》此木啓吾《このぎけいご》までもが、「現実と妄想の区別がつかなくなった人間の犯行」という安易な分析をしていた。ちょっと待ってくれ。僕だって僕の周りに起こっていることが現実なのか妄想なのかわからない状態になったけど、人は傷つけませんでしたよ。現実と妄想の区別がつかなくなったら、社会生活は営めなくなるだろうが、殺人を犯した者と、おとなしく精神科に入院した者をごっちゃにされてはたまらない。おとなしい精神病患者の人権をないがしろにする発言だと思う(もっとも僕は決しておとなしい患者ではなかったが)。

自分の生命や権利を揺るがす危機に遭ったら、〝戦え〟と僕らは教え込まれている。あの容疑者にとっては幼女を殺すことが自分の危機を回避する戦いだったのだ。僕は戦わずに逃げることにしている。一九八六年の壊廃の時、僕がとった行動は逃げて逃げて逃げまくることだった。殺すか殺されるかという極限状態に置かれても、逃げるという手が残されていること、また普段の安泰な生活の中でも、世間からは褒められないが、困難に直面したら逃げるという手があることを皆に知ってほしいと思う。人間はライオンのような肉食獣でもなく、エサを待つブタのような家畜でもないのだ。カモシカのように、シマウマのようにしなやかに逃げまくれ！

一九八九年の秋の時点で、新聞には、容疑者の公判は来年になる見通しと書かれてあったが、実際一九九〇年に公判は行われたのだろうか。後に一九九〇年の毎日新聞の縮刷版を丁寧に調べてみたが、そんな記事はどこにも見あたらなかった。事件をあれだけ大きく報じたのだから、公判も大きく報じるべきなのに。公判が行われなかったのなら、そのことも同様に大きく報じるべきだろう。裁判が行われなかったのだとしたら、その理由は精神鑑定で〝責任能力なし〟と判断されたことにほかなるまい。

だとしたらそれを大きく報じて、〝心神喪失者の行為は、罰しない〟という刑法三九条を見直そうという世論が高まってほしかった。僕はありていに言えば「キチガイは人殺ししても罪にならない」というこの法律を一刻でも早く改正してほしいと思っている。何度も言うようだが、こんな法律があるからいつまで経《た》っても精神障害者が白い目で見られるのだ。これは言うなれば、精神障害者は法律に基づいた社会生活を営む権利はないという差別である。どんな残虐《ざんぎゃく》な犯罪者だって正当な裁判を受けられるのに、精神障害者には裁判を受ける権利さえないとは一体どういうことなのだ。僕はあの容疑者を擁護するつもりはないし、本当にあんなことをしでかしたのなら死刑になって当然と思っているが、社会に対してもマスコミに対しても本当に腹が立つ事件であった。

石堂淑朗の「気違いは抹殺されなければならない」は、どうやら〝キチガイ〟という言葉を精神異常の凶悪犯罪者という意味で使っていたようだが、僕はそうではなく、〝釣りキチガイ〟とか、英語の〝CRAZY ABOUT YOU〟のCRAZYのように、ポジティブな、ロマンチックな狂気の表現としてとらえている。そういう素敵なキチガイを僕は何人も見ているし、僕自身、人を幸せにするキチガイであり続けたいと思っている。が、石堂淑朗のような感覚の持ち主の方が世間には多いようなので、この言葉の使い方には十分注意しなければならないだろう。僕としてはキチガイ呼ばわりされるのは構わないが、犯罪者扱いされるのはたまらない。本当に人殺しの精神障害者はちゃんと罰してくれ。でないとこっちが迷惑する。と声を大にして言いたい。

（これを書いていた一九九五年二月、久々に宮﨑勤に関する報道を見た。それまで彼の実名は報道することを自主規制しているものと思い込んでいたので、この本でも実名を書くことを控えていたのだが拍子抜けした。と同時に彼の責任能力問題が六年経ってもまだ決着してないことを知り、ア然となった。何か無罪になりそうな予感がしていた。）

東ドイツが出国の自由化を発表し、市民達がベルリンの壁を取り壊すというシンボリックな映像が飛びこんできたのは十一月十日のことだったが、その少し前の十月二十七日に、フジテレビ系列で奇妙な番組が放送された。いや、番組自体は奇妙でも何でもなかったのだが、僕にとっては特別な意味、メッセージを放つものだった。「レーガン前大統領夫妻来日記念特別企画フレンドシップコンサート」というもので、その中で、レーガンの音頭取りで、皆で「ユーアーマイサンシャイン」を歌ったのだ。それを見て僕は、「あ、これは僕のためにみんなが歌ってくれてるんだ」と思った。

被害妄想の逆で（やはり誇大妄想というのだろうか）、僕はすっかり幸せな気分になった。世界中のみんなが、入院している僕を応援、祝福してくれているような気がして。この時期、確かに世界中は平和なヴィジョンを描いていたと思う。それは僕にとっては、僕の入院と無関係ではなかった。僕の入院とほぼ同時期に始まり、入院中にもの凄《すご》いエネルギーを放出した東欧の民主化も、僕の思い描いている世界平和を皆が夢中になって実現させようとしているんだと、僕には思われた（妄想ついでに言うと、その後にはドイツが必ずしもうまく行っていないのは、僕が退院後、鬱《うつ》になってしまったのと対応している）。

以上のようなことは妄想に他ならなかったのだろうが、テレビや新聞だけでなく、一緒に入院していた患者達の僕への態度からも、僕は特別な人間なんだと思わざるを得ないようなことがしばしばうかがえた。それがいやがらせとか被害妄想ではなく、幸福な妄想になっていたのが、僕が躁病と診断されたゆえんなのだが。

例えば、年齢不明のソウルフルな巫女《みこ》という風体のある少女は、かぼそいよく聞きとれない声で僕に何かと話しかけ、僕が優しすぎるとぶったり、「今やってるテレビはあなたのために放送しているから見なさい」と言ったりした。別の、一見どこが病気なのかわからない健康そうな可愛《かわい》らしい女性（既婚）は、僕が入院中退屈しないように自分はこの病院に入院した、などと言った。また、前述した毎日板書をするIさんは、人の名前を書くことは一切しなかったのだが、ある日、僕が不穏状態になったのを見て、

緑の下の筍《たけのこ》で
出るに出られずか
和彦サン
カワイソウ
ナントカシナサイ
進退魅惑ノ道ヲ
迷走スルカ
小林殿

と書いた（十月二十七日のこと）。

しかし、僕と直接関係のあった周囲の人の反応ならともかく、テレビや新聞になぜこうも過剰に反応してしまうのだろう。どうしても世の中の出来事が自分と直接的に関わっているように思えてならないのだ。しかしそれで体調が悪くなってしまうようなことはなかった（初日の壊廃を除いて）。僕は平穏時からすべての事物は密接に関

連しあっているという、量子物理学からもキルケゴールをはじめとする哲学からも発している思想にとらわれていて、入院中は特にそれが顕著に表れていた。色々なことがあたかも僕へのシグナルのように飛び込んでくるのだ。僕が全く興味がない、あるいは向うが僕に全く興味を示さないことには全く無関心でいられた。だが、この興味度というのがいい加減なのだ。全く無関心だと思われることが僕の頭の中で見事につながり合ってしまうのだ。医者は関係妄想だという。僕のセンサーが故障したのか、あるいは人間は誰しもそういう機能を有しているのに、日常生活を営むためにシャットアウトされているのか。僕は色んな僕がらみの情報、メッセージを受け取ることに、一種の喜びを感じていたので、それほどたちの悪い病気ではなかったんじゃないかと思っている。

入院中は、早期退院のあてがはずれて、いつも早く退院したいと思っていたが、居心地は決して悪くなかった。天気のいい日、数人と屋上へふとん干しに行くと、隣の小学校のグラウンドで、背番号をつけた小さな選手達が、野球の練習に励んでいて、僕は彼らに向って「背番号1も18もがんばれよー!」と大声で声援を送ったのだ。「ボールは手で投げるんじゃない。体で投げるんだ!」とも言うと、選手達は「ハイ」と元気に返事した。周囲に広がる温かい笑い。僕はこういうハッピーな気分に周りの人を巻き込むことが得意だった。

入院中持ち込んでいたミュージックテープは、ジョン・レノン、おニャン子クラブ、小泉今日子、渡辺美里、石川優子、沢田聖子《しょうこ》などだった。美里の『恋したっていいじゃない』『BELIEVE』（←これは真理の歌だと思った）『10years』、石川優子の『妖精《ようせい》たちの森』『ドリーミー・ドリーマー』、沢田聖子の『走ってください』などが心にしみた。本も大江健三郎の『万延元年のフットボール』など何冊か持ち込んでいたが、なぜか読み進められなかった。読むと頭がおかしくなりそうで、読書という一番好きな行為ができないのが悲しかった。

入院中つらかったことは、主に薬の副作用で手がうまく動かず、字がきれいに書けないことはおろか、洗顔、歯みがきもままならなかったことだ。それともう一つ。入院直後にKさんの会社に二〜三回電話し、「退院したら会いに行くからね」と伝えてもまだあきたらず、ラブレターを出した。そして数日後、Kさんのお母さんから僕の親父《おやじ》に「Kは僕と結婚するつもりはない。もう電話をかけないでくれ」と伝言があったことを聞かされた。その時僕は、Kさんも僕と同じ状態、つまり手がふるえて絵が描けなくなってしまったんだろう、「僕と結婚するつもりはない」と言ったのは方便だと思い、伝言に来た親父の目がそのことを語っているように思われた。しかし、拒絶されたショックはすぐにやってきて、僕はナースステーションに駆け込み、「ここで叫んでもいいか」と許可をとった後、「何でこんなつらい目に遭わなきゃならないんだ！」と大声で叫んだ。

僕のそれまでの幸福なヴィジョンは、すべてKさんとの結婚に基づいていた。それが完璧《かんぺき》にくつがえされ、ひとりよがりの妄想であったことがわかった時のショックは、壊廃ほどではなかったが相当なものだった。

この病院の看護婦や看護士達は、皆僕に親切にしてくれた。ただ、ある看護婦に「結婚はしない方がいい」と言われたのにはひどく傷ついた。なぜあんなことを言ったのだろう。精神障害者は結婚しない方がいいのか。それとも僕が結婚にまつわる妄想にとりつかれていると看破されたからか。

十一月二十日、僕は開放病棟に移った。先生から「年内に退院できる」と言われて、見通しがパッと明るくなり、僕は残り少ない入院生活をエンジョイすることにした。ただ閉鎖病棟のIさんと話ができなくなることが少し寂しかった。釧路の時も、開放に移った時、Dさんと別れるのがつらかったのを思い出した。DさんもIさんも精神病院でしか逢《あ》えない（なんて書くとどうも不穏当だが）素敵な人達で、こういう人が幸せに暮らせる世の中にならないものか、とつくづく思った。もっともDさんもIさんも、もうとっくに世の中を捨ててしまっていて、精神病院の中だからこそ輝きを放っているような気がしないでもなかった。僕も年をとったら彼らのような老人になりたい。

ある日、同室の中年男性の娘さんが父親を見舞いに来た。女子高生で顔は可愛いし明るく活発で、大変素敵な少女として僕の目には映った。母親を亡《な》くし、父親は精神科に入院中という逆境にもめげず、明るく人なつっこい笑顔を周囲にふりまくその少女は、まさに現代に実在する『長くつ下のピッピ』であった。渡辺美里が好きだというその少女の幸せを願わずにはいられない僕だった。閉鎖病棟で面会に来ていた患者の娘さんも僕の好みの大変可愛らしい顔立ちをしていた少女だったし、精神障害者の娘は皆美人だという法則でもあるんじゃないかと妄想してしまった。

開放病棟での生活は、平穏無事に、あっという間に過ぎた。一九八九年十二月四日、僕は刈羽郡総合病院精神神経科を退院した。これから待ち受けている厳しい現実社会のことを思うと、退院した喜びより、これからの不安の方が大きかった。直前の十二月二日から三日にかけて、ゴルバチョフとブッシュがマルタで首脳会談を行い、「冷戦は終わった」と全世界に表明していた。世界の幸福なヴィジョンは、この時最高潮に達したと言える。冷戦が終わったということは熱戦が始まるのではないかという危《き》惧《ぐ》はあったが、「これは二十世紀最大のイベントである」と言った楽天的な評論家の言葉に頷《うなず》き、楽観視した。僕の入院が世界を平和な方向へ導いた。この妄想はとうとう最後まで払拭《ふっしょく》されなかった。

第九章　再出発（一九九〇年一月〜一九九一年四月）

鬱々《うつうつ》たる日々

退院した僕はいきなり鬱状態に陥ってしまった。僕に明るい展望はなかった。タバコの本数が増え、感受性は鈍くなり、日記も書けなくなった。入院時は躁病《そうびょう》と診断されていたのでその反動の鬱が襲ってきたのだろう。料理屋の仕事は続けたが、僕の陰気くさいムードは店を暗くし、前にも増して客は減った。

一九九〇年の年明けから、僕は親父《おやじ》の店の手伝いを八時で切り上げ、十二時すぎまでスナックの皿洗い等裏方のアルバイトを始めた。そして僕が鬱なのは、躁を抑えている薬を飲んでいるからと勝手に判断して、服薬をやめてしまった。たまに通院はしたが、もらった薬はほとんど飲まず、部屋の隅に溜《た》まっていった。たとえ壊廃に襲われてもこんな気分でいるよりは入院前の多幸感の方がよっぽどマシで、薬を飲まなければあの頃の気分が取り戻せるだろうと思っていたのだ。

それでも皿洗いの仕事は真剣に取り組んだ。客が多くて忙しくなるとアタフタしたが、店の人に僕がちょっとおかしいとは思われなかったと思う。

入院している最中は結構頭脳も身体《からだ》もエネルギッシュに活動しているのに、退院するとブルーに沈んで何もする気が起こらなくなるというのは前回の時と同じだった。病棟内では患者は甘やかされていて、世間の風は冷たいということなのか。他の精神障害者の人はどうなんだろう。退院して意気揚々と社会復帰していく人は果たして何割くらいいるのだろうか。僕はこの頃、精神障害回復者のためのデイケアがあることも、精神障害者は調理師になれないという欠格条項があることも知らなかった。親父は僕を病人扱いせず、怠け者とののしった。

僕の入院の間、親父が家を新築し、僕に八畳間という広い部屋が与えられたことが、唯一《ゆいいつ》の僕のささやかな幸せだった。稼ぎがないのに家に住まわせてもらって有り難いと思った。スナックの仕事を終え、家に帰って午前三時頃に寝るまでの約二時間が、一日の中での僕の至福の時間となった。

文芸雑誌「海燕」一九九〇年三月号まで買ったが、四月号以降が柏崎の書店から姿を消してしまった。いや、自分の目に入らなくなったと言った方が正しいだろう。と言うのも、三月号に載った太田健一の『神と人間のプロトコル』があまりにも衝撃的な内容だったからだ。僕の入院直前に『脳細胞日記』を書き、退院直後にその続編とも言えるこの作品を書いた太田健一とは何者なんだ。よっぽど浦島モモコに手紙を書いた柄留人のように太田健一に手紙を書こうかとも思ったが、書く元気がなかった。柄留人の作った〝システムバージョン4・0〟を妄想の産物と呼ぶことは僕にはできないし、実際、作者の高い思考レベル、言語レベルでリアリティーのあるものに描かれている。しかしこのシステムでは柄留人は破滅すると思う。宇宙のすべてを意のままに繰ることなど神ですらできないであろう。もっとも太田健一もそう思っているからこそ空想哲学小説としてこの作品を書いたのだろうが。

一九九〇年一月十六日。現実的に生きることを放棄して、真理の探究にうつつを抜かしていたら、やはり地獄に堕《お》ちるのだろうか。たとえ現実の世界を救って、現実で生きのびたにしても、現実に即して生きる努力をしなかった罰として地獄へ行くのだろうか。もし生きているうちに本当の真理をつかむことができたなら神から祝福されるものとばかり思っていたが、もしかすると神を恐れぬ不届きものと怒りを買うのかもしれない。特に日常を怠惰に過ごし、人間としての務めを怠った者に対しては。

真理あっての日常ではなく、日常あっての真理（究極の現実の姿）と考えた方がいい。本当はどちらも密接につながっていて後先などないのだろうが、同時に極めることは難しそうだから、日常を優先して考えよう。僕が入院している間に少しは神が僕の理想をすくい上げてくれたみたいだし、世の中、もうしばらくは僕が考え悩まなくても大丈夫だろう。もっと現実の身の回りの大切なこと、例えば朝寝坊しないとか夜は早く寝るとかを地道にやっていくことに頭を使おう。これから十年間、大変な時代を生きていかなくてはならないのだから、そうそうドロップアウトばかりしてはいられない。まさか僕がドロップアウトすると世の中が平和になるというシステムができてるんじゃないだろうなー。

一月十九日。考え直した。より不穏当な考えかもしれんが。僕は自分の幸せと世の中の幸せをいっぺんに成就《じょうじゅ》させようと考えてしまった。それが天に聞き届けられ、世の中が大きく変革した。僕は自分の身体の危機を直観し、天の意思（親父を通して）に従って入院したのだ。だから天に見放されたわけではない。僕への評価をしてくれたということだ。これから僕個人への評価が本格化するだろう。一人の人間として人間界の務めを果たすことができるかどうかに対して。人間界に送り込まれた魔法使いか宇宙人にでもなったつもりで使命を果たそう。まじめに当たり前に生きるというのも大事な使命のはずだ（今、『ニューースステーション』で万歳をしてくれた。きのうの『とんねるずのみなさんのおかげです』で〝普通に生きろ〟というメッセージがあった)。

でもどうしても、人類全体に関わる包括的な生き方をしろ、というメッセージも受け取ってしまう。栗本慎一郎と田原総一朗の対談『闘論　二千年の埋葬』の中に〝人類の進化は、自然淘汰《とうた》やランダムな突然変異なんかではなく最初から決まった方向に、種がまるごと変化(変異)する〟という記述があった。それはどういうことかと考えるに、すべての個体が神とつながっているから、一つの優れた個体が現れれば、彼が特に自ら他の個体、団体に働きかけなくとも、神が彼の優れた因子をすばやく汲《く》み取り、他の全個体にその情報を与える(遺伝子を操作する)のではないだろうか。よりよい考えをした者の世界ができるということだ。ナポレオンは常に右手で心臓を押さえていた。これは心臓の鼓動で神との交信をしていたからだろう。これは僕にも思い当たる。ナポレオンやヒットラーや秀吉《ひでよし》が失敗したのは、自分が神の機能を果たそうとしたからに違いない。彼らはおそらく途方もない壊廃を味わったのではなかろうか。人間は、どうしようもなく不自由な肉体という枷《かせ》をはめられている人間は、どうしたって神になれないのである。

三月五日。「がーんばあれーがーんばあれーたのむーがんばれーがんばってえくれー」(武田《たけだ》鉄矢『声援』)ああ、本来は理想的な社会であれば必要のない武田鉄矢の歌が僕には必要だ。ホント原発みたいなヤツ。松尾貴史《たかし》はすっごいぜ。「ファイトー！　がんばって生きるんだ！　私達はカッちゃんが生きてたことの証《あかし》なんだから」というシンドイ生き方を選んだ南と達也も凄《すご》い。僕だって母ちゃんと婆《ばあ》ちゃんが生きていたことの証として精一杯生きていかなきゃ！　などと書いてみても昂《こう》揚感《ようかん》は湧《わ》いてこないなあ（それでいいのだ、と言えるだろうか？）。

フツーに生きよう。フツーに。普遍的な生き方とは何だろう。僕の体に流れている先祖達が残してくれた遺産をムダにすることなく生きることでしょうね。多分。それが入院せずにできれば本物だ。

三月九日。もし僕があの時（一九八六年七月）おかしくならずにその後もずっと苦しみながらも演出の仕事を続けていたら、僕と世の中はどうなっていただろう。今とは全く別の世界が展開し、僕個人は今より多少幸せでも、世の中は今より悪い方向へ向かい、一九九九年の人類滅亡へ至ったかもしれない。そうでなければ発狂した意味がない。自分の幸せを犠牲にした意味が……。いや、このどん底から幸せをつかみ取ってこそ、人類は救われるのだろうか。自分の幸せ＝世の中の幸せが真ならば、何とか幸せにならなければ。

三月十四日。自分の考えや思いを世の中のみんなに伝えたい。しかし現実世界でそれをやり遂げることに僕は失敗した。やり方がわからなかった。だが今ではわかっている。言葉にならない思いを霊的空間に向けて発すればよいのだ。すべての人が瞬時に分かり合えるあの一九八六年七月二十五日の霊的空間だ。その機能とソフトが僕にはあるはずだ。しかしあの体験は二度と訪れず、僕の想念もエネルギーを発揮するに至らない。

まだあせってはいけない。二〇〇〇年までに解脱《げだつ》の境地に達するのだ。現実生活を大事にすることと平行しつつ、あと十年で万全の準備をしなければならない。二〇〇〇年までに死んではならない。できれば二千年紀後の世界も十分生きて満足して死にたい。一九八九年十月十六日に落としたマッチはやはり28であるとともに38でもあったのだ。

とりあえずの目標——三十八歳まで生きること。僕は僕の世界を救う使命を持っている。誰もが皆、彼らの世界を救う使命を持っているように。僕にとってはお袋や婆《ばあ》ちゃんがその使命を与えてくれた（↑自己を変革すること）。僕にとって僕の世界とは身辺のことだけでなく、この宇宙全体なのだな、シンドイことに。それを選んだのは僕自身なのだ（幼少時から天文学の本を読むのが好きだったからだろうか）。

三月十五日。キリスト教社会が仕掛けた壮大な暗示——二千年紀末のグランドクロスは人類の精神に破滅的な影響を与える。僕は人類のためにそれを一手に引き受けて発狂死するのではないか。人類が滅亡するのはイヤだが僕一人が三十八歳の若さで苦しみながら死ぬのもイヤだ。神は平和的に人類を三千年紀に導くシステムを準備しているが、人類はそのシステムを使う術《すべ》をまだ持っていない。人類は神に近づきすぎると肉体は死ぬ。神のシステムを手に入れるのは綱渡りだ。発狂せずに僕と人類を救うにはどうすればいいのか。

親父の言う通り、夜きちんと寝て、朝きちんと起きて規則正しい生活をすればいいような気がする。瞑想《めいそう》の時間もこれに組み入れよう。親父を大事にせよ！

自分の幸せか世の幸せかという命題は前から考えていたことで、全く解決しておらず、ずっと悩んでいたようだ。「天の意思」だの「神の機能」だの「霊的空間」だの、何やら神秘主義的な思想にとりつかれてもいた。これは一九八六年からずっとそうだったのかもしれない。哲学や社会学や物理学を僕はどうも神秘主義的なものとして理解してしまった傾向があり、今、そのことを反省している。あらゆるものが僕にそういうメッセージを送っていたのではなく、僕があらゆるものからそういうメッセージを選んで受け取っていたのだ。

物理学と神秘主義をごっちゃにすることは〝カテゴリーエラー〟であるとして『パラダイム・ブック』の中でも戒めている。しかし物理学と経営学に共通点があることは小林秀雄をはじめ、多くの人が指摘していることだ。僕は難しいことがよくわからないから安易に神秘主義的なものに走っているのかもしれないが、神秘主義を非科学的なものとして未熟なものとして排除する気にはなれない。宇宙に出て悟りを開いた宇宙飛行士がたくさんいること、ジョン・C・リリーが長生きしていることに希望を託し、自分の完成を信じてもいたい。

僕は空想を思い巡らすだけで、現実的なことは何一つできず、ブルーに沈んで、鬱々と毎日を送っていた。コリン・ウィルソンも大川隆法も川原泉ももはや僕を元気づけてはくれなかった。もう世の中を変革したいとかよけいなことは考えないで、他の人に合わせて朱に交わって赤くなって、川の流れに逆らわないで地道に生きていくしかないかなあ。でも今更そんな風に生き方を変えることができるかなあと、悶々《もんもん》としていた一九九〇年の六月、一つの曲が僕のモヤモヤを吹き飛ばしてくれた。僕の

〝モヤモヤ〟が何であるかを明確にしてくれた曲に巡り合えたのだ。それがUP－BEAT の『NO SIDE ACTION』だった。

僕は一九八六年のおニャン子クラブを最後に、今どういう歌が世の中で流行《はや》っているかということにそれまで全く無関心で、特にビートルズ以外のロック系の曲は昔からほとんど関心がなかった。六月のある日の深夜、何気なくテレビを見ていたら音楽番組がUP－BEAT の特集を組み、そのプロモーションビデオを流した。雨のバレンタインがどうしたの月夜のキスだの趣味に合わない曲ばっかかだなと思っていたら『NO SIDE ACTION』が流れ出した。何だこの凄い歌詞は。ロックってこんな世界を歌っているのか。僕は衝撃を受け、早速UP－BEAT のベストアルバムを買ってしまった。そして『NO SIDE ACTION』だけを何度も何度も繰り返して聞いたのである。他の曲は好きになれなかった。ただ『NO SIDE ACTION』のみが、特に「愛するものの為《ため》世界を背にして逆らう日が来る」、「どれだけ傷つけばすべて投げだせる誰かに出逢《であ》える」、「たどりつきたい手ぬるい世界に埋もれたくはない」といった歌詞が心の琴線に触れた。

UP－BEAT を知ったことがTHE BLUE HEARTS を知るとっかかりとなった。この二つのバンドともうとっくの昔に一世を風靡《ふうび》していたのだが僕はとにかく一九九〇年の六月という時期に初めて出会ったのだ。ブルーハーツはデビューアルバム『THE BLUE HEARTS』から入ったのだが、そのすべての曲に激しく鼓舞され魂が揺さぶられた。イエイツとかランボーの詩にではなく、おニャン子クラブとかブルーハーツに魂を奪われるというところが僕の軽薄なところだが、そういう時代なのだと開き直るしかない。

とにかくブルーハーツの詞、曲には驚嘆ばかりしていた。『少年の詩』の「いろんな事が思い通りになったらいいのになあ」というヒロトの叫びは、万人が持っている夢の最もシンプルな発露だ。二枚目『YOUNG AND PRETTY』には真島昌利《ましままさとし》の曲もいくつか入っていて、その中の『ロクデナシ』は〝落ちこぼれよはみ出し者よ、がんばれ、どんなに打ちのめされても白い目で見られても生きていこうじゃないか〟と、現在言われている障害者のノーマライゼーションにも通ずる主張がなされていて、大いに元気づけられた。三作目の『TRAIN‐TRAIN』もすぐに手に入れ、遅まきながら知った『TRAIN‐TRAIN』という名曲と、こっちの方が真島の本音かなと思える『青空』に大きな衝撃を受けた。以後僕は、ブルーハーツというよりは、真島昌利の歌に魅《ひ》かれていった。

前回の退院直後の鬱《うつ》状態から抜け出せたのは同人誌活動のおかげだったが、今回の鬱状態は「UP‐BEAT」と「ブルーハーツ」が吹き飛ばしてくれた。同じ頃、国上《こくじょう》寺《じ》を一人で訪ねたりして良寛《りょうかん》に傾倒、また、小林秀雄の『ゴッホの手紙』を読んでゴッホの生き様に感動し、彼らと自分との共通点を見出《みいだ》して嬉《うれ》しくもなった。ゴッホが自殺直前に木に登って「とても駄目だ」と叫んでいたというくだりは、同じような経験をしている僕には感覚的によくわかる。

一九九〇年七月には、というわけで、エネルギッシュとはいかないまでも普通の精神状態というか心の平安を取り戻せていた。

三度目の発狂

一九九一年、原発サイト内でつらい鉄筋工の仕事をしていた僕に、東京のわんぱく氏から朗報をもらう。東京へ出てまたアニメの仕事を一緒にやらないかということだった。悩んだが、親父《おやじ》も、妹のダンナも勧めてくれ、再びアニメの世界に飛び込む決意を固める。

四月初旬、ミックの家に泊めてもらって、面接を受ける。すぐに決まり、給料も月二〇万と条件も良かった。さっそく物件を探し、武蔵小金井《むさしこがねい》に安くていいアパートを見つけた。それからの一週間は目まぐるしかった。

今回も、最初の釧路行きの時と同じように、東京へたつ前からすでにおかしくなっていた。郡病院へ向かう車の中で不安の発作に見舞われ、何とか病院の駐車場に着いたとたんに駐車場にバタリと倒れてしまった。数人の知らない人達に寄りかかって、精神科の外来に連れて行ってもらった。医師はいつもの薬をくれただけで、僕もこれから東京へ行くことは話さなかった。親父の知り合いの十八歳のロミちゃんという娘と仲良くなっていて、彼女は一足早く東京の短大に行くことになっていて、僕と彼女は東京で再会して一緒に食事をする約束をしていた。

四月六日。いよいよ東京に旅立つ日が来た。親父にバス停まで送ってもらう。車中僕は「関東大震災は大正天皇が起こした」などと言って、親父に「そういうことを言うな。思ってもいかん」とエラく怒られた。バスを待っている間、感情がどんどん高まっていって、今まで習った歴史はウソだと思い、絶対的な自由・幸福の境地に達する。一九八六年七月二十五日にイメージとして知っていたものを実際に体感する感じ。僕は何からも束縛されず自由だと知って、道路に寝転がったりする。しかし多幸感は長続きせず、バスは来ないのではないかという怖《おそ》れに変わる。しかしバスは来た。殺されるのではないかという不安でいっぱいの気持ちで乗り込み、荷物を通路に放り出して、最後部に陣取り、コーヒーをがぶ飲みする。バスが走っているうちにどうやら大丈夫そうだという気分に落ち着き、自分の座席に戻る。

下落合で降りて、西武新宿線に乗り換える。女性がみんな可愛《かわい》く見えて嬉しくなってしまう。別の次元空間に入った感じ。高田馬場の喫茶ロマンに行くと、お師匠が一人待っていた。世間話をしたが、お師匠はどことなくソワソワしていた。B氏と虫氏がやって来て、恐竜は名前をつけた人がもうかっただの、日本海側の雪は帳尻《ちょうじり》を合わせたように降ったとか、彼らにとって有利な話題に僕を引きずり込もうとしているように感じ、「また俺が世界を動かすのか、カンベンしてくれー」という思いにとらわれた。とりすがるお師匠を振り払うようにして店を出て、助けを求めようとして車道に飛び出したが、お師匠のタックルで止められた。自らマクドナルドに行ってコーヒーを買い（人の助けがないと生き延びられないことは知っていた）、落ち着きを取り戻した。まだ気分はよくなかったのでP氏の家へ行った。部屋で横になったが、P氏とお師匠がビデオのことで「もう寿命だ」とか話しているのを、自分のことと考えてしまい気が滅入《めい》った。家へ電話すると、親父に帰ってくるよう説得されたが、自分には大きな夢があるので聞く耳を持たなかった。高田馬場でミックと落ち合い、西武柳《やぎ》沢《さわ》の彼のアパートへ行く。人もうらやむ親友どうしという感じ。ミックの家では何事もなく一夜を明かすが、夜中美夜ちゃんになぐさめてもらう幻覚があった。

四月七日（日）、朝ミックと出て、新宿のマクドナルドへ行く。変わったデザインの建物でミックは心配していた。二階は禁煙、三階は喫煙席だった。スクラッチゲームは今回は外れた。三階の喫煙席へ一人で行って一服すると、女の子がおそらく徹夜で遊んだのだろう、だらしない格好で座って寝ていた。きれいな脚に見とれて思わずボッキすると、彼女もよがるように股《また》をおっぴろげたので、こんなこともできるのかとビックリした。マクドナルドを出てミックと別れ、心臓がドキドキするので強心剤を買おうと店の開く十時まで時間をつぶした。その間、僕に関して指令を受け渡している集団に何度か遭遇した。十時になったので薬屋に行き強心剤を求め、その場で服用する。何とか落ち着いたので、中央線で武蔵小金井に行く。ここでわんぱく氏を待つ。十一時にわんぱく氏が来たので、不動産屋へ行ってアパートの契約を済まし、デパートへ行って蛍光灯を買いアパートへ行く。

一時に警察署で妹と妹のダンナと待ち合わせて四人でプーさん（カレー屋）に行く。

人もうらやむような円満なムードでカレーを食べたが、後に妹に聞くところによると「みんなが阿弥陀如来《あみだにょらい》になれば世界は平和になるんだ」等とハイテンションなことを言っていたらしい。外に出て日用品を買いに行く。なぜかカーテン売り場の前に来ると胸苦しくなる。その後喫茶店へ行き、妹のダンナに「救心」を買ってきてもらう（今朝買ったのはこの時持っていなかった）。アパートでは荷物は段ボール箱に入ったままだったが、ベッドは組み立ててあったので、夜ミックが来てくれたのにすぐに帰ってもらい横になった。

夜中、不安の発作に襲われ、消防署へ直接行って救急車を頼んだが相手にされず、その足で警察署へ行った。押し問答の末、わかってもらえず、おとなしくアパートへ帰ってその夜は寝た。

四月八日（月）、アパートを出て十時半頃三鷹《みたか》のスタジオへ行く。具合が悪くて別室で寝る。昼、アニーズへ行って飯を食い、本屋でエロ本を買う。わんぱく氏に同伴してもらって小金井病院（精神病院）に行くが、昨晩の警察でのやりとりと同じ問答があって追い出される（後でわんぱく氏に聞いた話では「ウチでは手に負えない」と言われたそうだが、僕は精神科に追い出されたということは自分は正常なんだと思った）。この時すでに自分は生き仏になったと思っていた。墓石屋の前を通ると安らぐが、神社の前を通るとやばいなーと思いつつアパートへ帰る。雪中梅とキャスターマイルドで心臓をなだめすかすが、だんだん終末恐怖が募っていき、僕の世界はこれまでだと思いアパートを飛び出す。通りすがりの女性に助けを乞《こ》い、駅前の派出所に連れて行ってもらう。警官がのんびりしていたので、あ、大丈夫なんだと思い、少し落ち着いて、以前入ったことのある喫茶店「コロラド」に入る。隣の三人のサラリーマンが面白そうな、難しそうな話をしていたので「僕も話にまぜてもらえませんか」と話しかけると、「ダメだ」と断られる。僕は体の中の記憶がどんどんさかのぼっていき、とうとう恐竜時代にまで行ってしまった。発狂する。店の中に倒れる。警察官の格好をした竹下登が僕の顔をのぞき込み、「大丈夫か」と声をかける。パトカーに乗り込むと、後部座席に警官の格好をした芝山さんが乗っていた。「芝山さん、ふけましたね」と話しかけると、「ウヒャヒャヒャヒャ」と芝山さんにしかできない笑いが返ってくる。警察署でしばらく待たされ、妹が来て、警察の車で稲城台病院に連れ込まれ、結局それから四カ月間入院する羽目になった。

この病院での入院体験はあまり思い出したくない。患者に対する待遇がひどい病院だった。

八月に稲城台病院を退院し、その後すぐ、柏崎厚生病院に入院したが、ここも二カ月で退院した。この地元の病院で、アイちゃんという素敵な女性と知り合い、彼女とは今でも良い友達としてつきあっている。二〇〇六年現在、僕は、担当の吉浜先生から「晩期の寛解に入った」と言われている。今は幸せです。

僕の記録はこれで終わる。苦労して文章化してきた今までの体験をはるかに凌駕《りょうが》する壊廃を、一九九一年以降も経験するのだが、それを文章化することがどうしてもできないのだ。ジョン・C・リリーならできるかもしれないが、僕の場合は封印した魔物を解き放つ行為になってしまう。

はっきり言って、忘れてしまったことも数多い。忘れることによって封印しているのだ。どちらかというとネガティブな、「忘れる」という大脳の営みに、心から感謝する今日この頃である。

文庫版書き下ろし

最終章　障害があっても（一九九一年〜現在）

一九九一年から現在（二〇一一年七月）まで僕は、柏崎市内にある柏崎厚生病院（精神科、神経科、内科、歯科等がある）にずっと通院していて、その内合計八回、同病院に入院している。入院時期、期間と、その間の主な出来事は次の通り。

・**一九九一年八月二日〜九月二十七日**

医療保護入院で開放病棟に。東京の稲城台病院を退院して柏崎に戻って来たら鬱《うつ》状態になってしまい、回復するための充電のような入院だった。二年前に刈羽郡病院で一緒だった患者との再会もあり、比較的楽しかった。この時知り合った女性患者に、後年迷惑をかけてしまうことになる。

・**一九九七年九月二十九日〜十月二十三日**

一週間位眠れぬ日が続き、父と龍ケ窪《りゅうがくぼ》温泉に行った帰り幻覚妄想状態に。その晩、不安が相似形の波のようにどんどん大きくなって襲って来て、いくら退治してもキりがない感じになる。アナログとデジタルの戦いみたいだった。極度の不安の中、眠れば救われると思うが眠れず、父を起こして隣りに布団《ふとん》を敷いてもらって、なんとか寝た。この時程家族のありがたさを感じたことはない。

翌日、父と共に柏崎厚生病院へ。院長の診察を受け、医療保護入院となる。院長と吉浜先生に伴われて保護室（隔離室）へ入室。幻覚妄想を全《すべ》て叩《たた》き出し、三日後一般病棟（閉鎖病棟）へ。嫌な患者がいて、開放病棟へ移りたかったが、閉鎖病棟のまま一ヶ月足らずで退院。

・一九九七年十一月十二日〜十一月二十五日

前回の退院後の経過が悪く、吉浜先生に半ば懇願されて、任意入院で開放病棟へ。しかし他患者に迷惑をかけまくり、翌日閉鎖病棟へ移され、おとなしく療養した。

・二〇〇一年八月三十日〜十月十五日

一週間位早朝に目覚めてしまう日が続き（池田小児童殺傷事件の影響はなかったと思う）、単独で吉浜先生の診察を受け、開放病棟に入院。他患者とのトラブルがあって、九月四日に閉鎖病棟へ。閉鎖での記憶は殆んどなく（ずっと幻覚妄想状態だった）、気がついたら保護室の中に閉じ込められていた。ここで自殺未遂を四回やったが、死にたくてやったのではなく、「この苦難を乗り越えないと生き延びられない」という強迫観念にかられ、自分に苦業を課した、というのが真相である。

9・11アメリカ同時多発テロ事件は、保護室の中にいて本来なら知らずに済んだのに、何故《なぜ》か隣りの部屋の男が出入り自由で、壁越しにニュースを聞かされた。僕は次に狙われるのは柏崎の原発に違いないと思い込んで、恐怖におののいていた。

十月一日、保護室から出してもらうと、そこは完成して間もない急性期病棟だった。保護室の造りが一九九七年に入った時のと同じ古い木造のものだったので、開放病棟か閉鎖病棟に居ると思っていたのに、まるでコンテナのように新しい病棟の中に納まっていたので驚いた。何故急性期病棟を新築した際に保護室も新しく造り直さなかったのか疑問だが、重症患者にとって心理的に安心できる何かが、あの古い造りにあるのかもしれない。

・二〇〇二年五月二十九日〜六月二十一日

急性期病棟に入院。父の看病疲れがかなり大きな要因、というか共倒れしてしまった。サッカーのワールドカップ日韓大会をずっと患者と一緒にTV観戦していた。

・二〇〇二年八月三十一日〜九月十一日

父が死んで、僕の居所が決まるまでということで、妹と話し合って入院を決めた。開放病棟だったと思うが、余り記憶がない。

・二〇〇七年三月三十日〜六月十五日

喜怒哀楽が激しくなり一週間位眠れなくなって、お気に入りのマグカップを叩き壊したりして、少々攻撃的になっていた。自力で入院を希望して診察を受け、任意入院を勝ち取ったが、状態はよくなく、四月八日に病院を脱走。ある女性宅の玄関のガラス戸を叩き壊してしまい、器物損壊の現行犯で柏崎警察署に一晩留置された。翌日、警官と保健所職員に連れられて、関病院、さいがた病院の二ヶ所で精神鑑定を受け、「精神障害により自傷・他害のおそれあり」と診断され、夕方、措置入院として柏崎厚生病院に再入院となる。しばらく保護室に隔離され、激しい幻覚妄想と天井をボーッと見つめる状態を交互に繰り返しつつ、徐々に落ち着き、五月七日より医療保護入院に切り替わると共に急性期病棟へ。被害者の女性と吉浜先生と三人で話し合って、退院の許可をもらう。

退院後はしばらく気力がなくて、毎日寝てばかりだったが、先生から〝ひきこもり〟を勧められ、罪を犯した罪悪感もあって、おとなしくしていた。そんな矢先（七月十六日）、柏崎を震度6強の中越沖地震が襲った。「ああ、僕のせいだ」と思ったのは、あながち被害妄想とは言い切れないと思う。それまで幾度となく襲われていた〝世界が崩壊してしまう不安〟が、妄想ではなく遂に現実になってしまったのだ。因《ちなみ》に原発が設計通り安全に停止して、放射能漏れが殆《ほと》んどなかった件も、親《おや》父《じ》が柏崎を守ってくれたんだと信じている。(地上での僕の不始末を、天上で親父が後始末している、とか……。)

・二〇〇八年三月三日〜六月二日

やはり一週間位眠れなくなる前兆があったが、入院前に色々と不思議な体験をした。外来で点滴を受けている時、腹の中の餓鬼が出て来て、体が足の方からどんどん食われていく感覚に襲われた。妹に連絡をとって医療保護で入院。翌日には症状がひどくなり、三週間程保護室(拘束含む)に居た。幻覚妄想状態の時は、僕を亡《な》き者にしようとしている〝怪人二十一面相〟(実はもう一人の自分だった)と、親《しん》戚《せき》、友達総動員で戦っていた。自分の幼い頃や葬式にも立ち会ったが、三月末には急性期病棟へ移り、以後異常体験はなくなり、平穏に過して退院となった。

吉浜先生から「寛解した」と言われたのは二〇〇六年頃だったと思うが、まさかその後、二〇〇七年、二〇〇八年と続けざまに入院することになるとは思ってもみなかった。一体僕は何歳になれば寛解するのだろう。

入院していない時は、一九九六年頃から同病院の精神科デイケアに通っていて、二

○○二年までは市内で何らかの仕事をしていた。二○○二年秋から、父が亡くなったのを機に、市内のグループホームにお世話になっている。

入院期間はいずれも短めな方だと思うが、「入退院を繰り返している」のは事実だ。何故何度も再発してしまうかと言うと、そういう種類の病気であることと、加えて、最初に発病してからの五年間（一九八六年～一九九一年）、退院するとすぐに薬を飲むのをやめてしまっていたからであろう。当時あまり病識がなく、加えて統合失調症に対する知識もなく、大事にしなければならない「臨界期」をおろそかに過してしまったのだ。

入院時期の傾向は、夏であったり秋であったりするが、最近は春先（いわゆる木の芽時）にテンションがおかしくなるので気をつけている。何故か一月と二月に入院していたことが、過去に一度もない。二十年間、眠剤《みんざい》（睡眠導入剤）を飲まないで眠れた夜は一日もなく、飲んでも仲々寝付けないので、睡眠のリズムを崩しがちだ。規則正しい生活と体調管理は、多分僕にとって一生の課題だと思っている。

今飲んでいる薬は、二○○八年の入院を機に大きく変わり、食後薬が夕食後のみでリーマス、セロクエル、デパケン、ムコスタの四種で、寝る前がエバミール、ヒルナミン、ロキソニン、レンドルミンの四種。他に不安時の屯服用にヒルナミンを持ち歩いている。今のところ大した副作用もなく、リーマスやヒルナミンといった昔からある薬に、僕の脳と体の方が順応していってくれた感じだ。

八〇年代の闘病し始めの頃は、薬で無理やり想像力や考える力を押さえつけられている感覚があったが、今はそれはなく、強い薬を飲んでいるはずだが、頭の中は極めてクリアで、ノーマルでいられている。もっとも、今ストレスが殆んどかからない生活ができているからで、仕事とかを始めたらどうなるかはわからない。はっきりわかっているのは、服薬をやめたら一週間以内に頭がおかしくなる、ということだ。

僕の病名は、昔「躁《そう》病」と診断されたり、「情動型の精神分裂病」と診断されたりもしたが、今、吉浜先生からは「妄想型の統合失調症と失調感情障害の病態の混合」と言われている。

「病識」に関しては、心境は少々複雑だ。一九九七年以降の入院は、全て自分から入院したいと医師に告げ、入院の必要があると診断され、医療保護、或いは任意で入院している。つまり常に入院直前は病識はあった、と言える。

だが入院すると大抵すぐにひどい幻覚妄想状態に陥り、自分の病気を認識できなくなってしまう。「頭がおかしくなっていることを、おかしくなっている頭で理解する」ことの困難さをわかってもらえるだろうか。後になって、どういう状態だったかを回想することはできるが、何を考えていたかはおぼろげにしか思い出せない。夢の中で「真理の言葉」が書かれている本を読んで感動し、起きたら全部忘れている、という体験に似ているかも。

重症時の僕は〝何か〟と戦っていることが多い。しかも戦っている相手は〝病魔〟だということに、重症時は気づかない。平穏時は逃げ癖がついている僕だが、幻覚妄想状態の時は〝逃げたら死ぬ〟と思っているので、命がけで戦っている。そういう時は、保護室の中に隔離されていないと、必ず誰かに迷惑をかけたり、トラブルを巻き起こしたりしてしまう。脱走と器物損壊はやってしまったが、自殺や人殺しをしないで済んだのは、理性を越えた何かが僕を守ってくれたからだ、としか思えない。

僕が今、柏崎でどんな日常生活を送っているかと言うと、いっつも妄想が頭の中を駆け巡っている訳でも、現実的思考で諸問題に対処している訳でもなく、一般の人にはちょっと想像しづらい日々を営んでいる。具体的に書くと、精神障害者が十一名暮らしているグループホームに住んでいて、そこから車で二十分かけて柏崎厚生病院の精神科デイケアに通う、ということをウィークデーは基本的に毎日繰り返している。

精神科デイケアでは、昼食付きで朝九時半から午後三時半まで、主に曜日ごとに、手芸、スポーツ、調理実習、園芸、コーヒー喫茶（院内で喫茶店をやる）、カラオケ、話し合い等、活動プログラムが決められていて、これに参加することで患者の社会復帰への促進を図っている。

柏崎厚生病院の精神科デイケアは、三百六十五日年中無休でやっているが、これは全国でも珍らしいらしい。

別プログラムの就労支援を受けて職場復帰してデイケアを巣立って行った若者も多いが、仕事をしたい等の目的も意欲もなく、昼間家に居てもやることがないからという患者も多く来ている。多分院長の方針で、ここのデイケアは働きたいと思っている人も、体調を維持したい人も、暇で行き場のない人も、あらゆるタイプの患者（メンバー）を受け入れているように思われる。そして「何年経《た》ったら卒業」と言われることもない。

僕はというと、はっきり就労が目的でスタッフと話をしたことは殆《ほと》んどない（一回、六年間店員のバイトをやった時、午前中だけデイケアを使わせてくれ、と頼んだことがあったかも）。多分僕は、週三回以上デイケアに参加することをリハビリとして頑張るように、吉浜先生にもデイケア主任の木村さんにも言われたのではないかと思う。

毎晩寝る前に飲んでいるヒルナミンが翌朝まで残ることがあって、僕はよっぽど早い時間に寝られないと翌朝早く起きることが難しい。デイケアも火・水・金の三回は最低行きたいが、起きられず午後まで寝ている事が多々ある。デイケアに通う以前に「早寝早起き」に真剣に取り組むべく吉浜先生と相談しなければ、とはいつも思っているが、先生は「トータルで睡眠時間がとれていればいいですよ」と優しいことを言ってくれるので、僕はついついこの言葉に甘えてしまう。僕は他のメンバーと比べてもあまり厳しく管理されていないような気がするが、「入院されるよりはいいか」と思われているのかもしれない。

僕が今住んでいるグループホームは、精神障害があって、作業所かデイケアに昼間通えることが入居条件となっている。部屋は六畳か八畳の個室が与えられているが、食事はホールでみんなと一緒、トイレ、風呂《ふろ》は共用、という共同生活を送っている。時々体調を崩す人もいるが、一つ屋根の下、助け合ったり慰め合ったりして、結構楽しく生活している。世話人さんが一人いて、住み込みではないが、みんなのごはんを作ってくれ、メンバー一人一人の状態を細かくケアしてくれて、頼れる寮母さんみたいな存在だ。

家賃、食費（平日の朝夕）、光熱費、管理費等は、安く抑えられていて、だいたい月に合計四万円くらい。

僕の部屋は六畳で、他の人より多少モノが多いが（主に本とビデオ）、自分なりに整理整頓《せいとん》して居心地のいい部屋にしているつもりだ。アニメキャラのフィギュアも趣味で集めているが、安い水槽をディスプレイ用ケースにして、コンパクトに飾っている。二〇〇七年の中越沖地震で部屋の中がメチャメチャになり、一回大量の本を処分して以来、「物より空間の方が大事」ということに気づき、物が増えてきたなと思ったらフリマかセコハンショップで売るようにしている。

グループホームの場所は、柏崎市の松波（何故《なぜ》か障害者のための施設が多い）という地区にあり、海岸のすぐ近くに立地している。海岸へ出ると、日本海に沈む夕日や霊峰米山《よねやま》が望める風光明媚《めいび》な所だが、柏崎刈羽原発もすぐ近くに見える（直線距離にして約四キロ）。天気のいい日は海岸や防砂林の中の遊歩道をよく散歩する。

現在の僕の収入源は障害者年金（二級）のみである。グループホームのメンバーの中で唯一《ゆいいつ》、車（赤のeKワゴン）を所有しているが、維持していくのが少しキツイ。毎月貯金を切り崩しているが、それも底を尽きかけてきた。月三万位のバイトができればいいのだが、現状では支出を削るしかない。

ひと月の医療費は、二週間に一回の診察と一週間に一回の訪問看護と月八回〜十五回位のデイケア代で、毎月決まって五千円。平成十八年に施行された自立支援法によって、個々の診療額は倍増したが、年収によって上限額が決められた（低所得者を優遇している）ので、僕は受けられるサービスを増やした。支出が増えた感よりも、生活の質が向上した感の方が強い。自立支援法は、施行された当初、主に授産施設（作業所）に通う当事者やグループホーム利用者に突然使用料（自己負担金）を負わせたため「弱者いじめだ」と言われ、悪法と呼ばれた。しかしその後、法律は毎年のように改正され、僕がグループホームに払う負担金も、当初月に三千八百八十円だったのが今は〇円に戻っている。多分作業所の方も安くなっているはずだ。

今世紀に入ってからの精神障害者への優遇措置には目をみはるものがある。二〇一一年の春には、ついにバス代が精神障害者手帳を見せれば半額になった。これは僕にとっては十年越の悲願だった。

これらは誰か優秀な政治家か役人がいて、彼らが社会保障を充実させるべく動いてくれたのだろうか？　いや、それだけではあるまい。全国の精神障害当事者達が声を出して立ち上がって法改正を勝ち取ったのだ、と僕は信じている。

現実的な考え方をして生きていくべきだ、とは思っているが、僕はどうしても統合失調症患者の切なる願いが世界を動かしている、という妄想的世界観に頭が支配されてしまう。最初に発狂した時の気持ちを忘れたくないからだ。僕は以来ずっと、「世界を救いたい」という誇大妄想的使命感（メシアコンプレックスと言う人もいる）を持ち続けている。具体的に何をやるかと言うと、別に特別なことは何もしない。「毎日の生活をしっかりと一所懸命やっていれば、きっと世の中はうまくいく」という、余り根拠のない楽観主義だ。無力な人間が自分を信じるとはこういうことだ。

人々が紛争で血を流すのは二〇一〇年代で終わりにして欲しい。できれば人類火星着陸を目撃して、明るい未来を確信しながら死にたい。そういう理想をチラチラと眺めつつ、現実に出来る些細《ささい》なことを積み重ねていくことで、僕は使命を果たしたいと思っている。

というか「世界を救う」とは即ち「自分を救う」ことだと思う。世界の中で、世界とつながって生きている自分を大切にする、ということだ。かつてマザー・テレサが言った「世界の平和のために何かしたいのなら、家に帰って家族と仲良く暮らしなさい」という言葉は、自分の身近なところで幸せになることの大切さを表していると思う。

ところで、日本国憲法の前文には、自国と他国との協調が大事として、「自国のことのみに専念して他国を無視してはならない」という言葉が使われている。つまり「世の中全体のことを考えながら行動せよ」と言っている訳だ。

マザー・テレサが個人主義、日本国憲法前文が全体主義とは断定できないが、僕はどちらからも影響を受けている。でも一番自分にフィットしているな、と思うのは、ブルーハーツ（真島昌利）の「チェインギャング」の歌詞だ。（特に「キリストを殺したものはそんな僕の罪のせいだ」「世界が歪んでいるのは僕のしわざかもしれない」という妄想的加害意識！）

精神病はできれば治したい。しかし治せないとしたら、それでもどう生きていくべきかは真剣に考えなければならないだろう。「自分を大事にして生きる」ことも「全体を意識しながら生きる」こともどちらも大事で、両者のバランスをとることは、何も統合失調症患者に限った話ではなく、人間の普遍的な生き方だと思う。僕が気をつけなければならないのは、関係妄想を引き起こして、自分と社会との垣根を曖昧《あいまい》にしてしまうことだ。言い換えると、僕が直面している社会、世界というものが、リアルなものなのかアイディアルなものなのか、を見極めなければならない、ということだ。「現実と妄想の相克」こそが、僕が一番乗り越えるべきテーマなのかもしれない。

「イメージ」という言葉で仲介すると、現実と妄想を隔てているものの正体は何なのか、よくわからなくなってしまう。現実とは共同幻想、或《あ》いは集合的無意識という考え方は、僕にとっては危険なのではあるまいか。

自分と世界（宇宙）がリンクしている感覚は常にある。外的宇宙と内的宇宙は多分同じモノだと思っている。だから人並の日常生活が送れないのかもしれない。本来つながってはいけないものがつながっているのだ。頭の中にスイッチがあればいいのだが、それが壊れているので、つながってる感覚が強く出てきたら、ヒルナミンを飲んでおとなしく寝るしかない。

いろんなものがつながるという感覚は、一般の人には楽しいものなのかもしれないが、僕には恐怖なのだ。自分が全く社会とつながってないと思うのも孤独だろうが、もしかしたら全てがつながってしまう恐怖に比べれば、まだマシなのではないだろうか。

一番わからないのは、みんな〝この一線を越えてしまったら帰って来られなくなる〟という、正気と狂気の境で踏みとどまった経験があるのかないのか、ということだ。そこから一歩踏み込んだらどうなるか、ということをみんなは知っているのだろうか。知っていても、常識がないと思われたくないから、或いは単に恥ずかしいから、表現しようとしないだけなのか。

　僕は厚顔無恥な男なのだろうか……。

　でも、本当に越えてはいけない一線を越えて、何とか人格までは破壊されずに生還できた人間として、その先に見えた世界を刻明に書き記すことは、僕の責務であるような気がする。精神科医や専門家でも、病気のリアルな体験はしていないだろうし、一般の人達にとっても参考になるはずだ。

　統合失調症という病気の症状は、人によって千差万別である。一人の患者でも、粗暴になったりおとなしくなったりする。その人が「幻覚妄想」に襲われている場合、一般の人がそれを理解するのは難しい。家族でもなかなか解《わか》ってもらえない。患者が家族も医師も何もかも信じられなくなったら、自分だけの孤独な世界に閉じ籠《こも》るしかないだろう。

　しかし、統合失調症は、どんなに辛い幻覚妄想に襲われても、死に至る病いではない。

　全《すべ》ての統合失調症患者にとっての一番大きな使命は、「生きていく」ことであると思う。勿論《もちろん》、人を殺してまで生きるべきではないが、病気を苦にしての自殺だけは、何とか思いとどまって欲しい。正しく服薬して、医師と信頼関係を築いて、養生することができれば、病気は必ず改善し、精神医療や新薬の開発にフィードバックされ、後世においてこの病気の克服に、大きく貢献することになるはずなのだ。

苦しくても恥かしくても堂々と生きていこう。

とりあえず六十四歳を目標にがんばって生きよう！（それを過ぎれば寛解率は高くなる）

私たちは決して社会のお荷物ではない！

〝普通に生きる〟ことが健常者でも難しい御時世ならば、必ずしもノーマルな生き方をしなくたっていいのだ。病気とうまくつきあいながら、飼いならしながら、個性的に生きていけばいいと思う。働けない人はデイケアや作業所を利用し、或いは自宅で休養して、少しでも入院しないように努めよう。入院している人はよく養生して、あせらないで、とにかく一回社会に出てみよう。仕事がなくても、意外と何とかなるものです。たとえ頭が不健康でも、健全な道を歩んで行くことはできるのだから。

単行本あとがき

以上は主に寛解したと思われた一九九三年から一九九六年頃に書いたものだが、実は二〇〇六年現在も僕は柏崎厚生病院に通院している。今飲んでいる薬は、テグレトール、リーマス、リントン、ドグマチール、タスモリンの五錠。一九九九年から二〇〇一年にかけて人類は滅亡しなかったが、二〇〇〇年にミックが白血病で亡《な》くなり、二〇〇一年に僕はもの凄《すご》い幻覚妄想状態に陥り再び入院し、そして二〇〇二年に父親が死んだ（享年《きょうねん》六十八）。惨事は人類全体にではなく、僕の身の回りで起こったのだ。

柏崎厚生病院では様々なスタッフ、患者達と知り合い、今でも交流が続いている人もいるので、ここで書くのは控えさせていただく。ただ言いたいのは長年精神障害をかかえている者として、精神障害者の使命には次の三つがある、ということ。

1、自殺しないこと
2、他者を傷つけないこと
3、どうしてもダメだといきづまったらすみやかに精神科に入院すること僕の病名が「統合失調症」であることは、この柏崎厚生病院で初めて知らされた。一九九二年頃のことだ。最初は受け入れ難かったが、その後の入院体験で典型的な統合失調症であることを認めざるを得なかった。

しかし、それでも僕には使命があり、それを果たさなければならないという観念があった。大袈裟《おおげさ》に言えば、世界の救済だ。ここで本文中では触れなかったが、アンドレイ・タルコフスキーという偉大な映画監督について語らねばなるまい。僕は彼の全《すべ》ての作品を観《み》ている訳ではないが、『ストーカー』『ノスタルジア』『サクリファイス』の三つの作品は、まさに僕へのメッセージのように思われてならない。一九八六年という、僕が壊廃に陥ったメモリアルイヤーに、彼は重大なメッセージを残してこの世を去った。幸い世界はまだ滅びていないが、彼は世界の救済を、彼のメッセージを重く受け止められる者に託して死んだのだ。僕は自分の身を守るのに精いっぱいだったが、それがこの世の救済活動につながっていたのではないか。これは多分に誇大妄想だが、二〇〇一年の入院の時、僕は四回呼吸が止まり、その度に生きのびた。覚えているのは、ベッドから床に頭から落ちたのと、呼吸を止めてベッドの足を自分の喉《のど》に押しあてたことだ。これはストーカーがゾーンに向うための様々な儀式、『ノスタルジア』で蠟燭《ろうそく》の炎を消さないように温泉の端から端まで歩く儀式、そして『サクリファイス』で自分の家を燃やすという自己犠牲とつながってはいないか。自分としては、何かタルコフスキーの亡霊にとりつかれていたとしか思えない。願わくば、自分の愚かな行為が、世界救済に貢献せしことを。

最後にストーカーの言葉を引用する。

「希望はかなうものだ。
信じて欲しい。
情熱など頼りにならぬ。
彼らのいわゆる情熱は心の活力ではない。
魂と外界の軋轢《あつれき》なのだ。
大切なのは自分を信じること。
幼な子のように無力であること。
なぜなら無力こそ偉大であって、力は空《むな》しい……」

06・3・9　BGM〈おはながわらった〉〈あめふりくまのこ〉

文庫版あとがき

本書が「東郷室長賞」というタイトルで、文芸社さんからいわゆる共同出版の形で世に出たのは、二〇〇六年五月のことでした。初版七百部の内、売れたのは約半分で、まだ病気が回復していない統合失調症患者が書いた手記、というものは、世間からは求められないのだな、と諦《あきら》めていました。

それが縁あって――友人の望月氏が画策してくれたらしい――新潮社さんから、新潮文庫として出版したい、というお話を頂きました。

中学生の頃から、北杜夫《もりお》や筒井康隆《やすたか》や井上ひさしを読み耽《ふけ》っていた大好きな新潮文庫から、僕の本が出る！……リアルな現実世界でこれ以上の喜びはありません。

この様な読みづらい内容の本を、最後まで読んでくださった読者の皆様方には、ただただ感謝するのみです。読んでいただいて本当に有り難うございました。読んで気分を害された方はどうかお許しください。

最後に、最終章を書き加えるにあたって、協力、助言を惜しみなく与えてくださった、柏崎厚生病院の吉浜先生、デイケア主任の木村さん、訪問看護の近藤さん、その他多くのスタッフ、メンバーの方々に、心から御礼を申し上げます。そして文庫版を実現させてくれた新潮社の皆さん、解説を書いてくださった岩波明先生、旧友の望月智充氏にも格別の謝意を捧《ささ》げたいと思います。

二〇一一年七月

小林和彦

小林君との長い日々

望月智充

小林君と初めて出会ってから三十年以上が過ぎた。彼は早稲田《わせだ》大学で私の一学年下で、「早稲田大学アニメーション同好会」というサークルでの後輩だった（本文同様、このあと「早ア」と略します）。

彼は早アでは大人しい方だったが、好きな作品の趣味で私と一致する部分がけっこうあって、よく話をしたり、互いの実家に泊まったりもした。バイトすれば学生でも買えるくらいに、ビデオデッキの値段が下がった時代でもある。他のメンバーも含めて、互いの家でよくビデオ鑑賞もしていた。

この本の中では小林君の大学生時代は短めに済ませられているが、彼と私との付き合いは早ア時代に凝縮されている感もある。早アというサークルのメンバーの事はこの本の中にたくさん出てくるが、あの数年間の我々仲間の濃密な時間は、ほんとうに貴重であったと思う。

学園祭ではアニメフィルムの上映会を企画し、前夜は皆で教室に泊まったり、八ミリのアニメフィルムを有志で作りイベントに出品したりしていた。夢のような時代だったのかも知れない。全員、彼女もいなくて、はげしく暗かったとも言えるけれど。とにかく、この本の中に「望月氏」として登場している人物が私である。

病気に関する小林君の一連の物語は、四半世紀以上も前から始まる。その当時の私は、精神病というものに特に関心もなかった。精神病について幾ばくかの知識をそれ以前に与えてくれた書物は、手塚治虫《おさむ》の『アポロの歌』と大熊一夫《おおくまかずお》の『ルポ・精神病棟』くらいだったか。もちろん、親友と思っていた人物が精神的な病気を患《わずら》ってどうかなるなどという事態は想像だにしていない。

少しさかのぼるが、私が亜細亜堂《あじあどう》というアニメ会社で仕事を始めたのは一九八一年。まだ早稲田大学に在籍中だった。そのちょうど一年後に演出という役職に就いて現在に至っている。

小林君も二〜三年遅れて同じ会社に所属したことは本書の中に詳しく書かれている。だが実は、私の後から亜細亜堂に入ってきた早ア出身者は全部で四人もいるのである。要は、小林君もそんな一人だったということだ。後輩なので今さら少し厳しいことを言うが、どうしてみんな私と同じ道を辿《たど》ろうとしたのだろう。アニメの仕事がやりたいのなら会社は他にいくらでもあるし、一人で飛び込んだほうが知り合いに甘えることが出来ない分、必死になれたのではないだろうか。

私を含めて五人。その中で現在もこの業界で仕事をしているのは私一人だけである。

当時の亜細亜堂は、埼玉大学から徒歩三分くらいの場所にあって、ここの学食が広々としていて値段は安い。私と同期の若い連中は毎日のようにこの学食で昼食を食べていた。カレーライスやAランチや日替わり定食を食べながら、新作映画を論じたり情報交換をしたり。それが新人時代の我々のほぼ日課だった。

小林君も、入社してからはこの仲間に加わって、しょっちゅう学食を利用していたと思う。楽しいひと時だった。

小林君は初めのうち、「動画」というセクションの作画作業をしていた。「原画」を中割りして、鉛筆のきれいな細い線でトレスするという、作画の基本の仕事である。トレス台と呼ばれるライトボックスの上で、動画用紙を重ねて光で透かしながら行う。

だがはっきり言えば、小林君の動画の画力はさほどではなかった。通常それでは、アニメーターとしては将来性が不安だ。そのことと関係があるのかどうか分からないが、会社は小林君を演出にさせた。理由は私も知らなかったし、彼の演出家としての仕事ぶりも実はほとんど印象にない。きっと私としても、そろそろ面白くなってきた自分の仕事のことで頭がいっぱいだったのだろう。

さて、転機のその年（一九八六年）、私は初めてテレビシリーズ作品の監督に抜擢《ばってき》されて半年以上に亘《わた》って他社へ出向していたため、亜細亜堂での出来事を知らなかった。七月の二十二日か二十三日か、深夜自分のアパートにいるとGさんから電話が掛かってきた。本書の中にもしばしば登場する女性である。用件は予想も出来ないものだった。小林君が急におかしくなった、という。

Gさんによると、彼は七月十九日におニャン子クラブのコンサートに行ってから言動が普通ではなくなり、Gさんを呼び出して、今後彼が作るべき作品について熱く語ったらしい。その詳細は昔のことで忘れてしまったが、タイトルが『横浜物語』だったこと、音楽をポール・マッカートニーが担当すること、などを覚えている。

その当時の亜細亜堂はまだ小さな会社で、民家のような三階建ての建物が本社、すぐそばの雑居ビルの三階が第二スタジオだった。その雑居ビルの階段の踊り場にいつからか一匹の野良猫が棲《す》みついた。スタジオのみんなから呼ばれていた名前が、メスなのになぜか「コージ」。そのコージが子猫を産んだ。トラ子・ミケ子・ブチ・グレ子の四匹。その生まれた日が、偶然にも件《くだん》のおニャン子クラブコンサートと同じ七月十九日だったのである。

やがて出向は終わり、私は八月ごろからしばらく亜細亜堂に戻ったが、小林君は釧《く》路《ろ》の病院に入院した後だった。その年の十一月に彼が最初の退院をして帰京するまで一度も会うことがなかった。

途中で一回だけ電話が掛かってきて、

「『横浜物語』を作るから、フジテレビに電波料を払ってくれと芝山さんに言っておいて。電波料さえ払えばその時間帯に放送できるから」

と、かなりハイな口調で頼まれた。それが小林君の「発狂」後に直接話をした最初だった。

私が彼と会えなかったこの時期の事柄に関してはしかし、本文の記述が非常に正直に書かれているので想像がつく。そばで見ていた人たちから聞いた話とも一致している。彼がどうなるのか、治るのか、このままなのか、当然ながら私にはまったく判断できなかったし、この時点ではいつ退院するのかも分からない。心配しながらも自分の仕事に専念するしかなかった。

コージ&四匹の子猫たちはまだ階段で暮らしていた。その頃の私自身の出来事として、四匹のうち「トラ子」を連れて帰り、高田馬場の一人暮らしのアパートで飼い始めたのだった。他の三匹もそれぞれ希望者が引き取りました。

その後の私は、他のアニメ制作会社に単身で出向し、そこで監督として作品を作ることが多くなった。大抵、一つの作品に関わる期間は数か月から一年以上。そのような仕事の間は、よほどの用事がない限り亜細亜堂に顔を出すことはなくなっていた。だから、小林君が二度の短期的な復職をした頃も、ほとんど会社にはいなかったのではないだろうか。

やがて彼も父親と共に柏崎《かしわざき》市に移り住み、それまでのように日常的に顔を合わせたり喫茶店で話したり、ということはほとんどなくなってしまった。それでも、一九八八年ごろから現在に至るまで、平均して年に一回か二回くらいは直接会っているだろうか。彼が用事で上京する折に古い友人たちも交えて飲んだり、彼が亜細亜堂に遊びに来た際にたまたま私も会社にいたりとか。その間も、入院を数回したりなど彼なりに苦労しているようだが、私と会う時にはいつも昔どおり、互いに二十代前半の頃とほとんど変わらないのが不思議だ。

二〇一一年は、この新潮文庫版の打ち合わせ等で、いつも以上の頻度で小林君と顔を合わせることになった。私の印象では、ずいぶん落ち着いているし今までよりも思慮深いように見える。お互い年を取ったので昔話が多くなるのだが、彼としても、なぜあのとき発症したのか、より冷静に考えているようにも見える。

「自分の発症は、仕事の辛《つら》さから逃げていたのだろうか」という分析を先ごろ彼の口から聞くことが出来て、なかなか進歩したじゃないか、と私は内心で思ったりしたものである。

世の中には、精神障害者への偏見というものがある。私が子供の頃などは、テレビやマンガなどのメディアにも当然のようにそういう描写があった。正しい知識が広がるにつれて徐々にではあっても減って来ているが。

そんな中、小林君に関して言えば、かなり友人知人に恵まれていたのではないだろうか。亜細亜堂の芝山さん小林さんにしても、仕事に関して全く頼りない彼を二度まで復職させている。早アの連中にしても皆、学生時代と同じように付き合っている。まあ、早アの場合は元々のん気な雰囲気というか、他人は他人みたいなクールな部分があるからかも知れない。

だから、小林君自身が周囲の偏見などで悩んだとか、そういう経験はほとんどないのではないか。現に本書の中でもその手の事は書かれていない。私自身の記憶で、例外はQ君ただ一人だった。

入院中の釧路から小林君が電話を掛けてきても、Q君は居留守を使って逃げる。小林君が釧路で退院して最初に亜細亜堂に現れるという日も、Q君は傍目に分かるほどそわそわしていた。いざ小林君が来て数人でファミレスで話をしようとなったとき、誘われたQ君は掌を大きく振って固辞した。そして、小林君が帰ったあと私が会社に戻るなり笑みを浮かべて近づいてきて「どうだった?」と訊《き》くのである。

精神障害と聞いただけでこのような偏見、もしくは恐怖心を持つ人間がいるのだなあと知ったが、ここまで分かりやすいのはQ君だけであった。

今回、本書を読み直してみて思うことがある。

小林君は現在の病気を完治させたいのだろうか。もし完治する病気だとしたら、一人前の社会人に戻る気は。それはすなわち障害者年金を打ち切られて自立することを意味する。普通は病気というのは嫌なもののはずだが、彼はもしかして今のままが気楽でいいと思っているのではないかと、そんな気もするのだ。もちろん病気は辛いものだろうが、自立した社会人として生きていくのも、言わずもがなだが様々に辛い。この点に関して考えると、いろいろ複雑な気分になる。

ここ十数年、小林君と私との共通の友人知人も何人かが他界している。もちろん若死にといわれる年齢だ。一方、二〇〇六年の秋にトラ子が死んだ。二十歳三か月。こちらは猫だから相当な長生きである。運命の（？）おニャン子コンサートの日に生まれた猫なので、小林君の病気の長さを実感させる出来事だった。

（平成二十三年九月、アニメーション監督）

解説

岩波　明

かつて、「早発性痴呆《ちほう》」という精神疾患が存在した。読んで字の通り、早期に発症する痴呆症（認知症）という意味である。これは近代精神医学の創始者であるドイツの精神科医、エミール・クレペリンが命名したものである。

この病気は、思春期から青年期に発症し、幻覚や妄想などの病的な症状を伴いながら、長い経過の中で最終的には痴呆と類似した状態に至ると考えられていた。

慢性期になると人格が解体し、身なりにもかまわなくなり、不潔であたりを徘徊《はいかい》しながら独り言を言う。これが早発性痴呆の典型例として考えられた病像である。実際、現在の薬物療法が一般化する以前の精神病院には、このような患者は珍しくなかった。

幾分差別的に聞こえるかもしれないが、従来はこのような状態を「欠陥状態」、あるいは「荒廃状態」と呼んでいた。

欠陥状態においては、思考のまとまりが悪く話しの筋が追えなくなる。感情的な反応が鈍くなることに加えて、意欲が減退し、いわゆる「無為・自閉」の状態となることが多いと考えられていた。

その後スイスの精神科医であるオイゲン・ブロイラーは、「精神分裂病」という概念を提唱した。二十世紀はじめのことである。

精神分裂病の概念は、おおむね早発性痴呆を引き継ぐものであったが、診断にあたっては疾患の長期的な経過よりも、横断的な症状をより重視した。ブロイラーは精神分裂病に特有の症状として、「自閉」「連合弛緩《しかん》」（思考のまとまりが悪くなること）などをあげている。

この精神分裂病という名称が、その後世界的に広く使用されてきた。ところが一九九〇年代になり、わが国においては精神分裂病という病名が精神疾患に対する差別的な名称であるとされ、「統合失調症」に病名が変更となっている。

現在こそ広汎《こうはん》性発達障害など他の精神疾患に注目が集まっているが、精神医学の歴史は統合失調症の原因を探求するとともに、治療法を求める歴史であったといっても言い過ぎではない。

統合失調症の脳には、何らかの異常があるに違いないと、黎明《れいめい》期の精神医学の研究者たちは考えた。彼らがまず行ったのは、脳の組織の研究であった。実際アルツハイマー病や進行麻痺《まひ》などの疾患では、特有な脳の病変が発見されていたので、統合失調症においてもなんらかの病変がみられると期待されたのである。しかし、二十世紀前半の研究においては、統合失調症において脳の異常は発見されなかった。この点については、近年再検討が行われており、神経病理学的研究の他、MRI画像などを用いた検討が行われている。その結果、いくつかの特徴的な結果が示されているが、現在のところ明確な結論は得られていない。つまり、いまだに統合失調症は未知の疾患なのである。

本書は、統合失調症と診断された著者が自らの精神疾患の体験について綴《つづ》った出色のドキュメンタリーであり、精神医学的にも貴重な記録である。一九六二年、神奈川県に生まれた小林和彦氏は、早稲田大学を卒業後、アニメーションの制作会社に入社し、人気アニメである『タッチ』などの演出を手がけ活躍していた。

小林氏の精神に変調がみられたのは、入社三年目のころであった。はじめは些細《ささい》な変化に思えた。この頃の彼は、メディアや本から得られた情報に過敏に反応し、メッセージを受け取っているように感じることがしばしばみられた。

例えば本書には、衆議院選挙で作家の野坂昭如《あきゆき》氏が新潟三区に立候補したときに、「『(野坂は）本当は田中角栄が好きで、角栄とその陣営を鼓舞するために、自分を捨て駒にしたのではないか』と思っている」とある。これは小林氏独特の解釈で、「妄想的」な確信と言ってもおかしくないものである。

精神医学には「妄想知覚《もうそうちかく》」というタームがある。これは通常の外界からの刺激に対して、特別の意味づけを行なうものであり、患者本人はその内容を強く確信していることが多い。例をあげれば、道を歩いていて黒い犬を見たときに、「これは自分の父親が死んだという知らせだ」とひらめくような場合である。

また現実にそぐわない考えが突然浮かび、それを直観的に確信してしまうことも生じる。たとえば「自分は社会を変革する使命を与えられた特別の人間だと急にわかった」などといったものであるが、これを「妄想着想」と呼んでいる。妄想知覚や妄想着想は、初期の統合失調症でよくみられる症状である。

発症当時の小林氏には、妄想知覚や妄想着想がしばしばみられていたようである。早稲田大学の学生会館で初めて出会った学生二人を田中角栄と竹下登の分身ではないかと思ったという記載があるが、これは妄想知覚であったと思われる。

一九八六年の七月ごろより、日常生活でも仕事の上でも、小林氏は過活動ぎみとなった。彼は、難解な本をむさぼり読んだ。会社の同僚に対して、毎日のように小難しい議論を吹っかけた。

本人は、何かすごい仕事ができそうな予感がしていた。この当時の記述として、「今まで学んだこと、今まで経験したことの一つ一つが寄り集まって、互いに見事に関係し合って、一つの大きな構造物が出来上がろうとしている。そんな予感を感じていた」とある。

このような文章からは、小林氏の気分がかなり高揚していたことが伝わってくる。考え方も、誇大的である。寝食を忘れて企画書を書き、「書いても書いても頭からとめどなく言葉があふれ出し、書き尽くせなかった」という記述からは、「観念奔逸《かんねんほんいつ》」という状態であったことがうかがわれる。以上の点を考えると、当時の小林氏は、躁《そう》状態であったと考えられる。

統合失調症においても躁状態が出現することはあるが、ひんぱんではない。躁うつ病の躁状態でみられるような典型的な躁状態がみられることは少ない。この点から考えると、小林氏の診断は、典型的な統合失調症ではなかったと考えられる。

統合失調症とともに二大精神疾患とされてきたものに、「躁うつ病」という病気がある。躁うつ病という概念は、狭義の躁うつ病（躁状態とうつ状態を繰り返すもの、双極性障害ともいう）とうつ病（うつ状態のみを繰り返すもの）および関連疾患を含むものであるが、最近では「気分障害」と総称されている。

躁うつ病あるいは気分障害におけるもっとも重大な症状は、気分（感情）の障害である。「うつ状態」あるいは「躁状態」が周期的に出現することが、この疾患の特徴である。

統合失調症と躁うつ病は、その症状面から大きな違いがあるように思えるかもしれないが、実際には両者の関連性は大きい。統合失調症でうつ状態など感情面での障害が出現することがあるし、躁うつ病で被害妄想や幻聴がみられることもまれではない。

もっとも大部分のケースにおいては、主な症状と経過から両者の鑑別診断に迷うことは少ない。しかしながら、比較的まれな例にはなるが、統合失調症と躁うつ病の両者の特徴も持つ「中間型」と考えられる症例も散見する。つまり幻覚、妄想などの精神病的な症状を持続的に認める一方で、躁状態やうつ状態などの感情面における病相を繰り返す一群である。

このような一群に対してはさまざまな診断名が与えられてきたが、今日の診断基準においては、「統合失調感情障害（失調感情障害、分裂感情病ともいう）」という診断名が用いられている。小林氏の症状と経過からすると、彼の診断は統合失調症よりも、この統合失調感情障害という病名が適切であると思われる。しかしまた一方、統合失調感情障害は統合失調症とまったく異質の疾患ではない。診断基準においても、統合失調感情障害は統合失調症という大カテゴリーの中の関連疾患として記載されている。このような意味で小林氏の診断を統合失調症と述べることも可能であろう。

精神疾患、とくに統合失調症に罹患《りかん》した人の内的世界はどうなっているのか、幻覚や妄想は、どのように生じてくるのか、そこでどのような心的な現象が起きているかという点は興味が尽きない。

しかしこれまで自らの内的体験を正確に、客観的に描写した患者の手記は、『エデン特急』（マーク・ヴォネガット　みすず書房）、『精神病棟の二十年』（松本昭夫、新潮文庫）などごく稀《まれ》にしか存在していない。その点からも本書は、貴重な記録となっている。

これには理由がある。というのは、統合失調症などの精神疾患においては、自らの病気についての認識が不十分である上に、謝った解釈をしていることが多いからである。つまり、「病識」が不十分か欠如していることが多いため、自らの状態について冷静な状態で客観的に語ることができない。

さらに多くの統合失調症患者において、なんらかの知的機能の衰えがみられる。一般的には統合失調症においては知能の障害がみられないものと考えられているが、思考力や判断力、あるいは推論する力などが、病前と比較すると大きく障害されている場合も少なくない。つまり彼らは、複雑な心理現象をまとめて表現する能力を失っていることが多いのである。

次に示す文章は、ある国立大学の外国語学部卒という学歴を持つ四十代の統合失調症患者の書いた文章である。最近十年あまり、自宅で閉居を続ける彼は、自分で勉強した「成果」を毎回の診察時にレポートとして持ってくる。同じ内容の手紙を県政への意見書として、毎月のように県知事宛《あて》にも送っているという。

「C市は観光客が多く来ているにもかかわらず、交通もうの利便性に欠けているため、駐車場が必要であると思います。中心部が活性化しないと、郊外も良くなりません。観光としては、C県の歴史と伝統があるため、遺跡も残っています。中心地の再生が必要でないかと思います。

観光客が必要とする駐車場が整備されていないため、そして国の補助がなくして交通もうの利便性に欠けてしまいます。中心市街地の再生が必要であると思います」

奇異な個所はないが平板な内容であり、わざわざ県知事に送るべきものではない。彼の報告では同じような内容の意見がレポート用紙に何枚も繰り返されていた。

次に示すのは、被害妄想が持続する二十代の統合失調症患者の書いた手紙の一節である。有名大学に入学することが彼の目標で、長年大学受験を繰り返していた。文章の内容は被害妄想がベースになっているが、本人独自のロジックで話を進めるため理解が難しい点がある。

「東大に行きたい。つまり電波で学力を落とされている以上、病気であると先生仰《おっしゃ》っていらしたけど、やはり東大だと名のっている以上、東大に入りたい。

また院外に出ても、電波なり、学力を落とされたり、もう生きてきてこんな嫌な想《おも》いはしたくありません。

県立U高等学校でイジメに合い、善意である私を社会的政策を受け病気になった、ということです。これで中大も行けなくなり、電波で苦しんでいます」

幻聴などの病的な体験が活発になると、文面はさらに奇妙なものとなる。次の文章は六十代の統合失調症の女性患者のものであるが、病的体験にとらわれ客観的な判断ができない状態となっている。

「マスコミが主になって革命をしたとききましたが、その行為を正当化するために私を利用し、さらに私がマスコミの電波を長いことうけて苦しみ、体験してきたことのすごさを知っているために、じゃまになり、殺すわけにもいかず、自殺に追い込もうとして、連日私に電波と音をかけて、じわ〜とすごく苦しめています。マスコミの裏での陰しつな行為を、ずるさをみんなで見守って下さい」

さらに統合失調症においては、思考障害という症状が知られている。思考のまとまりが悪くなり、筋道を立てて考えを進めていくことが困難となることが多いのである。この結果、会話においても、脱線やテーマのずれが生じてしまう。このような現象を前述したように「連合弛緩」と呼んでいるが、これによっても彼らが自分の内面を語ることを困難にしていることが多い。

連合弛緩がみられる場合、話は大体わかるがまとまりが悪かったり、間接的にしか関連していないような、あるいは全く関連しない話題に考えがそれるような自発談話のパターンとなったりする。

また、関連がない事柄が並べて語られたり、または患者は一つの話題の枠組みから別な枠組みへと独特に変化させたりすることもある。考えと考えの間には曖昧《あいまい》な関連がある場合もあるし、明らかな関連がない場合もある。

さらに重症の場合には、話の意味が全然通じず、極端なものでは話は無関係な言葉の羅列になり、「ことばのサラダ」と呼ばれる。この状態を「滅裂思考」と呼ぶ。言語の新作など、言語の形態や構造に異常を伴うこともある。

これに対して、小林氏の文章は明晰《めいせき》であり、論理的な破綻《はたん》もみられない。これは小林氏の疾患が「統合失調症」ではなく、「統合失調感情障害」であり、統合失調症で通常みられる思考や言語の障害が出現していないためであると考えられる。

平成二十三年五月、新潮社の編集者の仲介で、本書にも登場する望月智充氏とともに、小林氏と直接お会いする機会が設けられた。

小雨の降る肌寒い日であったが、初めてお会いした小林氏は、物静かで寡黙《かもく》な紳士であった。寡黙といっても、周囲を拒否して沈黙を貫くというようなものではなく、誠実でシャイな、控えめな人柄が窺《うかが》われるものだった。

小林氏は私のかなり突っ込んだ個人的な内容の質問にも、慎重にではあるが丁寧に答えてくれた。そのような小林氏の様子は、本書に述べられている急性期の過活動な躁状態と非常に対照的であった。そして、私の求めに応じて、これまでの病院での治療や毎日の生活の状況についても、話してくれた。もし、読者の皆さんが小林氏に出会うことがあっても、この穏やかな人物が、興奮状態となって器物破壊を起こしたり、自傷行為のため、精神科の保護室に数週間も隔離されていたりもしたとはなかなか信じられないことと思う。

ただ一方、一九九一年から現在まで、小林氏は通院中の柏崎厚生病院に八回もの入退院を繰り返している。いずれも短期間で改善はみられているが、生活上のストレスなどをきっかけとして急速に精神症状が悪化している点を考慮するならば、継続的な精神医療によるケアが欠かせないことを示している。

最近の小林氏の生活は、グループホームに住み、精神科のデイケアに通院する毎日だという。十人あまりの患者が生活しているというグループホームでの共同生活の様子を読むと、若者の合宿生活のようでなかなか楽しそうである。

その中で小林氏は、人類の幸福を願い、「人々が紛争で血を流すのは二〇一〇年代で終わりにして欲しい」と青年時代と変わらぬ高い理想を持つことをやめていない。このような誠実な理想を掲げつつ、自らも夢や希望を持つことを追求しようとしている小林氏の姿勢は精神疾患を持つ人々だけではなく、すべての読者に力強いメッセージとなって伝わってくる。本書は精神疾患に関心を持つすべての人にとって、生きる勇気を与えてくれる有益な一冊となることは間違いないであろう。

（平成二十三年九月、精神科医）

この作品は二〇〇六年五月文芸社より刊行された
『東郷室長賞　―好きぞ触れニヤー』を改題の上、
大幅に加筆、改訂したものである。

ボクには世《せ》界《かい》がこう見《み》えていた

―統合失調症闘病記―

新潮文庫　こ－53－1

平成二十三年十一月一日　発行
平成二十四年十月五日　二刷

著者　小《こ》林《ばやし》和《かず》彦《ひこ》

発行者　佐藤隆信

発行所　株式会社　新潮社
郵便番号　一六二―八七一一
東京都新宿区矢来町七一
電話　編集部(〇三)三二六六―五四四〇
　　　読者係(〇三)三二六六―五一一一
http://www.shinchosha.co.jp

価格はカバーに表示してあります。

乱丁・落丁本は、ご面倒ですが小社読者係宛ご送付ください。送料小社負担にてお取替えいたします。

印刷・株式会社三秀舎　製本・株式会社植木製本所

ISBN978-4-10-135441-5 C0195